講談社文庫

人類最強の純愛

西尾維新

講談社

Illustration take　design Veia

人類最強の純愛

人類最強の熱愛

1

すべてが終わったあと、つまりあいつが死んだあと、あたしはいつだったか、誰だったかと交《か》わしたこんな会話を思い出した——それを覚えていれば、もっとちゃんと考えていれば、あいつはあんな結末を迎えずに済んだんじゃないかって言えば、そんなことはまったくないんだろうし、そんな単純な話だったならどれだけ救われたかってもんなんだが、ともかく思い出してしまったからには仕方ねえ。

「哀川《あいかわ》さん。哀川さんは、自分のせいで人が死んだり、本当だったら遭《あ》わなくてもいい、悲劇的な目に遭うことについて、どう思います？」

はあ？　どういう質問だよ、それ。わけわかんねー。人を殺すとき、どんな気持ちになるかって意味か？　そんなのは仲良しの零崎《ぜろざき》くんにでも訊《き》けよ。あいつがなんて答えるかは、決まりきってそうなもんだけどな。

「いえ、あの、そういう直接的というか、確信犯的な意味じゃあなくて、ですよ。確信犯の正しい使い方はさておくとしまして……」

ついうっかり、人を殺してしまったとき？　うっかり、人の生き方を歪《ゆが》めてしまったとき？　事故や過失でってこと？

「それともちょっと違います。うっかりとか、ミスってわけでもなく、つまり後悔のしようがないパターンってことなんですけれど……例をあげたほうがわかりやすいですかね。えーっと、昔、盛んだった議論があるじゃないですか。漫画やなんかの悪影響で、子供が事件を引き起こすとか、事件に巻き込まれるとか、なんとか」

あー、あったな。つーか、今でもあるけど。なんだ、そういう話？　でもそういうのって、統計的に何の根拠もない、大人の偏見なんじゃなかったっけ？　漫画ばっかり読んでたら、あたしみたいに立派な人間になれるもんだぜ。

「それだと説得力に欠けますが……」

なんか言ったか？

「言ってないです。それに、ぼくも個人的には、子供に対する漫画の悪影響っていうのは、責任を問えるほどのものじゃないと思います。もっとも、いい影響だけ与えて、悪い影響は及ぼさないなんて、都合のいい話もないでしょうけれど……、でもまあ、それを論じたいわけでもないんです」

じゃあどういう話なんだよ。もって回るなあ。

「いえ、そういうのってつまり、暴力表現や残酷なエピソード、あとはまあ、性的な描写やらが、まだ善悪の判断のつかない子供に対して刺激が強いんじゃないのかってことでしょう？　だけど、そうじゃなくて——まあわかりやすいので、このまま漫画でたとえてしまいますが、子供達に夢を与える、国民的漫画家がいたとするじゃないですか。子供達の中には、ただ提供される作品を読むだけじゃ飽き足りなくて、自分でもそんな漫画家になりたいって感化される子もいるでしょうね」

いるだろうな。そりゃ。誰かに憧れることを、とがめるわけにはいくまいよ。

「だけど世の中ってのは甘くない。そんな子供の大半は、もっと言えばほとんどは、夢破れることになる——経験しなくていい挫折《ざせつ》を、経験することになるわけです。夢破れるまでに彼がした努力や苦労は、ただ遊んでいたのと同じことになってしまった——こういう話って、哀川さん、どう思います？」

んー？　憧れて、失敗？　ありそうな、なさそうな……いや、あるんだろうな、そういう話は。直接的に漫画家を目指してってんじゃなくて、漫画作品を読んで、スポーツ選手を目指したってパターンもありそうだ。ひとかどのプレイヤーになってから、『実は子供の頃に読んだ漫画のお陰で』なんてインタビューに答えたら、なるほど美談っぽくはあるけども、やっぱりそのたった一人の陰で、百万人の読者が夢に破れてはいるんだろう。だが、それがいったい、どうしたってんだ？　美談の揚《あ》げ足《あし》をとっていい気になっても、空《むな》しいだけだろう。

「そうですね。でも、もっと極端なパターンもあります。スポーツで言うなら、オリンピックで金メダルを取るような一流の選手に憧れ、彼を目指した子供がいたとして――」

そして夢破れたとして？

「――夢破れる程度なら、まだしもですよ。デッドボールを頭に食らうとか、格闘技で再起不能の大怪我《おおけが》をするとか、そんな悲惨な未来が待ち受けているかもしれない。そういう知らせを、スター選手本人が聞いたとき……、スターは責任を感じるべきなんでしょうか？　法的な責任はなくとも、道義的な責任を感じるべきなんでしょうか？」

自動車は便利な反面、事故でいっぱい人を殺しているじゃないか――とかいうのよりは、多少建設的な疑問なんだろうけれど、しかし建設的でありながら、同時に破滅的でもあるな。そんなことで責任を問い始めたら、身動きが取れなくなるだろうが。

「ですよね……、問い始めたら？　問われ始めたらじゃなくってですか？」

まあ、問われるほうも当然しんどいけど、問うほうだって、がんじがらめになっちゃうだろうって思っただけ――大して意味を込めてない。なんにせよ、議論として成立してない議論ほど、してて不毛なものはねーだろう。

「ええ、不毛ですよね、こんなの……、そんなことを言い出したら、道を歩くことも難しくなる」

特別な人間は、与える影響も特別——そんな風に考える気持ちもそりゃわかんなくはねーけど、どうだ、そういうのって結局、親とか友達とかの影響力には敵《かな》わないんじゃねーの？　あたしの場合はそうだったけどな。

「お父さんとか、ですか？」

そう、お父さんとか。あのクズどもとか。あいつらがいなきゃ今のあたしがないってのは、間違いないだろう——それを責めた時期も、ないわけじゃない。えーっと、なんの話だっけ？　元々はそんな一般論じゃなくって、あたしに対する問いかけだったよな？

「そうです。あなたに憧れて、失敗する馬鹿《ばか》がいるかもしれない。あなたみたいになりたくて、格好つけようとして、格好悪くのたれ死にする奴がいるかもしれない。そういうのって、哀川さんの意志や行動とは、もう完全に切り離されたところで起こることじゃないですか——鳥になろうとして、崖から飛び降りて頓死《とんし》するくらいの大間抜けですけれど、それを大間抜けだと切り捨てることができますか？」

うーん。

「哀川さん？」

とりあえずあたしがお前に言いたいことは一言だ、戯言遣《ざれごとづか》い——あたしを哀川さんと呼ぶな。名字で呼ぶのは敵だけだ。

2

さて、ここのところまた忙しくなってきた。引く手あまた、引きも切らないとは言わないまでも、一時の干《ほ》されっぷりをいい思い出として語れる程度には、仕事の依頼も増えてきた。いや、あれをいい思い出として語るには、今でも多少の無理はあるんだが——なにせ、世界中からハブられるなんて経験、しようと思ってもなかなかできるもんじゃねーからな。その後も請負《うけおい》仕事と称して、危《あや》うく地球から追放されそうになったり、色々あった。色々あり過ぎて、いったいどんなことをしたらここまで嫌われることになるんだと、このあたしが珍《めずら》しく自省しちまったくらいだぜ。ま、自省しようと自制しないところが、あたしのかわいいとこなんだけどな？　ただ、人の噂《うわさ》も七十五日と言うのか、ほとぼりも冷《さ》めたと言うのか、ともかく本物の仕事が、生き甲斐《がい》を感じられる時間が、あたしの手元に戻ってきた。とは言っても不思議なもんで、つーか勝手なもんで、忙しくなってきたら忙しくなってきたで、もうちょっと暇でもいいんだよなー、なんて思ったりもする。

「どうなんでしょうね、お友達《ディアフレンド》。あなたが忙しいときのほうが、世界は安定しているとも言えます」

と、大泥棒・石丸小《いしまるこ》唄《うた》は、あたしの現状をそんな風に評した――仕事先で（敵として）出会ったときに、そんな風に。お前はあたしの評論家か。いや、単に面白がって茶々を入れただけなんだろうが。それでもまあ、あたしが仕事をすることで、あくせく働くことで世界の平和を維持できるんだとすれば、光栄の極《きわ》みではあるぜ。

「いえいえ、そういう意味ではありませんわ、お友達《ディアフレンド》。あなたが暇にしていると、宇宙人がやってきたりなんだり、神様があなたを退屈させないために、躍起《やっき》になってしまいますからね――あなたにはなんであれ、することがあったほうがいいんですよ。あなたを退屈させると、何をするかわからないということを、どうやら神様はご存知らしい」

　神様？　けっ、お前らしくもない……そんなご立派な奴がいるなら、あたしやお前みたいな奴なんて、そもそも生まれてねえっての。

「神も万能ではないでしょうからね。あなたみたいな失敗作を生んでしまったことに責任を感じて、色々策を巡《めぐ》らし――柵《さく》を巡らしているんじゃないでしょうか。あなたが退屈して、世界を滅ぼしてしまわないために」

元々あなたは、そういう目的で作られた人間でしょうに——と、人を最終兵器みたいに言う小唄だった。ま、その文言《もんごん》については否定のしようもねーけどな。しかしあたしは親父《おやじ》達の失敗作であって、神様の失敗作ということなら、それこそ神様の輪っかだって盗みとりそうな怪盗淑女のほうが、気まぐれで生み出しちまった失敗の産物って気もする。

「ふむ。それはそれで十全《じゅうぜん》。失敗も成功も、所詮《しょせん》はものの見方ですからねえ——いずれにせよ、商売繁盛、まことに結構。わたくしはせいぜい、あなたが派手に稼《かせ》いでいる間に、地味にこそこそ、おこぼれを頂戴いたしますわ、お友達《ディアフレンド》」

と言って、あいつが盗んでいったおこぼれは、時価数億ドルの銅像だった——銅像と言っても、その大きさはビルくらいあったんだけどな。どの辺が地味なんだ。手品師か、あいつは。そんなこと、あたしにもできねーよ。……ともかく、小唄がどの辺まで本気でそんなことをほざいてやがったのかはわかんねーが（そもそも、あののらりくらりとした性悪女《しょうわるおんな》に、『本気』なんてものがあるのかどうかが、はなはだ疑わしい）、あたしが忙殺《ぼうさつ》されることで、世界に平和がもたらされると言うんであれば、働く意義もますます増そうってもんだ。大きな仕事から小さな仕事まで、戦争の調停から迷子の子猫探しまで、なんでもかんでも手当たり次第に、あたしは請け負い続けていた。そしてそんなある日のことだった。

「哀川潤《じゅん》ってのは、あんたか？」

仕事と仕事のインターバル、ほんのちょっぴりの休憩時間に、針《はり》の穴を通すように正確に、しかし乱暴に——そんな風に声をかけられた。

「五キロ先からでもわかったぜ——なんせ、そんなに赤いんだからな」

嘘《うそ》つけ。さすがに五キロ先からわかるわけねーだろ、発光してんじゃねーんだからよ。そう突っ込んでやりたかったが、あたしはぐっと我慢した。なぜかって言うと、嬉《うれ》しかったからだ——その男が発する、あたしに対する敵意って奴がね。それこそ五キロ先でも見据えているかのようなぎらぎらとした三白眼《さんぱくがん》で、今にも嚙《か》みつかんばかりに、あたしのことを睨《にら》んでやがる。天を衝《つ》く風にど派手に逆立っている髪も、こいつの攻撃性を如実《にょじつ》に表しているようだった。

「なんだ。にやにやしやがって。何がおかしいんだ？」

怪訝《けげん》そうに言うそいつに、あたしは謝る。ごめんごめん、つい、嬉しくなっちまっただけさ——失笑だぜ。いや、仕事こそ順調に戻ってきたけど、あたしを哀川潤だと知った上で、そんな敵対的に登場するキャラってのが、マジで久し振りだったもんでさ。

「若い、とでも言いたいのか？」

幼い、とむしろ言いたいがね。三白眼を除《のぞ》けば、まだ十代前半と言って差し支《つか》えのない風貌《ふうぼう》だし、まあ若者であることに間違いはないのだろう——あたしが『赤き征《せい》裁《さい》』と呼ばれる原因となった例の『大戦争』なんて、まったく知らない世代の子供達。世代ってのは順調に進むもんだねえ——で、どうする？　ここでやるのかい？

「場所を変えるつもりがないんだったら、声をかけずに後ろから襲ってるさ。あんたの仕事が終わるのを待ってたんだ」

ふうん。ストーカーみたいな奴だな。さっきの仕事中、そんな視線は感じなかったけど……気配を消すのが得意って風にゃ見えないが、その辺は、プロのプレイヤーって奴なのかな？　どこの家の、誰くんだい？

「俺は俺だよ。俺なんだ。殺し名でも呪《まじな》い名《な》でも、玖渚《くなぎさ》機関でも四神一鏡《ししんいつきよう》でもない——ただの個人だ。あんたや、石丸小唄と同じだ」

おっと、小唄のことも知ってるのか。へえ。そういう若手もいるんだな。今時の若者にしては、なんて言い出すと、あたしもいよいよ老成してきたってことになるんだろうが、なかなか骨のある奴じゃねーか。そしてそういう奴を見ると、その骨を粉々に砕《くだ》きたくなるのがあたしの性格なんだぜ（老成してねーな）。よっし、いいぜ。どこへなりともエスコートしな。ああ、その前に名前くらいは聞いておこうか？　無縁仏でも、墓に名前は必要だろう？

「示際祭《しめぎわまつり》。十七歳だ」

若いねえ。そしていい名前だ。

3

日本のあちこちで都会化が進み、そんでもって可視化っつーか、監視化っつーかも進んで、だから人気《ひとけ》のないところで、人目を避けてのバトルってのも難しくなってきそうなもんだが、それでも意外と、都会にも隙間《すきま》はあるもんだ。高い建物が増えれば、それだけ陰も増えるってことかねえ？　陰というより、それは闇《やみ》なのかもしれねーが……、なんにせよ、あたしとか小唄とかの生きる場所ってのは、時代が変わっても存在し続ける。ありがたいことに。そしてこの少年、示際祭のような生きのいい若者の、生まれる土台もな。むしろ土台の範囲で言うなら、そのテリトリーは広がっているのかもしれない──それもバランスなんだろうが。なんて、時代を読み解くようなことを言ったものの、示際があたしを連れて行ったのは暗くて狭い路地裏とか、地下道とかじゃなくって、太陽の照りつける、とある公的施設、市役所かなんかの屋上だった。屋上っつーか、屋根の上な。人気もねーし、人目もねーけど、随分《ずいぶん》とだだっぴろいところをバトルフィールドに選んだもんだ。嫌いじゃねーぜ、そういうの。

「なんか、意外だったぜ。聞いてた話と違う……、いや、思っていた感じと違う」

と、到着して振り向きながら、示際は言った。あたしを強く睨みつけるその三白眼に変化はない。

「人類最強の請負人、哀川潤と言えば、背中を向けたら、即座に蹴ってくるんじゃないかと構えていたけれど……まさかのこのこと、何のアクションも起こさずに、ただただ相手に道案内されてついてくるなんて」

そりゃ期待に添《そ》えず残念だ——って、あたし、どんな奴だと思われてんだよ。世代間の伝言ゲームで、新世代の連中に、わけのわからん暴力的な奴だと思われちゃってんじゃねーか。世界的に仕事を干されていた頃の後遺症かもしれねー。小唄だったら『わけのわからん暴力的な奴。まさしくあなたのことではありませんか、お友達《ディアフレンド》』なんて高笑いしそうなもんだけれど、そんな評価を受け入れるわけにはいかねーぜ。だからあたしは続けて言う——でも、あたしもあたしで、期待外れだったぜ。場所を変えようなんて言うから、仲間がわんさかいる袋小路《ふくろこうじ》にでも連れてきてくれるのかとわくわくしてたんだけれど。

「………………」

お、怒った？　本当は全然そんなこと思ってなくて（役所の屋根の上につれて来られたのは驚いたけど）、軽い挑発のつもりだったんだけど、怒りっぽい奴だな。それも若さなのか……、まあ元々、怒髪天《どはってん》を衝いてるみたいなヘアスタイルしてやがるしな。その逆毛に気を取られて、あんまり今まで意識してなかったけれど、こいつもこいつで、結構派手な格好してやがるぜ。あたしの真っ赤さを揶揄《やゆ》するようなことを言ってくれやがったが、あっちこっちシルバーだ。センス良くまとまっちゃいるけれど、これを着こなすのは難しそうだぜ。

「……何か？」

　ううん、別にー。じゃ、始めよっか。倒れたほうの負けな。あたしも次の仕事があるから、さくっと決着、つけちゃおうぜ。ハンデいる？　片手で戦うとか、べろだけで戦うとか。

「いらねーよ。次の仕事の心配もしなくていい……どうせ、キャンセルすることになるんだから」

　言うねえ。

「つーか、あんた、聞かなくていいのか？　どうして俺が、こうしてあんたに挑んできたのか」

あ、聞いとかなきゃ駄目？　面倒くさいから、そのくだりは省《はぶ》こうと思ってたんだけど……、どうでもいいし。

「なるほど。その辺は噂に名高き哀川潤ってわけか……来る者拒《こば》まず、誰の挑戦でも受ける。勇ましい限りだな」

　そんな格好いいもんでもねーよ。いちいち精査したくないんだ、お前みたいな向こう見ずを——ほれ、かかってこい。それともこっちから行こうか？

「あんたの伝説に敬意を表して、先手は譲《ゆず》るよ」

あっそう。あんまりロートル扱いされても、気勢を削《そ》がれるんだけどな。やる気なくすぜ。ま、それじゃあ、若い芽を摘《つ》んでおくとするか。カウントダウン開始——さん、にい、いち、零崎！

「ぐっ……！」

胴体と首をばいばいさせてやるつもりで繰り出した、ハンドポケットからのノーモーションのハイキックだったが、両手で防御された——ハイキックはともかく、ハンドポケットはなめ過ぎだったかな？　それでも普通の奴だったら、両腕と一緒に、首も狩れそうなものなんだけど、どころかこいつは、あたしの足首をそのままがっしと、つかみやがった。おお、がんばるじゃん。

「けっ……意外と大したことねーな！」

まんざら強がりでもなさそうにそう言って、示際はあたしを、あたしの足を抱えたままで、蹴り返してきた。そんな不安定な姿勢で蹴っても、そんな大した威力にゃあなんねーだろうが、お返しと言わんばかりのハイキックだ——背はあたしのほうが高いのに、どんな身体《からだ》の柔《やわ》らかさなのか、爪先でこめかみを狙ってきた。やっぱ無理のある体勢からだから、避《よ》けることも、同じように受けることもできそうだけど、なんか一回食らっといてみてーな。それでこいつのレベルも測れるってもんだろ。そんなわけであたしは身じろぎもせず、示際のキックは見事あたしの頭にクリーンヒットした。びっくりした。いや、わかってて蹴られて、それでびっくりしたなんてのは愚《おろ》かの極みだが、それでも驚いたものは驚いたんだから仕方ねえ——つまり、思ったよりもその蹴りの威力は、すさまじかった。抱えられたあたしの美脚を軸に、ぐるりと回転しちまった。あんまり綺麗に回転し過ぎて、そのまま綺麗に着地できちまったぜ。

「あえて食らうなんて、人をなめるにもほどがあるぜ、人類最強——今ので倒れて決まってても、俺の勝ちだぞ？」

悪い悪い、なめ過ぎた。ああ、いいよ、もちろん——そのときはお前が明日から、人類最強だ。けどまあ、今ので決まっていたらっつーのは、お前もお前で、あたしのことをなめ過ぎだぞ？　せーのっと！　そう言ってあたしは、抱えられていた足をそのまま、真下に引き下ろした。

「！　お……お、お……」

気持ちとしては、そのまま示際の片腕を肩口から切り落としてやろうかと思っていたくらいだったが、さすがにこれには、示際はあたしの足を放すことで対応しやがった。あたしと違って、食らっちゃやばい攻撃はわかるらしい。

「嬉しいね、人類最強、本気でやってくれるってわけだ！」

マジで嬉しそうな顔してやがる。バトルマニアか、こいつ？　だとしたらご同慶《どうけい》の至りと言うか、同病相憐《あわ》れむみたいなところだが、しかし戦闘中にハグするわけにもいかねえ。だからあたしはこう言った。本気でやるかどうかは、まだ決めかねてるぜ——でも殺す気でやってはいる。

「ひひ……そうかい、そうかい」

これは挑発と言うより、脅《おど》しのつもりで言ってみたんだが、示際はより嬉しそうに笑うのだった——懐かしいなあ、本当。昔はお前みたいな奴が、いくらでもうようよいたもんだ。最近は宇宙人と対峙《たいじ》することが多かったから、こうして人間と戦えるって時間は、大切にしたいぜ。

「じゃあ、俺もあんたをぶっ殺すつもりで挑んでいいんだな？」

いいけど、お前はそれでいいのか？『依頼人』から、あたしを殺せと指令を受けているわけじゃねーんだろ？　そう指摘してやると、今度こそ示際はびっくりしたような顔を見せた。なんだよ、ここで驚くのかよ。哀川潤の得意技が読心術だって、今はもう、そんなに有名じゃねーのかな？　お前が『誰か』に頼まれて、あたしに絡《から》んできているってことくらい、蹴るときの面《つら》みてたらわかるってーの。

「ふん……そうかよ。なんだかんだ言いながら、俺の目的が気になるのかよ、人類最強」

だからどうでもいいんだって。どうせ達成できねえ。顔を見りゃそれがわかっちゃったってだけ——それに、読心術っつってもテレパシーじゃないからな、そこまで詳しくわかるわけじゃねーし。

「……どうせ達成できないってのは、確かかもな——ここで俺があんたを殺しちまったら！」

そう言って示際は殴りかかってきた。今度は姿勢の通った、全身をフルに使って、体幹を一直線に伸ばした、渾身《こんしん》の一撃だった。あたしが言ったのとは逆で、殺す気かどうかはともかく、本気なのは確かだろう。なるほど、これを食らっちゃおしまいかもだ——だけど避けるってのも芸がねえ。というわけであたしは、その拳《こぶし》を迎撃《げいげき》することにした——つまり、拳に対して拳をぶつけた。後から発射したところで、あたしのパンチはスピーディだ、十分に間に合った。で、威力のほうはどうかな？　あたしの拳が砕けるか、示際の拳が砕けるか？

「ぐあっ……あっ！　て、てめえ……馬鹿か！」

結果として、どちらの拳も砕けることはなく、互いに弾《はじ》き飛ばされることになった——示際はそんな風に毒づいて、しかし怯《ひる》みはせず、そのままあたしにすさまじいラッシュを食らわしてきた。お世辞や、ただの表現でなくすさまじい——スピードに限って言えば。どうもあんまり器用なほうじゃないらしい、パワーとスピードのバランスを取ることは苦手なようだ。あたしは難なく、そのスピードのラッシュを捌《さば》く——

さっきと違って、一撃で一撃を丁寧《ていねい》に迎え撃つようなことはせず、ラッシュを総じて、フック気味に一発で薙《な》いだ。……ああ、ちなみにあたしもあたしで、パワーとスピードのバランスを取るのなんて苦手だぜ。だから両方フルに発揮するだけ。

「死ねっ！」

しかしそれでも後ろに下がらず、示際はそんなかけ声と共に、今度はあたしの足首を蹴りにきた。死ねってのはどうかと思うが（久し振りに言われたので、意味を察しかねたぜ）、足首を狙うというのはいい策だ――倒れたら負けってルールなんだから、とにかく鎌鼬《かまいたち》みてーに、あたしを転ばせちまえば、それでいいんだから。そういう意味では、本当に鎌みてーなローキックだった。これも捌いてやろうか？　蹴りと蹴りで迎撃してやろうか？　踏ん張って耐えてやるのもいいんだが、どうもさっきから、受け手に回ってばっかで、あたしらしくねーな。元気のいい若者の、スパーリング相手でもつとめてやってる気分だぜ――隠居後の仕事ってか、引退後の余暇《よか》の過ごしかたじゃねーんだから。そんな風に考えが変わって、あたしは示際の足の甲があたしの足首にヒットする前に、正拳突きを相手の胸に食らわせた。当然のことながら、片足立ちのフラミンゴ状態だった示際は、元々いい足場でもねー斜め向いた屋根の上だし、後ろに吹っ飛ぶことになる――鎌は空しく何もない宙を空振《からぶ》りした。そのまま示際は、背中から倒れるんじゃないかと思ったけれど、どっこい根性がありやがる、バック転みたいに両手をついて、バネ仕掛けみたいに跳ね上がった。さすがに体操選手みてーに鮮やかに、とはいかなかったが、なんとか着地する。

「無茶苦茶だな、あんた……」

しゃがんだ姿勢から、胸を押さえたままで、示際は言う。細かい指摘をするなら、相撲《すもう》みてーな考えかたをするのなら、手を突いた時点でこいつの負けって言ってもいいようにも思うが、まー元々あたしが適当に決めた、あってないようなルールだし、そこは大目に見ておくか。甘いねえ、あたしも。

「なんで俺より後から放った攻撃が、俺より先にヒットするんだよ……、後出しかつ先攻って、ズル過ぎるだろ」

ズルとか言うなよ、子供かよ。まー、年齢的には子供みてーなもんか、お前。見て、考えて、動いて、間に合う——これができると、戦闘はすげー楽になるんだが、もっともズルと言われればズルかもしれない。一人だけ、違う時間軸で生きているようなもんだから。わかったわかった、もうしねーよ。

「いや、大いにしてくれて構わねー……それでこそこっちも、堂々と、ズルい技を使えるってもんだ。反則としか思えないような、人間離れしたスキルをな」

へえ？　なんだ。奥の手があるってことか？　さっきのやりとりで、もう格付けは終わったと思ってたけど……、だとしたら出し惜しみするなよ。お前がどんな技を使おうと、それを非難したりはしねーよ。それを言うなら、あたしの最強がそもそもズルみてーなもんだろう。

「OK、確かに聞いたぜ。その言葉、後悔すんなよ——人類最強」

後悔ね。一回くらいはしてみてーもんだ。お前がさせてくれるってんなら、大歓迎だぜ——なんて、あたしは余裕で構えていたが（悪い癖だ）、示際の、示際祭の次なる行動は、後悔ではないにしても、あたしを唖然とさせるには、十分足るものだった。

「俺は示際祭——通称『噴火炎《キャンプファイヤーズ》』」

腕まくりをしながら、改めてそう名乗った次の瞬間——示際の右腕が、炎と化した。炎と化した。いや、どういう比喩《ひゆ》なのかわかんねーと思うけれど、これはただ見たままを言っただけだ——比喩でもなんでもなく、文字通り、示際の右腕が、炎になったんだ——炎と火《か》した。ごく常識的な判断として、あたしはこいつの身体が発火したんだと思った——火炎にまつわる何らかの仕掛けを打とうとしてミスった末、自分の腕を燃やしちまったんだと。だが違った——示際はその炎の右腕で、あたしに再び、殴りかかってきたんだから。燃える拳で——見てから行動して、十分に間に合うあたしでも、いやあたしだからこそ、ここでは判断に迷う。考える余裕があるってのも、こうなると考えもんだ。不思議や謎めいた出来事を看過《かんか》できねーってことなんだからな——しかしこれは、悩んで答のでる現象じゃねーことは明らかだ。ならば試してみるしかねー。実験——比較実験。あたしはその拳を、最初にしたのと同じように、迎撃することにした——拳を拳で殴り返す。なんらかのトリックや、錯覚《さっかく》を利用したはったりならば、こんなストレートな対応こそが、ベストっちゃーベストなはずだ。しかし——

「馬鹿！　炎が生身《なまみ》で殴れるかよ！」

嘲笑《ちょうしょう》するように示際が言う通りだった——あたしの拳は示際の拳をすり抜ける。空気を殴っているがごとしだった——いや、それだけじゃあない。とんでもない熱量を、熱風を浴《あ》びせられることになった——マジで火中に手を突っ込んだのと、同じようだった。トリックでも錯覚でもねえ、ガチの炎だ。なんだあ？　こいつ。あたしは今まで、いろんな奴と戦ってきた——いろんな能力を持つプレイヤーとバトってきた。その中にゃー相当奇矯《ききょう》な奴もいたし、信じられねーような技を使う奴もいた。だから、火を使う奴、炎使いなんて、そんな珍しいもんじゃねえ。炎と一体化して戦うスタイルの奴なんて、これまで五万といたぜ——だが、自分自身の『肉体』を『炎』にするなんて奴は、かつて一人《こ》もいなかった。なんなんだ、こいつ——示際祭！

「真っ黒に焼け焦げろ、赤色女！」

人を妖怪みてーに呼びながら、よっぽど妖怪めいた示際の拳は——炎の拳は、あたしの胸を直撃した。否《いな》、厳密には当たったとは言い難《がた》い——拳がすり抜ける炎が、胸に『当たる』わけもない。それもそれですり抜ける——が、高温と熱風はかわしきれない。服も燃える——五キロ先からでもわかる赤いジャケットが、本当に真っ黒になり、灰になる。気に入ってたんだけどな——と考えるのも、空中を吹っ飛びながらだ。熱風熱波の中、混乱の極致に陥《おちい》りかけたあたしだったが……、すぐに切り替えた。こいつの技……『技』とか、そんな風には『テクニック』とかそんな風には言い難い気がするが、ともかく技の正体が何にしても、今は勝負の真っ最中で、このままだとあたしは屋根の上に背中をついて倒れ、つまり負けてしまうことになる。そいつはごめんだね。なるほど、新世代っつーのか、示際はあたしの想像を超えるスケールを見せてくれたけれど、だからと言ってあっさり負けてしまうんじゃ、人類最強の名折れだ——あたしは空中で身体を回転させる。あわよくばそのまま着地しようと思ったんだが、そううまくもいかない——やろうと思えばできたかもしんねーけれど、あたしは示際とは違うからな。不格好でもいいから、ともかく着地できればいいとは思わん。ウルトラCでびしっと着地できねーなら、派手にぶっ倒れたほうがマシだ——それよりマシなのは、ぶっ壊すほうだけどな。身体を回転させ、そしてそのまま、焼け焦げた拳で、残り数センチまで迫った屋根を、殴りつけた。工夫も何もねー、ただぶん殴っただけだ——それで十分だった。

「はっ……、はあああああああ!?」

ほとんど勝利を確信していたであろう示際は、あたしの行動に、わかりやすくそんな声をあげた——それはあるいは、悲鳴だったのかもしれねー。それも若さと言えば若さなんだろうが、予想外のことが起こるとパニックになるタイプなのかな。でも、それを責めるのは酷《こく》だろう、大の大人だって、自分の足場がいきなり崩れたら、そんな風に叫んじまうかもしれねー。

「屋根ごと……って！」

そう、あたしは力の限りぶん殴ることで、役所の屋根を、言うならバトルフィールドそのものを、ぶっ壊したのだった。倒れたら負けっつールール……、だったら、倒れる先の足場をぶっ壊すまでさ。

「そんなのありかよ！」

ありだろ。さっきお前さんが手のひらを屋根についたの、見逃してやったんだから。それに、それも知らなかったのかい？　お前と同じくらいの歳《とし》の頃、あたしはこんな風に言われていたんだぜ。哀川潤の踏み入った建物は、例外なく崩壊する——

4

うまく加減ができなかったので、役所の屋根は、思ったよりも粉砕されちまった

――壊れたって言うよりも、粉々になっちまったたって感じだ。台風で屋根が吹っ飛んだみたいな有様《ありさま》で、ちょっと後始末が大変そうだったが、まー何せ役所だ、お役所仕事で処理してくれることだろう。ともかく、結果としてあたしと示際は、屋上から屋内へと落下した。つまり『倒れる』まで数メートルの距離を稼げたわけで、それはあたしが猫みてーにぐるんと回って着地するには十分な距離だった。もちろん格好よく、スタイリッシュにな（真下の部屋が、誰もいない会議室だったのはラッキーだった）。やろうと思えば示際にだって同じことはできただろうが、着地するには十分な数メートルでも、パニックから回復するには足りなかったようだ、数キロほど。見れば、示際は瓦礫《がれき》の中に埋《う》もれていた――その右腕は、元通り、人間の肉体に戻っている。ふむ……、やっぱりわかんねーな、どういう仕組みだったのか。

「う……うう……」

なんて、うめいているけれど、まあ、大したダメージじゃねえだろう。プロのプレイヤーなら、ほんのワンフロア程度の落下で、死んだりするもんか――ただし、勝負に関して言えば、明確に決着はついていた。瓦礫に埋もれた示際の背中は、言い訳の余地なく、会議室の床に接地していた。

「………」

そのことは本人にもわかっているのだろう、示際は忸怩《じくじ》たる思いを隠そうともせずに、強くあたしを睨みつける——三白眼が白目になるんじゃねーかってくらい、強烈に。くくく、とあたしはそれに対して笑い返す——別に、それで決着じゃなくてもいーぜ？　続けようってんなら、続けたっていい。お前の奥の手も見せてもらったことだし、こっから先も面白そうだ。奥の手ってより、火の手って感じだけどな。次に何を見せてくれるのか、楽しみだぜ。

「……いや、やめておく」

あたしを睨みつけたままで、しかし示際はそう言った——そう言った瞬間、気が抜けたように、戦闘態勢を解《と》いた。

「興《きょう》が削がれた……なんなんだよ、お前。めちゃくちゃしやがる……普通、ステージを壊すかよ」

じゃ、普通じゃねーんだろ。それに、これでこそ、噂通りの哀川潤なんじゃねーの？　ついでに言わせてもらえれば、めちゃくちゃとか、お前の腕のほうがよっぽどめちゃくちゃだろうが。自分のこと棚に上げてんじゃねーぞ。

「いい勝負だろ……いや、俺の負けだが。ちっ……、こんなことなら、屋根の上なんて場所を選ぶんじゃなかったな。出会ったあの場でおっぱじめればよかった」

人目を避けたつもりだったのに、公的施設をこんなド派手にぶっ壊されたんじゃ、後始末が大変だぜ——と、示際はぼやく。あたしはそれに応《こた》える。いいや、屋根の上を選んだお前の判断は正しかったんじゃねーの？　もしも地面の上で戦っていたら──あたしは地球を壊していたかもしれねーんだから。

「……大言壮語《たいげんそうご》するじゃねえか。だが、そんな台詞《せりふ》がどうしようもなく板についていやがる。俺にはとても言えないな」

そうかい。だが、どっちみちお前は、屋根の上みたいな場所を選ばざるをえなかったんじゃねーの？　示際くん。

「？　どういう意味だよ」

あれ？　外しちゃった？　用を果たさなくなった上着を脱ぎながら、あたしは首を傾《かし》げる。あたしの右腕を、かりかりの黒こげパンみたいにしてくれたお前の腕は、太陽の当たる場所か、風通しのいい場所じゃねーと使えないんじゃないかと予想したんだけれど。

「…………」

当たってたのか違ってたのか、示際は黙り込む──だからこそ、半《なか》ば、屋内に入っちまった現状、戦闘を続行しようとしていないのかとも思ったが。腕も元に戻ってたし──ま、いいか。それはそこまで重要じゃない。じゃ、『噴火災《キャンプファイヤーズ》』、あたしはそろそろおいとまするぜ。次の仕事が控えてるもんでな。ぐーぱーぐーぱー、焼けた手を、閉じたり開いたり──よし、神経まで焼けたわけじゃーねえらしい。たっぷり食ってたっぷり寝たら、明日には治るだろう。

「待てよ、哀川潤。行っちまうのか？」

行っちまうつもりだったけど、何？　まだ何か用？

「気にならないのか？　俺の腕の正体——炎の正体、知りたくないのか？」

気にならないと言えば嘘になるけれど、知りたいかと問われれば、そうでもない。

わかんないままにしておいたほうが、面白そうな不思議だしな。

「恐怖を感じるとは思ってなかったが、もっと興味を惹《ひ》かれてくれると期待していたぜ……俺の依頼人はな」

依頼人ね。なるほど、そういう目的でこの血気盛んな若者を、あたしにかませてきたってわけだ。未知の技、つーか未知の技術をあたしに見せることで、あたしの興味を惹こうとした——回りくどいことしてくれてんじゃねーの。当然、あたしが全身消し炭になってしまう可能性も、織り込み済みだったんだろう。示際があたしにこてんぱんにされる可能性についても、言うまでもなく。

「お察しの通り」

と、示際は、身体にのっかかる瓦礫をうるさそうに押しのけながら、立ち上がる。

「俺はある人物に頼まれて、ここにいる——自分の意志であんたに挑んだわけじゃねえ。正直、人類最強と呼ばれるあんたのことなんて、ほとんど知らなかった。ただの伝説の一人歩きだと思っていたくらいだ——ただ、その人物は、そうではなかったみたいでな」

ふうん。あたしが一番大暴れしていた時代を知ってる奴か。そういう奴らってだいたい、引退するか、死ぬか、消えるかしてるから、相当限られると思うんだが。

「実のところ、この『腕』は、その人物の研究の成果なんだ。正確にはその一部と言うべきだが……」

研究？　研究者か？　そう聞くと構えちまうな——この間、宇宙人がらみでER3システムとさんざん、やり合ったところだし。そもそもあたしは出自《しゅつじ》的に、研究者とは折り合いが悪いんだぜ。

「その人物は、あんたに会いたがってる。研究の総仕上げに、あんたに協力して欲しいそうだ。つまり仕事の依頼だな、請負人。人類最強の請負人」

……………。と、多弁なあたしにしちゃあ、珍しく沈黙を返しちまうな。理屈じゃあなく、本能的に、警戒心が働いたという言い方もできる。だって、そうだろう？　あたしに依頼があるのなら、最初からそう言えばいい。それなのにこんな手段を取ったことには、それなりの理由があるはずだ。少なくともあたしにサプライズをしかけて、びっくりさせようとしたなんて、そんな好意的な理由ではないだろう——そんな依頼を受けるなんて、まさしく火中の栗《くり》を拾うようなものだ。

「どうした？　笑ってるぜ、哀川潤」

ぬう。そうか、笑ってるか——じゃあ、あたしは今はピンチってことかもな。火の腕のことについては、今はまだ知るつもりはなかったが——その依頼人の正体は、どうやら知っておいたほうがよさそうだ。依頼を受けるかどうかはともかくとして——言っておけよ。聞いてやる、誰なんだ？　示際くん、お前をけしかけた研究者ってのは？　やっぱり、ER3システムの誰かさんか？

「違う……、その人物は、どんな組織にも属さない、極めて個人的な研究者だよ。俺やあんたと同じく、背景を持たない個人事業主だ」

へえ。それを骨があると見るのか、ひねくれてると見るのかは、親父どもを知っているあたしとしちゃあ判断しかねるが——いいから名前を言えよ、示際くん。

「喜連川《きつれがわ》博士を、知っているか？」

5

知っていた。喜連川博士——有名人と言えば有名人だが、同時に徹底した無名の者であり、また無冠の者でもある。それは彼がいわゆる厭世的《えんせいてき》な、隠者《いんじゃ》としての研究者なので人を避けているゆえであり、それ以上に、人から避けられているマッドサイエンティストだからだ――お互いに避けあっていりゃあ、そりゃあコミュニケーションの取りようもねえってもんだ。懐かしの斜道卿壱郎《しゃどうきょういちろう》博士あたりを思い出してもらえたら、イメージとしちゃあわかりやすいんだろうが、あの『堕落三昧《マッドデモン》』に比べると、喜連川博士の研究はもうちょっと闇に近い。つーか、わっけわかんねー研究ばっかしてやがって、そういう意味でも、一般社会からはほど遠い――少なくともその成果では、ノーベル賞は取れないだろう。一例をあげれば、複数の人間の意識をひとつの肉体の中に詰め込めるかとか、逆にひとつの意識で複数の肉体を操《あやつ》れるかとか、心臓を三つ作ろうとか、精神と肉体を入れ替えようとか、視界が天地逆に見える眼鏡《めがね》を作ろうとか、そういうあれこれだ――何の役に立つんだというよりも、むしろ人様の迷惑になりそうな研究ばっかりしてやがる。もしもそこに一貫した思想があるなら、『どうすれば今の世の中をかき回せるのか』を、喜連川博士は問い続けているようなものだった――こんなことを言いたくはないけれども、喜連川博士の思想に比べれば、ER3システムはもちろんのこと、親父どの達の作っていたMなんとかも、まともな部類にカテゴライズされるだろうぜ。そんな奴だから学界から追放されてるのはもちろんなんだが、しかしごくまれにたまたま、その設計思想が世の需要《じゅよう》と一致することもある。惑星だって直列することがあるんだ、そういうこともある――『人喰い《マンイーター》』の匂宮出夢《におうのみやいずむ》なんてのは、その好例だろう。一人で二人、二人で一人の、匂宮兄妹。あたしがいなきゃ、たぶんあいつが最強と呼ばれていた――それくらいの人材を作り出すことも、（やろうと思えば）できるんだ。あたしだって、その研究の恩恵に与《あずか》ったこともある――どちらかと言えば、研究の被害を受けたっつってもいいかもしれねーが、喜連川博士の作った宇宙服『クローゼット』で、月に降り立ったりしたんだからよ。その宇宙服だって、動きやすいわ丈夫だわ、すぐさま世界中の宇宙局に採用されたくらいなんだが、だがその基本姿勢は『宇宙人と戦えるように』なんて、滅茶苦茶《めちゃくちゃ》なものだった――いかに役に立たない無駄な妄想《もうそう》を、いかに実現させるかに命をかけているような研究者、それが喜連川博士である。

「何を隠そう、俺は喜連川博士の作品のひとつなんだよ――実験台と言ってもいいがな」

なんて、示際が言うまでもなく、そうなんだろうなって思っていた。あの博士の研究成果だと言うならば、腕が炎になろうがサイコガンになろうが、大納得ってもんである。あれだけ不思議だった示際の奥の手が、途端、何の不思議もなくなった。むしろそうじゃないほうが不思議なくらいだ。そしてその喜連川博士の新作、示際祭――『噴火災《キャンプファイヤーズ》』か。やれやれ。依頼人……しかもどこの機関も通さない、直接の依頼人ときやがった。

「あんたを案内するように言われている。もちろん、次の仕事とやらが終わるのを待ってやるから……」

　いや、待たなくていいよ。

「…………」

　ああ、別に、断るから待たなくていいって意味じゃねえ——そんな顔すんな。待たなくていいってのは、次の仕事はお前の予言通りキャンセルするから、今からすぐに行くぞって意味だ。

「は、はあ？　いいのかよ、そんな……いい加減な仕事の仕方で」

　髪の毛逆立ててる若者から働きかたを教わろうとはな。いーんだよ、あたしはそういうスタイルだから。知らねーの？　あたしの仕事達成率って、すっげー低いんだぜ。

「……喜連川博士の名前を聞いて、やる気を出す人間なんか初めて会ったぜ」

　やる気は出してねーよ、嫌な気分にはなってるよ。ただ、一度、会って話してみたい奴でもあった。なんっつーか、この流れで会わないってわけにもいかねーだろ。そして嫌なことはさっさと済ませるに限る——噂ばっかり先行している奴だから、楽しみなのは否定しねーけどな。

「…………」

　まあ、もしも実験台になってくれなんて依頼なら、御免《ごめん》被るけど。宇宙服を試す程度ならばともかく、腕をそんな風に、ガス状にされたいとは思わねー。

「そういう話じゃねーよ。詳しくは本人から聞いてくれ……俺じゃあうまく説明できない。喜連川博士の考えることは、俺にとっちゃあ意味不明だ」

誰にとっても意味不明だよ、たぶん。

6

そんな経緯であたしは、示際につれられて、喜連川博士の研究所に向かったのだった――人里離れた山奥とか、無人島とか廃村とか、そんなシチュエーションに建てられた窓のない建物とか、あるいは地下施設とか、そんな立地条件を想定していたが、あろうことか喜連川博士の研究所は、住宅街のど真ん中に存在した。アホか！　とあたしが突っ込んだ――こんな民家で世界一危険な研究者が世界一危険な研究をしてやがんのかよ！　しかしよくよく考えてみれば、組織に属していない在野《ざいや》の研究者のフィールドは、これくらいコンパクトであるべきなのかもしれない。あの宇宙服だけでも、とんでもねえ額のパテント料が入ってきそうなもんだが、開発費だって馬鹿にならんねーから、とんとんなのかもな。しかし、隣人は知ってんのかねえ？　馬鹿にしてくれたもんで、『喜連川』って、表札も堂々と出してやがる。……研究所として見るならコンパクトだが、自宅として考えるなら、やや大きめで、大家族でも住んでいそうだ。

「ただ今帰りました。示際です」

と、表札の隣にあったカメラ付きのインターホンを押した『噴火災《キャンプファイヤーズ》』は言った――あたしと同じで、年長者にたいする礼儀を学んでねえ悪ガキだとばっかり思っていたけれど、なんだ、『死』以外の意味で、『です』とか言えるのか。してみると、意外と人望のある奴なのかもしれねーな、喜連川博士。インターホンからの返答はなかったが、しばらくして、門扉《もんぴ》の向こうの玄関の鍵が、がちゃりと開く音が聞こえた。

そして扉が開けられる――まさか喜連川博士が直々《じきじき》に出迎えてくれるとは思っちゃいなかったが、ドアを押して出てきたのは、研究助手やら使用人やらでもなく、小さな子供だった。五歳くらいの女の子である。

「おかえり、祭」

と言ってこちらを見て、女の子はドアの重さと戦っている――その戦いは、なんとかぎりぎり拮抗《きっこう》しているものの、早くあたし達が行ってやらないと、分《ぶ》の悪そうな勝負だった。示際も同じことを思ったのだろう、門扉を開けて、足早に彼女の元へと向かう――なんだ、意外だな。いや、意外って言っちゃいけないんだろうけれども、勝手なイメージであたしは、喜連川博士は天涯孤独で、家族なんていないもんだと、頭から決め込んでいた――大家族でも住んでいそうな家に、大家族で住んでいるなんてありえないと思っていた。しかし、家族どころか、まさか孫がいようとは。……孫、だよな？　天涯孤独っていうのはさすがに偏見だったとしても、しかしまさか喜連川博士が近所のガキに慕《した》われてる、気のいいおじいちゃんってわけでもないだろうし……。

「あなたが、哀川潤？」

と、示際の後ろをついて、玄関の軒下《のきした》にまで歩いていったところで、その子はそんな風に、じっとこちらを見つめて、そう言った。なんだろうな、示際みてーな三白眼に睨まれるのよりも、子供のこういう、まっすぐな目で見られるほうが、突き刺される気分になっちまうな。……いや、それを差し引いても、この子はあまりにもまっすぐに、真直線であたしのことを、射抜くように見てやがる。やっぱ近所のガキって風じゃねえ……喜連川博士の血縁なんだとすれば、納得できる視線だぜ。

「おう、そうだぞ。あたしが哀川潤――人類最強の請負人だ」

まあ、ガキ相手にびびっててもしょうがねーや。あたしはそんな風に、堂々と挨拶《あいさつ》してやった――お孫さんへのしつけはきちんとできているのか、ぺこりと頭を下げて、女の子は言った。

「初めまして。わたしは喜連川ほつれです」

そして顔をあげて、

「その節はお世話になりました。わたしの開発した宇宙服『クローゼット』を、試してもらえて嬉しかったです」

と続けた——ん？　舌足らずでよく聞き取れなかったが……今、わたしの開発した宇宙服『クローゼット』と言ったのか？

「あんたの読心術も、決して万能じゃあないんだな、哀川潤——ほっとしたよ。考えていることが全部筒抜けなんじゃないかと、ひやひやしていた」

と、脇から示際が、得意げに言った。

「紹介するぜ。こちらが世に言うところの異端の研究者——喜連川ほつれ様だ」

あたしは改めて、示際の示した方向を見る。どう見ても何回見ても、そこにいるのは、五歳やそこらの、女の子だった。

7

もちろんこれは、悪名高き喜連川博士、人を人とも思わない人間研究家・喜連川博士の正体が、五歳の女の子だったなんて、そんな馬鹿げた話じゃあない——それだとどう考えても時系列の辻褄《つじつま》が合わない。あたしが初めて喜連川博士の名前を聞いた時点で、かのマッドサイエンティストは、既に七十を超えるご老体だった。そもそも、そのとき聞いた喜連川博士のフルネームも、『喜連川ほつれ』ではなく、『喜連川茂《も》連《つれ》』だった。『ほつれ』と『もつれ』。対《つい》になっている名前に、何の関係もないとまでは思わねーけど、だからと言って、喜連川博士が年端《としは》もいかない女児だなんて馬鹿げた展開を、認めるわけにはいかねーぜ。

「よせよ、哀川潤。あんたをかつごうとしているわけじゃない——事情を説明させてくれ。中に這入《はい》って、コーヒーでも飲みながらゆっくり話そうぜ」

示際にそんな風に促《うなが》されて、あたしはとりあえず、喜連川家の中に這入る——中こそ異様な空間が広がっているかという期待もあったが、それも空振り、民家以外の何でもなかった。靴箱の上には木彫りの熊《くま》まで置いてやがる。ちょっと裕福めの文化住宅ってところか？　おい示際くん、一応訊いておくけれど、喜連川博士は偽装《ぎそう》のつもりで、こんな何の変哲もない一軒家で研究をしてんのかい？

「違うよ。偽装する意味なんか、ない。喜連川博士の研究は誰にも真似《まね》できないし、誰にも邪魔できねーんだから」

あっそう。……そう言えばさっき、喜連川博士のことをほつれ様なんて呼んでたな、こいつ。んん？　自分を開発した喜連川博士に敬意を払うってのはわかんなくもねーが（実際には、腕を炎に改造されたりしたら、あたしだったら敬意を払うどころか薙ぎ払いたくなるだろうが）、しかし、その親族（孫？）を、しかも女児を、『様』づけで呼ぶってのは得心《とくしん》しかねるな。別段、貴族のお嬢様ってわけでもないだろうし……、ひょっとして、本当にあのガキが、喜連川博士本人なのか？　いやいや、そんなわけねーって……。考えているうちに案内されたのはダイニングだった。今更《いまさら》言うまでもなく、ただの普通のダイニングだ。あたしみたいな生き方してると、逆にノーマルな一般家庭の中に這入ることが珍しいから、そのありきたりさが、むしろ酷《ひど》く新鮮だったりもする。でも、研究はどこでしてるんだ？

「主に、二階。あとで見てもらうことになると思う――あなたがもしも、わたしの依頼を受けてくれるなら、だけれども」

女児は――ほつれちゃんは、そんな風にたどたどしく喋《しゃべ》りながら、テーブルの椅子に腰掛けた。示際はキッチンのほうへ向かう――どうやら、本当にコーヒーを淹《い》れてくれるらしい。ひょっとして腕を炎にして、一瞬でお湯をわかしたりするのかな？　そんなことを考えながら、あたしはほつれちゃんの前に座る。で？　おじいちゃんは、どこだい？　パパやママでもいいんだけれど。

「何から説明したものか」

と、ほつれちゃんは視線を天井《てんじょう》へと向ける――それは女児にはあるまじき、悩ましげな表情だった。

「パパとママは、最初からいない。そしておじいちゃんは、つい最近」

続けて、天井を指さす。

「お空に行った」

へえ、と、そのこと自体はさしたる驚きもなく、受け入れることができた。死ぬも生きるも、似たような世界で生きているから――なんて、そんな格好つけたことを言うつもりはない。それこそ、空々しいぜ。もちろん、こんな子供相手に、喜連川博士が行くのはお空じゃなくて地の底だろうよ、なんて、シニカルな返しをするほど、大人げなくもねーぜ。で、死因は？　寿命で死ぬようなタイプじゃねーだろ。そう言うと、ほつれちゃんは視線を、そのまっすぐな視線をあたしに戻して、

「実験の成功」

と言った――これはちょっと、理解に苦しむ返答だった。実験の成功？　実験の失敗じゃなくって？

「そう、成功――おじいちゃんは失敗しない」

すげえこと言うな。発明家って意味じゃ、エジソンみてーだ。なんだっけ、失敗したのではない、うまく行かない方法を発見することに成功したのだ、だっけ？　聞けばエジソンも、なかなか偏屈《へんくつ》な偉人だったらしいけれど……、実際はどんな人だったんだろうな、喜連川博士。

「お待たせ……ブラックでいいよな？」

なんて言いながら、コーヒーカップをあたしの前に置く示際——そしてほつれちゃんの隣に座る。そうしていると、十七歳の若者ながら、なかなか堂に入った保護者っぷりにも思える。確かに、読心術を駆使《くし》しようと、人間関係が上手に読みとれねーけど、どうなんだろう。示際のキッチン捌きと言うか、手慣れた様子からすると、こいつもここに住んでいるんだろうが……、十代の少年と、一桁の女児が、住宅街の民家に二人暮らしってのは、いささか違和感のある話だ。ちぐはぐとでも言うのかな——あたしはそんなことを思いながら、出されたコーヒーを一気飲みする。うん、うまい。

「最初に、詳しい説明をしたほうがいいよな？　もちろん……今から話すことは口外《こうがい》無用だ。喜連川博士の名誉にかかわることだからな」

名誉？　名誉ねえ。希代《きだい》のマッドサイエンティストに、名誉なんて大層なものがあるとは思えないけれど……、まあ、そう言うんなら、別に言い触らしたりはしねーよ。喜連川博士が、既に死んでることが、秘密ってことだな？

「死んでいる……肉体的な意味ではそうだ。ただ、精神的にはあの人は、まだ生きている——」

言いながら示際は、ほつれちゃんのほうに視線をやる——ほつれちゃんはあたしのほうをじっと見ている。

「——ほつれ様が、喜連川博士を継いでいる」

跡継ぎってこと？　喜連川博士の研究を、引き継いだって……いやいや、さすがに五歳の子供に、そんなことができるはずもない。あたしだって、五歳やそこらの頃は……、五歳やそこらの頃は、既《すで》にろくでもねーガキだったな、そう言えば。それを思い出してみると、一概に否定もできねーが。

「継いでいる、と言っても、あなたが考えているような意味じゃないよ、哀川潤。さっき、おじいちゃんはお空に行ったと言ったけれど、正しく言うと、その魂《たましい》が向かったのは、お空じゃない」

と、ほつれちゃんは再び、天井を指さした。それはもちろん、喜連川博士は地獄に堕《お》ちたという意味合いではなかったようで、ほつれちゃんはその指先を、今度は自分の頭に向けた。拳銃自殺するときのポーズだ。

「わたしの頭の中——なの」

そう言われても、まだぴんと来なかったのは、あたしが鈍《にぶ》かったと認めざるを得ないだろう。頭の中。それも広義では、研究を引き継いだことを暗喩《あんゆ》していると思えなくもないが……、しかし、ニュアンスがだいぶん、違うように思えたし——ほつれちゃんの口振り、のみならず風格すら感じる佇《たたず》まいからは、異様ささえ醸《かも》し出されていた。あたしは示際を見る。お前が説明しろ。

「そんな難しい話じゃねーよ。いや、難しい話ではあるんだが、結果として起こったことは、実にシンプルだ――喜連川博士が、人間の精神を、物体としていじくる研究をしていたことは知っているか？」

知ってるよ。あたしは頷《うなず》く――わざわざ言及《げんきゅう》したりはしねーけど、示際のほうこそ匂宮兄妹を知りはしねーんだろうな。……ん？　ってことは、まさか……そういうこと？

「そうだ。喜連川博士は死に際して、自分の精神を、ほつれ様の頭の中に挿入《そうにゅう》したんだ――専門的に言うなら、記憶と知識の転移って奴さ」

8

不老不死は人類の夢のひとつであり、同時に永遠の夢でもある――遥《はる》か昔から追い求めている理想であり、そしていつまでたっても理想でしかない。死なない人間はいない……、誰だって死ぬ。中には信じられないくらい長生きする奴もいて、あたしの親父なんかはそいつに執心《しゅうしん》したりもしたらしいが、でも、それだって不老であって不死ではなかった――ま、研究者にとって魅力的なテーマであることは間違いないんだろうぜ。それは、はぐれ者の学者である親父どのや、そして喜連川博士にも共通するテーマらしい。つまり歳をとって、寿命を目の前にして、自分の意識を、他に移すことにした——のか？　それが実験の成功という意味だと呑み込むには、まだ不明点が残っている。そもそも、今あたしの目の前に座るほつれちゃんは、誰なんだって話だ——その年齢から孫娘だと推測していたけれど、いくら喜連川博士がマッドサイエンティストでも、自分の孫娘を実験台にするか？　……それはするだろう、なにせ、自分自身の意識さえ、研究の対象にしてしまったくらいなんだから。そうじゃなくて、やっぱ、そんな人間にはまともな家族関係なんて、築けないんじゃないかという、これはあたしの偏見だ。ほつれちゃんがさっき言ってた、『パパとママは最初からいない』って発言も気にかかるところだ——まさか、孤児《こじ》でもさらってきて、自分の器《うつわ》にしたって話じゃねーだろうな？　吐き気のするような仮説だが、残念ながらこの世界ではままあることだ。よくあることと言ってしまってもいいかもしれない——あたしだって、それと似たり寄ったりの生《お》い立《た》ちだしな。もっとも、『よくある』ことと、それを認めることは、まったくの別問題だが。だからその点、はっきりさせておくことにした——あれこれとサプライズをしかけてくれたことには感謝しているが、示際くん、そろそろ種明かしをしてもらえねーかな。お前からすれば、あたしは大人に見えるのかもしれねーけど、言うほど成熟してるわけじゃねーんだよ。苛々《いらいら》するって理由だけで、後先考えずに暴れることに、別に躊躇《ちゅうちょ》はなかったりする。

「や、やめてくれよ。俺達の家を、さっきの役所みてーにぶっ壊されちゃたまらない……これでもちゃんと、順を追って説明してるつもりなんだ」

示際は慌《あわ》てて言う——自分よりも、家の心配をしているあたりが、ちょっとおかしい。しかし、言いながら、あたしも成熟しちゃったのかねえ、なんて、逆のことを考えてもいた。昔だったら、わざわざ断りなんか入れずに、まずはこのテーブルを叩き割っていただろうに。

「あんたが言ってた通りだ……つーか、世間の風評通り、喜連川博士に係累《けいるい》はいなかった。昔はいたのかもしれねーけど、少なくとも俺が会った時点じゃあ、家族なんていなかった……まして孫なんてな」

ふうん。その点、あたしと似たり寄ったりって読みは、外してねーか。いや、それ以外の点でも、実のところ(認めたくはねーが)、喜連川博士とあたしってのは、似たもの同士じゃああるんだよな。どこの世界にも、どこの組織にも属さず、何の後ろ盾《うしろだて》もなく、飄々《ひょうひょう》と活動しているって点において——そこに共感するか、あるいは同族嫌悪を感じるかは、おいておいてって感じだが。

「もちろん、喜連川博士がうら寂しい老人だったたってわけじゃねーぜ。孤独と孤高は、違うものだ」

孤独と孤高はおんなじものだよ。

「…………」

ああ、水差すつもりはねー、そのまま続けろ。表現なんてなんでもいいよ。喜連川博士の伝記でも書くときに、役に立ちそうだ。

「書いてくれるのか？　哀川潤が？」

んなわけねーだろ、いちいち茶々に突っかかるな。示際くん、喜連川博士が天涯孤独……失礼、天涯孤高だったとして、じゃあ、そこにいるお嬢ちゃんは、何者なんだい？　どっからわいて出たんだよ。

「……わいて出た、か。随分な表現だな」

表現にこだわるねえ。得意教科は国語か？

「学校なんて行ってねえよ。いや、随分な表現だなってのは、随分適切な表現だなって意味だ――また心を読まれたのかとどきっとしたってだけだ」

？

「ほつれ様は、まさしく『わいて出た』んだよ――フラスコの中から」

……フラスコの中、から。その言葉から事情を直感できたからといって、賞賛には値しないだろう――つーか、賞賛されるべきは、喜連川博士ってことになるんだろう。もっとも、どれほど賞賛されるべきであっても、賞賛していいのかどうかは、この場合、決めかねる——人の倫理ってもんに関わってくる。このあたしが倫理に言及しなきゃいけねーほどには。

「哀川潤。ホムンクルスって知ってるか？」

すぐには返答しなかったけれど、そりゃあ、知ってるわな。ホムンクルス——錬金《れんきん》術《じゅつ》の思想のひとつで、人造人間って言うのか、人工生命って言うのか、要は人の手による命の創造だ。不老不死や金の製作に並ぶ、錬金術の大きなテーマである。もちろん、そんなのは中世の話であって、科学全盛の今となっては錬金術は学問ではなく、最早《もはや》エンターテインメントの題材だが。

「そうとも限らないぜ。実際、現代科学の粋《すい》を集めれば、金の製作は可能になったって言うじゃないか。同じように不老不死やホムンクルスが実現しても、不思議はないだろう」

不思議はない、かもな……、だが示際くん、喜連川博士が科学者でも化学者でもなく、錬金術師だってのは、すっげー不思議なこと言ってるぜ。エンターテインメントっつーか、至極《しごく》笑える。現代に残ったたった一人の錬金術師って、SF小説じゃねーんだからよ。まして——と、あたしはほつれちゃんを見る。まして、実際にホムンクルスを作り上げたなんて。

「あなたがどう思おうと、それは勝手よ。でも、真実は揺らがない——わたしは、おじいちゃんが作った、人工生命。そしておじいちゃんの知恵と記憶を引き継いだ、二代目の喜連川博士。……あなたが着た宇宙服『クローゼット』は、わたしの開発したものなのよ」

それが揺らがない真実だって言うなら、驚きを通り越して、ちっと背筋の冷える思いだぜ。五歳児の設計した宇宙服を着て、真空の中へと飛び出して暴れてたってんだから。……ところで、五歳ってのは、あたしの勝手な見立てだったが、しかし、本当にこの娘がホムンクルスだって言うなら、見かけなんて、何の基準にもなんねーな。デザイナーズベイビーじゃあないけれど、好きな年齢に設定できるかもしれない……ただまあ、好んで女児の身体に自身を引き継がせようって老人もいねーだろう。それはもう、ロリータ・コンプレックスとかよりももっと深刻な変態性を感じずにはいられないぜ。

「何？　わたしの年齢が気になるの？　作られたのは五年前、おじいちゃん、喜連川茂連博士を頭の中に引き継いだのは一年前よ」

見立て通りじゃねーかよ。そして、一年前から喜連川博士を引き継いだってことは、宇宙服『クローゼット』を含め、ここ最近の喜連川博士の功績は、おおむねこの娘が、短い手足で成したものだってことなのか……、あたしが聞いているだけでも、宇宙服の他にもいろいろ、喜連川博士の研究は世間を騒がせていたけれど……それが全部、五歳の女の子の仕業《しわざ》だったってなると、背中どころか肝《きも》が冷えるぜ。新世代って言うにも、新世代過ぎるだろう。

「ホムンクルスを作り、そして知恵と記憶を引き継ぐという、ある種の不老不死も実現し……、喜連川博士は本当の天才だったのさ」

示際はどこか誇らしげにそう言った——喜連川博士に心酔《しんすい》してるって感じかな？　本人が嫌がっているようだから、読心術で分析したりはしねーけれど、どういう心境なのかは、結構謎だぜ。腕のことを差し引いても、世間からはぐれたアウトローの研究者に憧憬《しょうけい》を抱くってのは、若い内にはあることなんだろうが、その喜連川博士が、女児になっちまってるってのは。……でも、示際は『喜連川博士』と『ほつれ様』を、わけて考えているようでもある。そもそも、ほつれちゃんのしゃべり方は、年齢にそぐわぬ理知的なそれでこそあるが、あたしのイメージする喜連川博士とは食い違う——愛想がいいとは言い難いが、人間嫌いの偏屈って感じじゃねえ。身体がリニューアルされて、気が変わったってことでもないだろう……。

「何よ。哀川潤。まだ疑問が残ってるの？」

と、ほつれちゃんが言う。

「わたしが何者かなんて、正直、あなたに依頼しようとしている事柄には、あんまり関係ないんだけれど」

そう言われると、まるであたしが理解の遅いアホみたいで、あんまりいい気はしねーけれど、事実、ほつれちゃん——喜連川博士からすれば、そうなのかもしれねー。だって、この発言ひとつとっても、あたしから見りゃあ意味不明に近いぜ？　ぼんやりしてると聞き流しちゃいそうだけれど、その台詞を換言すれば、『ホムンクルスも記憶や知識の移行も、喜連川博士からすれば別にそんなに重要じゃない』と言ったようなもんなんだから——どちらをとっても人類史をひっくり返さんばかりの、ことによっちゃあ宇宙人を発見するよりも前人未到の成果なはずなんだけれど。しかし、だからと言って、じゃーそれはいいから、依頼内容のほうに入ってくれと言えるほど、こちとら悟ってもいない。これで結構、物見高いおねーさんなんだよ、あたしは。

『わたしはホムンクルスで、喜連川博士の二代目です』なんて、五歳の子供から言われてあっさり信じるほど、人がよくもねーわな。

「そう。思ったよりは賢明なのね、人類最強——強さってのはどこか、増長とも通じるところがあるから、そんなのは気にしないのかもしれないと、思っていたけれど」

なんだよ。馬鹿にしてるのか？

「いえ、手放しで誉《ほ》めているのよ——それに、そうでなくては困るわ」

困る？　あたしが馬鹿で、どうしてお前が困るんだよ——いや、それが依頼内容にハマってくるんなら、問いただすのは後回しにしておくか。受けるかどうか、決めかねるしな。子供の遊びにつきあうほど、この哀川潤、暇じゃねえ――ついこないだまで、弩《ど》級に暇だったけど。

「わたしがおじいちゃんから引き継いだのは、記憶と知恵って言ったでしょう？　つまり、性格や人格まで、引き継いでいるわけではないってこと――だから、あなたが期待している……と言うか、巷間《こうかん》言われているような、偏屈な老人のイメージまでは、わたしは引き継いでいないのよ」

い、い、わたしはあくまでもわたしでしかない――と、喜連川茂連博士ではない喜連川ほつれちゃんは、そう言った。その説明でも、わかりやすいとは言えないが（何せ類例がなさ過ぎる）、匂宮雑技団あたりで実践していた、人格転移みたいなことまでは、なされていないってことか？　データは引き継いでいるけれど、ＯＳが変わっている……これも、ちょっと違う例《たと》えなんだろうが。

「……どうしても理解できないなら、わたしを喜連川博士の弟子だと思ってくれたらいいわ。一子相伝の研究を受け継いだ、愛弟子《まなでし》――孫娘に自分の脳を移植したなんて話よりは、そっちのほうが受け入れやすいでしょう」

そりゃそうだろうが、事実に反するなら、受け入れるわけにもいかねーだろ。そもそも、孫娘を実験台にするのと、人工生命を生み出すのと、どっちが非人道的なのかっていったら、とんとんって気もするしな――ほつれちゃん。

「何よ」

お前が喜連川博士とは、同じでありながら別人だってのは、まあわかった——記憶と知識だけを受け継いでも、同一人物にはならねーって理屈なんだろう?

「そう。そう言ったわ」

だが、それだと結局、喜連川博士はただ死んだってことにならねーか? あたしの知る限り、喜連川博士は、人間の人格を、あっちやらこっちやらに『伝染』させる技術を持っていたはずなんだが……、どうして記憶と知識を移しておきながら、人格はお前の中に移さなかった? お前が喜連川博士の跡継ぎだって言うのなら。

「おじいちゃんは、『その人格が邪魔になってきたから』、と言っていたわ。古くなってきたから、そろそろ交換したいとか——」

それは——何というか、本当に人格を物理的な物体としてしか考えていない、価値観だった。いや、百歩譲って、他人に対してそんな風に考える奴がいるというのは、わからなくもない——他人に人格権を認めない奴ってのは、いつの時代のどこの地域にだっているもんだ。しかし、自分の人格だ。自分が百年近くつきあってきた自分のパーソナリティを『古くなってきたから取り替えよう』なんて、そんな考え方が、あるか? できるか? 少なくともあたしには無理だ。

「どうしたの? 哀川潤。笑ってるわよ」

絶句してるんだよ。さすが、『否定する』という形でさえ関わりたくないと言われた喜連川博士だ——気持ちいいくらいに気持ち悪く、ぶっ飛んでやがる。電話帳のデータでも引き継ぐみたいに、ホムンクルスに跡を継がせたんだ。

「わたしにこれまでの研究成果を引き継がせて、すぐに死んじゃったから、まあ、死因は老衰《ろうすい》ってことになるんだろうけれど……、おじいちゃんは、わたしの中で生きているのよ。わたしの頭の中で、いつまでも生きているのよ」

あたかも、あの人はわたしの胸の中で、いつまでも生きているのよ、みたいな風に言っているが、そんないい話じゃあねえよなあ。普通の神経をしていたらおかしくなっちまいそうな『跡継ぎ』だが、しかし、喜連川博士に一から——否、零から育てられたホムンクルスというだけあって、その辺に、迷いやブレはないようだった。意味のねー質問だとは思うけれど、お前達の言っていることが本当だって証拠は？　ほつれちゃん、お前がホムンクルスだって証拠だけでも、示してくれたらありがてーんだけどな。

「証拠なんて、おじいちゃんが残すと思うの？」

まるで完全犯罪みてーなこと言ってんな。まー中世ならまだしも現在の法律に照らし合わせれば、喜連川博士のやっていた研究の、そのほとんどは犯罪と言い換え可能なものなんだが。

「信じる信じないはあなた次第よ、哀川潤——どの道、この程度の現実離れについて来られないんであれば、この先、わたし達の頼みを請け負える見込みはないわ」

なんで頼む側がそんな偉そうなんだよ。女児が高飛車《たかびしゃ》に構えてんじゃねーよ。昔のあたしを思い出して、気分悪いぜ。まあ、相手が何歳児にしても、このあたしに対して『請け負える見込みはない』は、挑発にしたって言い過ぎだ。OK、喜連川ほつれ。そして示際祭——お前達の与太話《よたばなし》、信じてやろうじゃねーか。なんだか狐《きつね》に抓《つま》まれた思いだが、だまされたと思って、付き合ってやるさ。

「後悔することになるわよ」

することになるかもな、今回だけは。

9

実は世界なんてとっくに終わっていて、あたしはそれに気付かず生きているだけなんじゃないかって思うことがある——特に、今日みたいなでたらめな日には。ま、元よりあたしの人生なんてなんでもありだから、いーんだけどよ。しかしながら、それにしたってホムンクルスや炎の右腕が、ただの前座になる依頼ってのは、いったいどんなものなのかね？　人間が想像しうる出来事はすべて、世の中で起こることだ——

なんて、誰かが言ってた気がするけれど、想像を超えたことも、二重の意味でありがてーことに次々起こってくれるらしい。あたしを退屈させないために神様がサービスしてくれてんだって小唄の言も、こうなるとあながち馬鹿にしたもんじゃねーや。小唄の奴め、今度結婚でもしてやっか。で、ほつれちゃん、示際くん。あたしに頼みたいことってのはなんなんだい？　言っておくけど、あたしは安くねーぜ。

「働きに見合う額は支払うつもりよ……、おじいちゃんの遺産がたんまりあるから」

ほつれちゃんはそう言ったが、こんな普通の家に住んでちゃあ、その大言壮語も疑わしいもんだぜ。ご老体らしく、タンス預金でもしてたってわけじゃないだろうしよ。

「さっき、わたしのことなんて、本筋には関係ないみたいな言い方をしたけれど、厳密に言えば、まったく無関係というわけでもないのよ。関係というだけで言うなら、密接に関係していると言ってもいい——なぜなら、わたしと祭は、まさしく『その研究』の、テストタイプだったのだから」

ほつれちゃんは、やや自虐的《じぎやくてき》にそう言った。年齢にそぐわない量の知識を詰め込まれたことに起因するのか、表情に乏《とぼ》しい子供なのだが、このときの自嘲《じちよう》の表情だけは、わかりやすくはっきりしていた。

「テストタイプというのは言い過ぎですよ、ほつれ様——せめてプロトタイプというのが正しいかと」

「そうね」

示際からの、窘《たしな》めるような言葉に、抵抗するでもなく頷くほつれちゃん。奇妙なコンビだが、意外とハマっている——羨《うらや》ましいね、そういう関係性。思えば、継続的なパートナーみてーな奴は、一回もいたことねーからな、あたし。で、プロトタイプってのはどういう意味よ？

「……既にあなたが指摘した通り、わたしは二代目としておじいちゃん、つまり喜連川博士と、彼がなした研究を引き継いだわけだけれど、でも、おじいちゃん自身とは違うのよ。おじいちゃんと同じように、世間と渡りをつけることなんて、まだできない——言うなら、試運転の段階なのよね」

　喜連川博士が世間と渡りをつけていたとはとても思えねーけど、まあ、マッドサイエンティストはマッドサイエンティストなりに、折り合いをつけていた部分は、そりゃあああるだろう。暴力的なまでの研究成果が、たまたま世の中の需要と一致したときに、それを提供することで、自身の身を世間の荒波から守るくらいのことはしていただろう——そんな老獪《ろうかい》さを、生まれたての五歳児に求めようってのは、土台、無茶な話だ。だから、そのために、初代喜連川博士が死んだこと、二代目をホムンクルスが継いだことは、伏せているってわけだろう？

「そう。でも、いつまでも隠せるものじゃあないから、近く、公表するつもりよ。ただ、その前に、おじいちゃんが積み残して、中途半端になっている研究に、始末をつけておきたくてね……、ちなみに人類最強、あなたにテストしてもらった宇宙服『クローゼット』も、そのひとつ。おじいちゃんが残した遺産のひとつ」

遺産……とんだ負の遺産もあったもんだな。不良債権と言ったほうがいいかもしれない——なるほど、まるっきりまっさらから、あの宇宙服は作られてたわけじゃあなかったってわけだ。元々、時代遅れの錬金術師が作ってたことを思うと、ほっとしていいのかどうか、微妙なところだが。

「おじいちゃんが手がけていた研究を、この一年、ひとつずつ、ひとつずつ、片付けていった。宇宙服に限らず、そのうちいくつかは、あなたの仕事とかぶったりもして——だからわたしは、あなたの請負人としての仕事っぷりを、見させてもらっていたの。それなりに」

ふうん。それで、今回あたしに白羽《しらは》の矢が立ったってわけだ——ちゃんと働いておくもんだねえ。どんな仕事も、どこかで誰かが見ててくれるってことだ。

「茶化《ちゃか》さないで。真面目《まじめ》な話なのよ」

それなりに？

「それなりに、ね」

示際くんの腕は、ほつれちゃんが引き継いだ研究なのかい？　それとも、仕上げまで先代の仕事なのかい？

「祭の腕は、すべておじいちゃんの手技《しゅぎ》よ」

そんな風にほつれちゃんは答えた――そして続けた。

「この家の住人としてのキャリアは、祭のほうが長いんだから――わたしは、祭に育てられたようなものなの」

ふうん――じゃ、マジで保護者代わりってわけだ。示際と初代喜連川博士のなれそめってのも気になるっちゃなるが、それを訊いたら話が逸《そ》れちまいそうだな。

「で、まさしく、そこが問題になっているの。哀川潤、あなたの力を借りたいっていうのは、そこでね……、おじいちゃんが遺《のこ》した研究は、よっぽど小さいのを除いて、あらかた終わらせるか、そうでなくとも処分することができたんだけれど……、ただひとつ、手詰まりになってしまい、かと言って処分するわけにもいかないテーマが残ってしまってね。どうしたらいいのかわからなくて、頭を抱えていたのよ」

へえ。随分あけすけに言うなあ――『わからない』なんてのは、研究者の台詞じゃねーと思っていたけれど。

「新人なものでね。研究者としても、二代目の喜連川としても――おじいちゃんなら、そうね、頭を抱えたりはしないでしょうね。たとえ行き詰まっても、何の思い入れもなく、その研究を処分するのかも……」

裏を返せば、そのひとつ残った研究は、ほつれちゃんや示際にとって、思い入れのある研究だってことなのかな？

「そういうことになるわね。でも、思い入れというほど、エモーショナルなものではないのよ。もっと実際的に……、もしもその研究を放棄することになれば、わたしや祭は、生きている意味をなくすことになるの」

生きている意味をなくす？　えらく大袈裟《おおげさ》なことを言うねえ。生きている意味なんて、持ってる奴のほうが少ないだろ。

「それも、そういう『思春期の悩み』みたいのじゃなくってね……、その研究を放棄するのであれば、わたし達という喜連川博士の研究成果もいてもいなくても同じだったことになるって意味——わかるかしら？」

それを聞いて、すぐに言わんとすることがわかったのは、あたしも似たような境遇にあったからなのかもしれない——あたしもまた、親父どもの『世界を終わらせる研究』の、一環としての実験台だった時代がある。その研究自体は破綻《はたん》したようなもんだが、だけどその研究が破綻したということは、見ようによってはあたしはいらなかったって風にも見えるだろう——それをあたしみてーに『知ったことか』で割り切るほど、こいつら、脳天気な奴らには見えないな。あたしは言った。要するにお前達は、その最後に積み残された研究の、『素材』だったたってわけか？

「まあ、そういうことになるわね。わたしという『ホムンクルス』も、祭の腕も……段階を踏んでいる、というより、そこに至るための階段だった」

階段ね。そういう言われ方をすると、いつぞやの十三階段《じゅうさんかいだん》を思い出すな。

「十三階段？」

知らなきゃいい。続けろ。

「『ホムンクルス』は、言うなら無機物から有機物を、無から有を、非生命から生命を生むための実験だった――それを自分の新しい器にしようなんてのは、たぶん、おじいちゃんは副次的に思いついたに過ぎないわ。要は、人間から広がる系統図から外れた場所で、人間と等価値の何かを作ろうとしたのね」

違う材料で、同じ作品を作れないかどうかを図ったってことね。どうしてそんなことをしなきゃいけないのか、とか、人間がいるんだから人間以外を作る意味なんかねーだろ、とか、そういうことを研究者に対して言うのは、不理解っつーより、無粋《ぶすい》なんだろうな。

「そして祭の腕は、人間の『気体化』ね」

人間の機械化？　サイボーグ？

「『機械化』じゃなくって、『気体化』……固体と液体で構成される人体を、気体にできないものかどうか、そういう設計思想よね。おじいちゃんは別に中学生の妄想みたいに、燃える火の腕を作りたかったわけじゃないのよ」

　中学生の妄想のほうがいくらかマシだろ。人間の気体化って……、身体を霧《きり》にする吸血鬼みてーなもんか？　炎になったり高温になったり、それで殴りかかったりするのは、それもまた副産物であり、その状態変化、状態差こそが肝だったわけだ。

「ガス状化現象と、喜連川博士は呼んでいたぜ」

　と、示際は言った。自分の右腕を大儀そうにさすりながら。

「俺がガス状化できるのは、右腕だけだがな……生命は気体でも存在しうるのか、そんなことを博士は問うていた」

　問うてどうすんだよって問いだが、問うどころか、それに答を出してしまってるっていうんだから舌を巻く。素人《しろうと》考えを言わせてもらえれば、仮に人体の気体化に成功したとしても、気体だから体積が爆発的に増えて、しかも簡単に散ってしまって元に戻らない——なんて問題点が考えられそうだけれど、実例としての示際の右腕が元通りに、固体状に戻っていることを思うと、その辺の問題点はクリアされているのだろう。

「興味があるなら、安心して。あとで資料を見せてあげるから——今は外枠だけをなぞっているだけ」

　資料？　何、見せてくれるの？　そういうのって、機密扱いなんじゃねーの？

「機密でも秘密でもないわ。と言うより、ここまで言えばもうわかったと思うけれど、わたし達があなたに頼みたいこと、請け負ってほしい依頼っていうのは、その最後の研究を完成させることを手伝ってほしいということ――あるいは、どうしてもというときには、わたし達に代わって処分してほしいということなのよ」

…………。

「何よ。またぞろ実験台にされるとでも思った？　何もあなた、戦うのが専門の、バトルマニアってわけでもないんでしょう？　派手でアクティブな活動ばかりが目立つけれど、実のところ、学職方面での成果も、結構あげている――って言うか、実は頭脳労働のほうが得意なんじゃない？」

あたしをそんな風に見込んでくれる奴ってのは、本当に珍しいぜ。まー、ここで謙《けん》遜《そん》するほど謙虚でもねーよ。それでも、喜連川博士の研究の助けになれるほど自分をお利《り》口《こう》さんだと思い上がってもねーけどな。

「引き受けてくれるかしら？　人類最強」

ふん。思ったよりはまともな依頼で驚いたところもあるが――それも、具体的に、喜連川博士がお前達に遺した負の遺産が、最後の研究がどんなものかにもよるよな。人工生命と肉体改造、人智を超越しているという点以外に共通点を見いだせないそのふたつの研究の先にある、錬金術師のやりかけの仕事ってのは、いったいなんなのだろう？　……それがわからない時点で、あたしにはそんな研究を手伝えねーんじゃねーのかとは思うが……、でも、示際はともかく、ほつれちゃんが本当に、あたしに望んでいるのは、むしろ『処分してほしい』のほうなのかもしれねーな。思い入れが強過ぎて、自分ではどうしても手を下せないから、代理でその研究の始末をつけてくれって……、そこへいくとこの哀川潤は、物事を（色んな意味で）ぶっ壊すのが得意中の得意な生粋《きっすい》のデストロイヤーだ。何の躊躇もなく、喜連川博士の貴重な遺産を破壊せしめるだろう。

「どうなんだよ、哀川潤」

せかすように示際も言う――焦んなよ。まああたぶん、流れからしてあたしはこの依頼を引き受けることになるんだろうけれど、その前に確認だ。最後に遺ったその研究を、ER3システムとか、四神一鏡とか、あの辺りに売り渡すって気はないのか？　世界最高峰の頭脳、ヒューレット准教授に口を利《き》いてやることくらいは、無償でしてやってもいいんだぞ。

「わかってないわね。あなたに頼むのは、哀川潤、あなたが研究者じゃなくて、請負人だからよ。おじいちゃんが何を嫌いだったかと言って、天才とエリートが、何より大っ嫌いだったんだから」

その『記憶』は、きっちり引き継いでいるわ――と、ほつれちゃんは無表情で言った。はん。なるほど。まあ、そんなところだろうよ――マッドサイエンティストの喜連川博士からしてみれば、同業者は商売敵ではなく、天敵だっただろうからな。……OK。じゃ、そろそろ、その研究ってのの正体を教えてもらおうか。

「ええ、そうね。教えてあげる。でもその前に、ひとつだけ約束してくれる？」

また約束か。なんだよ。

「何を見ても驚かないって」

どんな契約を結ばされるのかと思ったら、おいおい、今更だろ、そんなの。今更驚けって言われても無理だし、今更驚くなって言われても、やっぱり無理だって気がするぜ。

「違うの、そういう意味じゃなくって――あなたが驚いたら、向こうも驚くと思うから。あまりショックをあたえたくないのよ――それくらい、か弱い存在だから」

…………？　ほつれちゃんの言うことは、どうにも要領を得なかったので、あたしは実際のほうを見たが、そっちの様子も似たり寄ったりだった――あとはもう、百聞《ひゃくぶん》は一見《いっけん》にしかずってことか。よーし、二階に案内しな。研究室……、いや、錬金術師風に言うなら、工房って感じか？

「そうね。わたしはそんな風には言わないけれど、おじいちゃんは工房って呼んでいたわ。……存命の内に会ってあげて欲しかったわね、そんなにセンスが合致するならば」

椅子から立ち上がりながら、ほつれちゃんはそう言う――よしてくれよ。とても、仲良くできたとは思えねえ。他の研究者に依頼しないってのが喜連川博士の意志に基《もと》づくものだってのは、そうなんだろうが、しかしもしも本人なら、あたしにさえ、頼もうともしなかっただろうぜ。

「ほら、それよ。そんな風に、おじいちゃんのことを知った風に語るあたりが、ね。記憶を引き継いでいるこのわたしでも、そんな風に自信たっぷりには、おじいちゃんのことを断言できない」

断言はあたしの癖《くせ》みたいなもんだ、深い意味を見いだされても返事に困るぜ。

「そうね。じゃあ、仕事を達成してもらったあとで、同じことをもう一度、言ってみようかしら——あなたがどんな風に答えるか、見物だわ。……おじいちゃん、新時代の錬金術師・喜連川茂連の最後の研究」

ほつれちゃんは先陣を切るように歩き出しながら、その研究名を口にした。

「『貧者《ひんじや》の一灯《いつとう》』——おじいちゃんは、『あの子』のことを、そう呼んでいた」

10

二階の、その工房って奴こそ、今度こそ、民家の作りじゃない、それなりに実験や開発の場っぽい間取りになってんじゃねーかという予想は、まあ当たっているっちゃー当たってはいたが、しかし期待を下回る施設だったと言わざるを得ない——こぢんまりとして、強《し》いて言うなら、実験室と言うより、小学校の理科室って感じだった。こんな小規模な『工房』から、世界を揺るがす、人間の価値観を揺るがす研究を無数に発信していたというのだから、恐れ入ると言えば恐れ入る——のだが、さすがに『引っ越せ』と言わざるを得ない。何を考えてる奴だったんだろうな——さっき、ほつれちゃんはあんなことを言っていたけれど、あたしにも初代喜連川博士が何を考えていたかなんて、やっぱりさっぱり意味不明だぜ。何も語れそうにない。

「これよ」

と、ほつれちゃんが示したのは、大きめのテーブルの上にあった、三脚の上に置かれたフラスコだった。フラスコの中では小さな火がめらめらと燃えている——ん？　あれ、あたしも理科の実験なんてしばらくしてねーから、ちゃんとは言えないけれど、フラスコってのは、アルコールランプや何かで、下から炙《あぶ》るもんであって、中に炎が入っているものじゃなかったような気がするんだけど？　ゴム栓のされたそのフラスコには、チューブが何本か挿入されていて、どうやら酸素はそれから供給されているらしい。……ほつれちゃん、『貧者の一灯』ってのは、その火のことを言っていたのか？

「そうね。ただし、『貧者の一灯』っていうのは、あくまで研究テーマの名前。紹介するわ」

　と、ほつれちゃんは、まるで友人を――あるいは妹を、紹介するように言った。

「ガス状生命体――『ふれあい』よ」

　その柔らかな名前と、もちろん突拍子《とっぴょうし》のなさに、面食らわなかったわけがない――もしもあらかじめ『驚くな』なんて約束を交わしてなかったら、どんな派手なリアクションをしていたか、わからねえ。『ガス状生命体』？　あたしは、まるであたしが尻尾《しっぽ》を巻いて逃げ出すのを妨害するように、部屋の入り口に立っている示際を見る――示際の右腕を見る。腕を、ガス状に変質させ、また元に戻すことのできる少年、示際祭。そして……と、今度はほつれちゃんを振り向く。フラスコの中の小人、ホムンクルス。フラスコ生まれの女の子――えぇっと？

「挨拶しなさい、『ふれあい』」

　あたしのリアクションを待たず、ほつれちゃんはフラスコに向かって、そう語りかけた――赤々と燃えるその炎に対し、人間に話しかけるようにそう言った。

『■・■・□・■・□・□』

　と、果たして、まるでパソコンで作った電子音のような、途切れ途切れの『声』が、フラスコの中から響いてきた――それは、『ハ・ジ・メ・マ・シ・テ』と聞き取れた。だから工夫もてらいもなく、あたしは『初めまして』と返すしかなかった。

「常識がひっくり返ったでしょう？　わたし達には、これが常識だったけれど……、初代喜連川博士の、最後の研究テーマは」

　ほつれちゃんは、どこか諦観《ていかん》のこもった口調で、そう語った。

「人類の上位——新しい生命の創造だったのよ。おじいちゃんは、炎に命を与えたの」

　わたしと祭は、そのための踏み台だった——と言うのを聞いて、なるほど、さっき自虐的に言っていたのは、そういう意味だったのかと、あたしは納得した。この家に来て初めて納得したみたいな気分になれたぜ——ほつれちゃん。ホムンクルスの製作は、言うなら『人間を、生殖以外の方法で作る技術』であり、また『無から有を作る技術』だった。示際の腕は『生命の気体化』だった——ならば、そのバラバラとも思える技術を、合成して次の段階に進むとするならば——当然、『人間以外の生命の創造』に行き着くわけだ。進化の系統図を、まったく無視した命の作りかた——まさしく遊び半分で命をもてあそぶような行為《こうい》だが、これしかねえ。

「遊び半分？　違うな、全部遊びだったよ——喜連川博士にとっては」

　示際は不敵に笑った——不敵でもあり、不適でもある、楽しげな笑顔だ。

「俺は喜連川博士のそういうところが好きだった」

　そうかい。しかし、それは裏を返せば、好きでもなきゃあ、一緒にいられないような人格だったってことでもあるよな——だとしたらその人格を、老境にあたって放棄《ほうき》しようとした喜連川博士の心中《しんちゅう》ってのも、意外と複雑だったのかもしれない。示際がどう思おうと、喜連川博士は己《おのれ》の性格を『不適格』と判断したから、引き継ぎにあたり、リニューアルしたのかもしれない——いや、いくらそれが嫌いであろうと、どんなに嫌でも、自分は自分の性格と一緒に生きていくしかないっていうのは、普通の人の考え方のはずなんだろうが、な。

「ああ、あまり思い込まないでね、哀川潤——あなたが思っているほど、現時点で完成されているわけじゃないわ。『貧者の一灯』は、その進行を十段階にわけたとき、まだ3か4ってところなのよ。『ふれあい』は、まだ、生まれたての赤ちゃんみたいな……いえ、胎児のような状態——なのよ」

フラスコを胎内に見立てているのか。まさしくホムンクルスだねえ——それは、試験管ベイビーとして考えるならば、現実の科学の延長線上ではあるのだろうが、しかしあたしの中では、それはまったく繫《つな》がらない——そして、おそらくは喜連川博士の中でも繫がっていなかったのだろう。

「とてつもなくデリケートだから。風が吹いただけでも消えてしまいかねない、比喩ではなく、風前の灯火《ともしび》なのよ。……だから、あっちこっちうろうろさせて悪いけれど、もう一度、ダイニングに戻ってもらっていい？　詳しい話をさせてもらうわ——まだ、わたしの話を聞いてくれる気力があるのだったら、だけれど」

これ以上、どんな話を聞けと言うんだよ——と、あたしはありったけの皮肉を込めて答えざるを得なかったけれども、しかしだからと言って、もう後戻りはできなかった。話は聞くしかないし、この依頼は受けるしかなかった——人類最強として、そして、人間として。

11

言葉ってのは不思議なもので、強調することで、意味が薄くなることもある——卑《ひ》近《きん》な例で言えば、『超すごい』と言ったら、ただ『すごい』と言うよりも、重みは失われる。サディストやマゾヒストをドS、ドMと言えば、まー軽い言葉になるだろう——『プラチナむかつく』と言えば、そんなにむかついていないみたいな意味合いになるかもしれない。逆に『とてもじゃないけれど』と言えば、ただ『とても』と言うよりも、意味が重くなったりもするわけで——そんなわけで、迂闊《うかつ》に強調するとただの冗談みてーになっちまうんだが、実際のところ、喜連川博士の最後の研究『貧者の一灯』が、この世にある文法の、すべての強調語を並べたところで追いつかないくらいに、突き抜けたそれであることに間違いはないだろう。パラダイム・シフトとでも言うのか……、真《しん》に優れた技術や、革新的な考え方は、それまでの常識を、旧態依然《きゅうたいいぜん》としたただの悪弊《あくへい》へと変化させる――古びた、もう役に立たない技術へと変えてしまう。喜連川博士の、これまでのマッドサイエンティストっぷり、柔らかく言うなら変人っぷりがいかんなく発揮されていた研究成果には、それだけの力があったとは言い難いけれども（あの宇宙服『クローゼット』だって、世界中の宇宙局で採用されこそしたものの、決して一般的なスタンダードにまではならないだろう――そうなるためには、きっと採算が取れない）、しかし『貧者の一灯』、そしてガス状生命体『ふれあい』には、世界を転覆させるだけではなく、『人類』を進化の系統図のトップランナーから引きずりおろすだけの力があることは、否定できない。いや、否定しなければならないのかもしれない。それを認めてしまったら、人類も、もちろん人類最強も、意味をなくす――電卓が登場したあとの算盤《そろばん》みてーになるかもしれない、DVDやBDが登場したあとのLDみてーになるかもしれない。共存できない、いや、共存すべき、建設的な理由がない――

「さて、と――もうほとんどのことが言わずもがなになっているとは思うんだけれども、けれど、どうも哀川潤、あなたにはちぐはぐな印象を持っているというのが、わたしの正直なところでね」

ちぐはぐ？　ダイニングに戻ったところで、改まって何を言い出すのかと思ったら、そんなことを言い出した。

「祭の見解は違うでしょうけれど、思ったよりはまとも——というのが、あなたに対する、これまでの心証。しかし一方で、あなたは、正式な跡取りであるわたしよりもよっぽど、喜連川博士に近い位置にいるようにも思える。これをどう分析したものか、わたしは決めかねている」

はっきりと、あけすけに言ってくれるじゃねーか。だけどさすがっつーか、それはたぶん、どっちも正しい見解だよ。まあ、『思ったよりはまとも』ってのは、まともの定義にもよるだろうが……、でも、あたしが喜連川博士に近い位置にいるだろうってのは、さっきからずっと感じているところだ。

「じゃあ、わかるのかしら。ガス状生命体『ふれあい』……わたし達は『フレア』とか『フレーム』とか、そんな風に愛称で呼ぶことが多いけれど、ともかく、あの新型生命の意味を。そしてわたし達が、何を躊躇しているのかを」

生命ね。学術的な話をすれば、生命の定義は難しい——自己増殖する力を持つってのが、一番わかりやすい定義なんだろうけれど、それだとコンピューターウイルスのワームなんかも、生物ってことになりかねない。そして『炎』もまた、自己増殖する力はあるという言い方もできよう——延焼、類焼、他にもいろんな言い方はあるけれども。

「……喜連川博士は」

と、語り出したのは、示際のほうだった。

「俺の腕を改造したときに、こんなことを言っていた。『人類の先を求めるのではなく、人類の次を求めるべきだ』と――その成果が、フレアにあるのかもしれねー。そう思うと、俺なんかには迂闊に触れられない生命なんだよ、あれは」

ふん。硬《かた》い言い方をしちゃあいるが、それは言い換えると、『人間はもう古くなったから、新しいものに取り替えようぜ』的な意味だろう――自分の肉体と、人格を取り替えたように。それはもう、人類を終わらそうとしているのと、大差ない――人類最終・想影真心《おもかげまごころ》とは、違うアプローチからの、終わりの作り方か。……あの親父どもと、意気投合してなかったのが、こうなると不思議なくらいの錬金術師だ。一般に、『人類の次』の生命は、もう生まれないと言われている――生物の進化のスピードより、人類の科学技術のスピードのほうが速いからだ。だが、その科学技術こそが『次』を生むとすれば……。

「今更、必要ないとも思うけれど、念のためにアウトラインを口にしておくわ。説明責任を果たしておかないとね――喜連川博士の二代目として。『貧者の一灯』は、人類以外の生命の製作を、テーマにした研究――わたしというホムンクルスは『人類とは違う部品を使って人類を作ること』を目的としていて、祭は『人体の気体化』を主題とされていた――そしてフレアは、人類とは違う部品を使って気体に、高度な生命を与えることを欲した成果。……この場合の『高度』っていうのは、額面通りに受け取ってもらって結構」

ふん。つまり『人間よりも上』って意味ね。そうでなければ、研究の継続をためらう意味なんてない――結局、そういうことなのだろう。二代目喜連川博士、ほつれちゃんと、示際は、『貧者の一灯』の、その値打ちを抱えきれずに、あたしに相談してきたってのが正しかろう。これだから子供は――なんて切り捨てることは、たぶん、誰にもできまい。だってそんなもん、大人にだって抱えきれない――展開次第によっては、大袈裟でなく人類史にピリオドを打つことになる。

「もちろん、それは最悪の可能性よ。けれど、別段低い可能性というわけでもない……、気体として生きていける生命体の強さは、強さを司《つかさど》るあなたならば、よりよく理解できるんじゃないの？」

あたしは強さを司る神とかじゃねーんだけど……、まあ、示際との、今から思えば実験的なバトルを考えてみれば、言われるまでもないってことになる。平然とポケットに突っ込んじゃいるが、あたしの右腕は、焼け焦げたままだし――あの勝負が『倒れたほうの負け』ってルールじゃなかったら、どうなっていたかわからない。……ほつれちゃん。『貧者の一灯』の研究は、実際のところ、行き詰まってるわけじゃないんだろう？　進めようと思えば進められるんじゃないのか？

「…………」

返事はなし、と。いい返事だな。

「あんたならどうする？　哀川潤」

と、示際が、ほつれちゃんをかばうように言ってきた——いや、その挑戦的な視線からすると、示際のほうは、『貧者の一灯』について、必ずしもほつれちゃんと、危機感を一《いっ》にしているというわけではないのかもしれない。あたしなら？　あたしなら——ねえ。どうだろうな、あたしなりの答ってのはあるけれど、それが現状で、さして重要だとも思えない。だって、結局二代目喜連川博士、ほつれちゃんがどうしたいのかってことだけだろう？　あたしが口出しするのは、難しい——それともまさか依頼ってのは、研究の是非《ぜひ》を判断してくれってことなのか？　あたしはお前達の担当教官じゃねーんだぜ？

「もちろん、あなたに責任を負わせようってわけじゃないわよ。説明責任だけでなく、あらゆる責任は、わたしが取る——二代目として、わたしは喜連川博士から、そういうものだって引き継いでいるのよ。ただ……、わたしは喜連川博士ほど、思い切れない」

振り切れない、と言うべきかもな。頭の中の、針みてーなもんが。まあ、初代喜連川博士の精神バランスってのは、そういう意味じゃ奇跡的なそれだっただろうから、二代目として同じ判断を、まったく同じ判断をしろって言うのは、要求としてあまりに無体《むたい》だ。……もしも迷いがあるようだったら、研究を放棄するって手もあると思うけれど？　これは、する必要のない質問だったけれども、しかし仕事を請け負う立場としては、しておきたい質問だった——ほつれちゃんの口から、答えさせておきたい。口応えさせておきたい。新たなる生命の創造が、本当にまずいと思っているなら、倫理的及び危機管理的意識から、あのフラスコを叩き割っちまえば、いーんじゃねーの？　風前の灯火だと言うならば。

「……それは、……できない、かもしれない」

即答でも、断言でもなかった——が、しかし、確かな意志のある返答だった。しかし、その理由は、あたしが想定していた『研究者としての業《ごう》』だったり、『たとえ危険であっても、あまりに価値のある研究を放棄できない』、あるいは『これをなそうとした初代喜連川博士の思いを無駄にはできない』といったようなものではなかった。

「だって——命を殺すなんて、かわいそうじゃない」

12

たぶん、ほつれちゃんが言った、『かわいそう』という言葉の意味は、あたしが何かに対してそう思ったりするのとは、まったく違う意味を持っているのだろう——あたしが何かを『かわいそう』なんて思うことがあるかどうかは、さておくとして。むしろ、そういった同情心や、実験台に対する共感から、もっとも遠いところにいなければならないのが、学者って人種だ。それは学者のみならず、クリエーターって奴にも通じることかもしれねーが……、作ったものや、考えたことに対して、どこかドライで、シビアじゃなきゃいけねー。まー、わかりやすくたとえるなら、愛情を持って料理するっつっても、切ったり焼いたり煮込んだり、行っていること自体は結構ラディカルだとか、そんな感じか？　マウスにいちいち感情移入してたら実験は進まねーとか、動物実験の上に人間社会の安全は成り立っているとか——一般の価値観や道徳心からは離れたところでの判断が必要とされる局面は、仕事をしていれば（それはあたしのような請負仕事も含めて）、どうしても生じてきて——今回の場合、ほつれちゃんもそれを、フレア——『ふれあい』に対して、行使すべきなのだ。だが、そんなニックネームをつけていることからも、なんとなくわかるように、ほつれちゃんは、『作られた人間』として——あたし達よりも、そして喜連川博士よりも、『ふれあい』に近い位置にいる。さっき、その研究を途中で放棄することになれば、自分や示際が生きている理由をなくす——なんて言っていたけれど、本音のほうは、むしろそっちなのかもしれない。同じ、フラスコの中で生まれた生命として、ほつれちゃんは『ふれあい』に対して、厳しい判断が——もっと遠慮会釈《えしやく》なく言えば、正しい判断ができないのだ。

「理性的にはどうすべきかなんていうのは、はっきりしているし——二代目喜連川博士的にはどうすべきかなんていうのも、はっきりしている。それらがつりあって、せめぎあって、今、わたしは身動きできないのよ——だから哀川潤。あなたに頼みたいことというのは——手伝って欲しいということよ」

ああ、それは最初からそう言ってるよな。ずっとそう言ってる。手伝って欲しい、って。だけどいったい、何を手伝って欲しいっていうんだ？　どう手伝って欲しいというんだ？　錬金術の専門知識なんて、さすがのあたしも持ってねーぜ……もしも、お前に代わって決断して欲しいって言うんなら、やぶさかじゃーねーけどな。

「決断はわたしがする。誰にも委《ゆだ》ねないし、誰にも譲らない。誰にも口出しさせないわ——あなたにはそれを見届けて欲しい……、そしてわたしの決断が、間違っていた場合、始末をつけて欲しい」

始末。後始末か？

「そうね。その場合、フレアとわたしを、一緒に殺して欲しい——あなたなら、それができるでしょう？」

できるねえ。と、そう答えたものの、何もこの問題について、あたしが正しい答を持っているわけじゃあない。上から下に何か言うみたいに、あたしがほつれちゃんに対して、教えられることも、諭《さと》せることもないし、ゆえに口出しのしようもない――あたしなら、あたしのしたいようにできるってだけだ。己の出自や、感情や、しがらみにがんじがらめになっている、五歳のホムンクルスとは違って――他人事だからな。

「じゃあお願いするわ、哀川潤――わたしは明日には、決断する。研究をこのまま続けるのか、それとも放棄するのか」

明日？　随分急だな――と思ったけれど、これは急なのではなく、むしろ遅いのだろうと、すぐに察する。研究を次の段階に進めねばならない局面の、ぎりぎりを迎えるまで、あたしに依頼することをほつれちゃんはためらっていたってことなんだろうから――葛藤《かっとう》を思わせる。ま、それをやいのやいの、あたしから言っても仕方ねーよな。完全なる部外者であるあたしから――もっとも、完全なる部外者であるからこそ、こうして依頼が舞い込んできたわけだが。

『貧者の一灯』についての資料を用意するから、今夜中に目を通しておいてくれ」

と、示際は言った。

「さすがに持ち出しは禁止だから、ここで読んでもらうことになるけれど……」

いいよ、泊まってく。ゲストが宿泊できるスペースがあるとは思えないけど、まー、このソファで寝させてもらえたらいいや。機密に気を遣っているとは思えないこの民家においても、一応そんな風に『持ち出し禁止』を謳《うた》っているあたりに、『貧者の一灯』の価値……あるいは危うさを感じさせられる。

「決断をするにあたって、参考までに聞かせて欲しいんだけど……、あなたは、どうする？」

ん？　口出しさせないんじゃなかったのか？

「いえ、フレアをどうするって話じゃなくってね。もっと一般論として……、もしも、自分の手に、世界を終わらせるスイッチがあったとして、……、そのとき、どうする？」

あまりにもざっくりとした、心理テストみてーに漠然《ばくぜん》とした質問だから、それはどうにも答えがたい。世界を終わらせるスイッチ――それは、あの狐野郎《きつねやろう》が、もっとも欲していたものでもあった。

「押したら何か得するってわけでもない。そのボタンを押したら死んだ人が生き返るとか、自分だけは幸せになれるとか、そういうことは一切ない。ただ、押したら世界が終わるだけ……、押しても、たぶん、損しかしない。それでも、押す？」

人が押そうとしていたら、止めるだろうな。だけど、自分の手にあったら、絶対に押さないとは言いにくい……、そんな強大な力を持つボタンを手にして、試したくならないとは言えない。世界を終わらせたいわけじゃなくって――そのボタンの効果を知りたい、と思う。ましてそのボタンが、自分の大事な奴が作ったものなら――

「……そこまでは訊いていないわ」

あたしの言葉をうるさそうに遮《さえぎ》って、ほつれちゃんは立ち上がった。

「それじゃ、わたしは一晩、二階にこもるから……何か必要なものがあったら、祭に言って。祭、あとは任せたわよ」

「御心《みこころ》のままに、ほつれ様」

そんな風にうやうやしく、示際はほつれちゃんを送り出した――そして彼女の姿がダイニングから消えたのち、あたしのほうを向いて、

「哀川潤」

と、態度を一変させる。

「ほつれ様はああ言ったけれど……、もしもあんたが、ほつれ様に害をなすようであれば、そのときは」

わかってるわかってる、皆まで言うな。それはあたしに対する脅しにはなんねーし。

「………」

でも、聞いてみてーな。どうしてお前は、ほつれちゃんにそこまでの忠誠心を示す

んだ？　あたしの前じゃ野生の虎《とら》さながらだったお前が、まるで借りてきた猫じゃねーかよ。喜連川博士本人だっていうなら、まだわかんなくもねーけど、二代目のほつれちゃんに対して、どうして？

「さあて、どうしてなのかな……それを言われたら、俺は初代の喜連川博士には、そこまで忠実だったってわけでもないような気がする……好きだったけれど、喧嘩《けんか》もよくしてた。喧嘩するのが楽しかったりしてな……あんたは、どうなんだ？　自分の感情を、やっていることをすべて、説明できるのか？　それが大人ってことなのか？」

それが大人ってことなら……、やっぱりあたしまだ、ぜんぜん大人になれてねーな。

13

当然ながら、ほつれちゃんだってまだ、大人になれてはいない。どれほどの知識を詰め込まれようとも、それは決して経験ではなく、まして経年でもなく、ゆえに彼女は、大人になれていない。そして喜連川博士にも、なりきれていないのだろう。そういう意味じゃあ、喜連川博士は、己の引き継ぎに失敗しているのだとも言える——ただし、それをかの錬金術師が含んでいなかったとは、思いにくい。こうなることをわかって、喜連川博士は、あえてすべての研究を終えずに、半端に残したまま、ほつれちゃんへと己を引き継いだのではないのだろうか？　重要な決断を自分ではせずに、次世代に任せた――それを勇退と取るのか、無責任と取るのかは判断のわかれるところだし、そんな決断を委ねられたほつれちゃんは、災難としか言いようがないけれども。それとも、二代目としてそれを当然と、あるいは光栄と受け取っているのだろうか？　わっかんねーな。示際の言う通り、確かに、自分の感情の理由の説明が全部つけば、そんな簡単な話もねーや。

「ほれ、これが『貧者の一灯』にまつわる、すべての資料だ――初代喜連川博士の書き込みとかもあるから、その辺も含めて読んでおいてくれ」

と言って、示際がダイニングのテーブルに揃えてくれた、嫌がらせみてーに大量な資料、紙の山を一枚ずつ処理しながら、あたしは考える――ちなみに示際は、「隣の部屋にいるから」と言って出て行ったので、この部屋には今、あたししかいねえ。まー、ほつれちゃんを挟まずに二人でいたら、示際とはバトルになりかねねーから、それで正解なんだと思う。

「……その腕、もう治りかけてるのな」

と、そう言えば去り際《ぎわ》、示際の奴は、てめえの炎で焼いたあたしの腕を見て、そんなことを言っていた。

「俺から見れば、フレアよりもお前のほうがよっぽど、人類を滅ぼしかねない災厄《さいやく》なんだけどな——当初は正直ぴんと来なかったけれど、実際に拳をまじえてみると、お前をハブにした世界の気持ちが、わからんでもない」

言ってくれるぜ。お前みたいな若手の危険人物からそう言われると、マジでそうみたいじゃねーか……でもまあ、一考に値する評価でもあった。あたしや、それにあたしの後継機である想影真心あたりを作ったあのアホな親父は、いったい何を考えていたんだろうな？　いや、あいつの場合は、世界を滅ぼす、終わらすことを目的としていたわけだから、それがあくまで結果にすぎない『ふれあい』とは、話は別なんだろうが——しかし、そのアホな親父と対立したほうの親父は、案外、同じ葛藤を抱えていたのかもしれない。当時のあたしは、あいつは単純にあたしをかばってくれたんだと理解していたけれど……、心の内には、迷いみたいなものがあって、あたしを守って、親友と対立することは、実際は辛かったのかもしれねえ。……ちなみに父親の最後の一人、架城明楽《かじようあきら》については、今考えてもまったくわからん。なんだったんだ、あいつは？　何をしたかったんだろう……久々にそんな益体《やくたい》もないことを思いながら、あたしはペーパーを精読する。あちこちに金釘《かなくぎ》流で記された初代喜連川博士の手書きの文字には、世間と相容《あいい》れなかったマッドサイエンティストの息づかいが感じられるようだった。……その内容はともかく、文章だけ読んでると、結構この人、まともだったんじゃねーのか？　と、思わされたりもする。ま、活字にしちまうと、どんな人間でも結構まともで、アリに思えてしまうってのは、別に偉人に限った話でもねーんだが。他の研究者や学者、そういった専門の機関に、『貧者の一灯』及び『ふれあい』を譲渡《じょうと》するつもりはないと、ほつれちゃんははっきり言っていたけれど、もしも他の、まともな研究者に判断が委ねられたとすれば、きっとその研究者は、ほつれちゃんの半分も迷いなく、判断をくだすことだろう。それはそいつが、ホムンクルスじゃないからとか、喜連川博士との縁が薄いからとか、そういうのももちろんあるんだけれど……、そうじゃなくって、普通の学者だったなら、そこまでの深い考えも、深い感慨もなく、研究にGOサインを出せるんじゃないかって話。それは象牙《ぞうげ》の塔に住んでる人間は倫理観に欠けているからってわけでもなく、『意外と大したことにならないんじゃないか』って気持ちを、大人ならば絶対に持っているだろうからってのが大きい。その読みは、実のところ間違っているとは言いにくくて、どんな革新的な技術も、タイミングが合わなければ、世の中には波及していかない。だから、仮に『貧者の一灯』で、新しい生命が完成したとしても、それは世の中に適応できず、人間を駆逐《くちく》できずに、ただ消えていくだけなのかもしれない——消えはしなくても、細々と息づくだけなのかもしれない。ただ、そんな油断をしているときに、痛いしっぺ返しを食らいがちなのも、大人である。わずか数匹の虫で生態系がぶっ壊れたりもするし、普及するものはさながら携帯電話みてーに、あっという間に普及するわけだ。そして携帯電話みてーに、それがなかった頃、どうやって生きていたのかわかんなくもなるし、昔の名作文学を読んでも、『こんなトラブル、携帯があればすぐに解決するのに』なんて、余計な視点が入ってしまう。いったい、どういう結論を出すのかね、あのお嬢ちゃんは。一晩、炎を見つめながら考えるというのは、まるで修行でもしているようだが……資料を読み終える頃には、既に未明《みめい》といっていい時間になっていた。ふん。半分も理解できたとは言えねーけども、やっぱあの炎が、世に解き放ったらやべー何かだってことだけは、ひしひしと理解できた――思えば、人類は火を使うことで進化したわけなんだから、その火が人間を呑み込むことは、自然といえば自然なのかもしれない。弱肉強食とも、自然淘汰《しぜんとうた》とも違う、それはそれで世の流れ……、しかし、そんな風に考え始めたらおしまいって気がするけどな。問題はほつれちゃんが、人間と『ふれあい』、どちらにより強く感情移入するか、なのかもしれない――ちっ。昔のあたしなら、こんな風に誰かの決断を待たず、割り込んででも『自分の答』を実行しただろうにな――今は、子供の成長を見守るくらいの余裕が生まれちまってる。見せ場を人に譲ることに、あんまり抵抗がなくなってる――なーんかつまんねーの……、ほつれちゃんがどっちの結論を出そうと、それを支持してやろう、後始末はあたしがつけてやろうと思っちゃってる自分が、心底嫌になる――が、どっかでそれを、悪くねえって思ってんのも事実だ。いつぞや、小唄が言っていたことを思い出す。

「きっともう、とっくにわたくし達の時代ではないのでしょうねえ——お友達《ディアフレンド》」

そういうあいつの顔も、どこか嬉しそうだった。

「時代が変わったのを感じませんか？　お友達《ディアフレンド》」

さあな。変わったのはあたし達のほうなのかもしれねーぜ？　そのときは、斜《はす》に構えてそんな風に答えたけれど、実際、そうなのかもしれない。宇宙人シースルーくんの騒動のときに、引退する機会を逃したあたしだけれど、こういうときにぐいぐい前に出る気にならねーようなら、本当にもう、潮時なのかもしれねー。時代が変わったか、あたし達が変わったのかはわかんねーけど、潮目が変わったのは事実かもしれねーな。ほつれちゃんや示際といった次世代に、あるいは『ふれあい』といった新世代に、譲るべきは譲り、委ねるべきは委ねるときが来たのか？　そう、初代の喜連川博士が二代目に決断を任せるという、そんな決断をしたように——と。

「■■————！！！！！」

そのとき、異様な『声』が——異様な『音』が、真上から響いた。資料を読み終え、うとうとしかかってたあたしを揺り起こすには十分過ぎ、また、ナーバスになりかけていたメンタルを一気に戦闘モードまで引き上げるにも、やはり十分過ぎた。

「■□――――――――!」

響く『音』の旋律《せんりつ》が、乱れる――上がったり下がったり、まるで楽器をめちゃくちゃに演奏しているみたいだ。いや、もっと言えば、楽器を破壊しているかのよう――ほつれちゃん!?

「哀川潤!」

と、ダイニングから飛び出した廊下で、鉢合《はちあ》わせになった示際が、鬼気《きき》迫る表情であたしを呼ぶ――表情と相反《あいはん》するその呑気な寝間着からすると、どうやら寝ていたようだが、むろん、とても寝ていられるような状況ではない。隣家の住人だって、この家の二階で何らかの異常事態が起こっていることには気付くだろう。

「■■■■■■■■■■■■□□□□□□□□□□□□■■■■□□□□■□■□□□□□□□□□□□□□□□□□□□□□□□□□□□□□□――――!」

「急ぐぞ示際くん! ぼやっとしてんじゃねえ!」

「お……おう!」

一気に高音となり、聞き取れなくなっていく二階からの『音』に、一瞬ひるんだ風の示際に発破《はっぱ》をかけ、あたしは階段を駆け上る――ほとんど破壊するように階段を上った。あとからついてくる示際が上りにくくなるだろうが、知ったことか。二階に辿《たど》り着き、当然足を向けるのは、錬金術師・喜連川茂連の工房だ――ドアを引こうとして、しかしドアが飴細工《あめざいく》みてーに変形し、うまく引けないことに気付く――つかんだノブも、冗談みてーに熱い。力ずくで開けた――つーか、ぶっ壊した。そこから溢《あふ》れ出る熱気に、熱風に、思わず目を閉じそうになる。ただ、仮にこのとき目を閉じていても、大差はなかっただろう――なぜなら、工房の中には、危惧《きぐ》していた通りの光景が広がっていたからだ。すなわち、赤々と、部屋中一面に広がる炎――

「□□□――――――!」

響いていた高音は、高温だったと察する――ほつれちゃんの悲鳴ではなく、彼女がフレアと呼んでいた、フラスコの中の小人ならぬ、フラスコの中の小さな炎が、発する音にて、熱。否、もうフラスコの中に封じられてもいない――小さくもない。工房中一面が、その生命のあるべき場所だ。それどころか、この勢い、一時間もかからず、家まで焼く――

「ほ――ほつれ様!」

と、炎の中に、迷わず飛び込もうとした示際の腹を、あたしは殴った。手加減している余裕はなかった、示際は瞬間で失神する。もっとも、あたしも相当反射的に動いたつもりだったが、それでも示際のスタートのほうが早かったようで、工房の中にさしのべた、示際の右腕だけは、守ることができなかった——廊下に叩きつけたときには、腕から先が、なくなっていた。止血の必要もないほど、圧倒的に、なくなっていた。喜連川博士と示際の、絆《きずな》とも言うべき右腕が……あるいは、全身、飛び込ませてやるべきだったかもしれない。しかし、工房の中に、ほつれちゃんの姿はなかった——なかったのだ。影も形も、消し炭さえも残っていなかった——示際の右腕と同じく、だ。いや、だからこそ、あたしは示際を、飛び込ませてやるべきだったのかもしれない。

「□□——！」

ごうごうと、赤い炎が室内で渦巻く——あたしは周囲に消火器を探したが、しかしそんなものはなかったし、仮にあっても、何の役にも立たなかっただろう。焼け石に水ならぬ、業火《ごうか》に消火器だ——業火と言うより、劫火と言うべきか？　手に負えねえ。請負人のあたしが、素直にそう思いかねない、火の勢いだった。少なくとも、気絶した示際を守りながら、この火炎と向き合うのは無理だ。

「ぐ……あ。あ——」

しっかりしろよ示際くん、気を確かに持て！　と言いながら、あたしは彼氏の首根っこをつかみ、工房の前を離れる――よく考えたら、今示際が朦朧としているのはほぼ百パーセントあたしのせいなので、しっかりしろも気を確かに持てもないのだが、とにかくあたしは、示際だけでも、避難させることにした。示際を外に出したあとのプランがあるわけじゃねーが……、くそ、誰だ階段をこんな風に破壊した奴は、って、これもあたしか！

「じ……人類最強。ほ、ほつれ様を……助け……」

タフだな、もう目を覚ましやがった。そして開口一番、うつろな意識でほつれちゃんのことを心配するその根性には敬意を表すぜ――だが、あたしでも、既にこの世にいない人間を助けることはできない。それがホムンクルスでも例外じゃあない――いったい、あいつはどんな決断をしたんだ？　『ふれあい』を生かすことにしたのか、それとも『ふれあい』を殺すことにしたのか。どちらにせよ、『ふれあい』は、ほつれちゃんを殺すことを選んだ――新しい生命は、古い生命を消滅させることを選んだ。フラスコの中の自分を見詰めるほつれちゃんから、殺意を感じ取って、反撃したのかもしれないし――あるいは愛情を感じ取って、ゆえに『殺せる』と思ったのかもしれない。わかんねー、全部推測だ。人間以外の生命に対して、読心術なんてできるものか――一階に下りたところで、玄関まで走るのが億劫《おっくう》で、あたしは壁を蹴り飛ばす。そして示際を抱えて、飛び出した——こいつをその辺に放り出したら、すぐに戻らねーと。ほつれちゃんから任された後始末をつけなければ——どうすればいいのかは見当もつかねーが、それがあたしの仕事だ。おっと、もちろんその前に、示際が追いかけて来られないように、その辺の電柱にでも縛り付けておかねーと——と。

「あ……こ、これは——」

示際が、呆然《ぼうぜん》のように、忘我《ぼうが》のように言う——笑えない、あたしもまったく同じ気分だった。喜連川家から外に出たあたし達は、一瞬で、全身、ずぶ濡れになったからだ。にわか雨——なんて、かわいいもんじゃねえ、一寸先も見えないような、大雨だった。屋内では『ふれあい』の発する高音で、雨音が聞こえなかったが……、飛び出してみれば、劫火をかき消さんばかりの、豪雨だった。

「…………」

示際の身体から力が抜ける——あたしが寝間着の襟《えり》をつかんでなきゃ、そのまま地面の水たまりに倒れていたかもしれない。気持ちはわかる。いや、わかんねー。喜連川博士の生み出した新しい生命が、何をするまでもなく、天候というただの自然現象で——消火されてしまうその現実に、示際が今、どんな気分でいるかなんて、わかるはずもねー。『まるで地球が、新たな生命の誕生を許さなかったようだ……』なんて気取って言うには、あまりに無情な、あまりにも不躾《ぶしつけ》な、篠突《しのつ》く雨だった。『ふれあい』は、あの勢いで、工房の天井を焼くだろう――喜連川家の屋根を破るだろう。そして、自ら水浴びをし、世界中に焼け広がる前に、ただの小火《ぼや》のように、消え去るだろう。あたしが何をするまでもない。ほつれちゃんの葛藤なんてなかったも同じに、ダイニングに置きっぱなしの『貧者の一灯』の資料も焼き尽くし、ただの民家の不審火として、この事件は、自然に解決してしまうのだろう――自然が解決してしまうのだろう。何もなかったのと、何も起きなかったのと、何も生まれなかったのと、同じになる。皮肉なのか、比喩なのか？　それとも一種の警告なのか？

「これで……よかったのかな」

示際がぽつりと、呟いた。あたしは答える。さあな。

14

ホムンクルス・喜連川ほつれはひょっとすると、ガス状生命体『ふれあい』と心中したんじゃないだろうか、なんて考えるようになったのは、後日のことだ――殺そうとして殺されたとか、愛そうとして殺されたとか、そんな仮想よりもよっぽど情けない決断だし、あたしは絶対に支持しないけれども、しかしそれが一番『人間らしい』結論であるようにも思える。人類という視点から見れば奇跡的な恵みの雨も、よく考えりゃあ、テレビかスマホかで天気予報を見たら、あっさりわかることなんだからな――なんにしても、あたしは喜連川家において請負人としての仕事を、何一つできなかったわけだ。ほつれちゃんは、後ろにあたしが控えたことで、存分に悩み、そして何らかの結論を出すことに成功したという見方をすれば、なるほど、あたしも何もしなかったわけじゃあないんだろうが、それをもって成果とするのは、いささか無理があるというものだ――なので、今回の仕事は残念ながら失敗だろう。しいて結論めかしたことを言うならば、喜連川博士には倫理の観念がなく、世界や常識をひっくり返すような研究ばかりしていたけれど、しかしそんな研究を、世界を終わらせるために、常識に反旗を翻《ひるがえ》すためにしていたわけじゃあないんだってあたりか――やりたいことをやりたいようにやっただけ、ってのともちょっと違う。もうこの世に存在しない、『貧者の一灯』の研究資料を読んだ限り、そう思った――あの辺の無邪気《むじゃき》な書き込みを見る限り、あの厭世的な博士が世に問いたかったのは、錬金術の成果などではなく、『こんなことを考えたんだ、すごいだろう』というような気持ちだったんじゃないだろうか――と、勝手に思う。ま、結局、そのすべては――二代目に指名したホムンクルスや、『ふれあい』のプロトタイプとしての示際祭の右腕も含めて――跡形もなく、燃えちゃったわけだけれど。燃え尽き症候群というには、いささか熱意にあふれ過ぎてはいたが……。

「遅くなって悪かったな、哀川潤。仕事の、報酬だ――受け取ってくれ」

そんなことをいろいろ考え、そしてそろそろ忘れつつあった頃に、示際がそう言って、分厚い封筒を持ってあたしを訪ねてきた。喜連川博士の遺産なんて、絶対残ってるわけがないと思っていたが、しかし管理が甘かっただけで、何もないわけではなかったらしい。でも、あたしとしては失敗に分類した仕事なので、受け取りたくはなかったけれど、ほつれちゃんの気持ちだ、無下《むげ》にはできない。気持ちよくもらってておいてやるか――で、示際くん、お前は最近、どうしてんの？　その右腕、どうなってんの？

「ああ、罪口《つみぐち》商会に義手を作ってもらったんだ――喜連川博士が生きていた頃の伝手《つて》でな。人の縁ってのは、大事だぜ」

お前がそう思うようなら、本当に大事なんだろうな。

「喜連川博士の死は今度の火事で公にはなったけれど、その基盤を管理する人間が必要だったから、今は俺は、そんな事業をしている――柄《がら》じゃねーから、ふさわしい人間が現れたら、すぐに引き継ぐつもりだが」

引き継ぐ、ね。お前以上にふさわしい人間がいるとも、あたしは思わないけどな――初代二代目、どちらの喜連川博士も、お前がそうすることを、反対はしないだろう。

「……ほつれ様を守れなかった償《つぐな》いみてーなモチベーションもあるんだが、ほつれ様は、俺に守ってもらうことなんて、望んじゃなかったんだろうな、たぶん」

少なくとも、お前が焼け死ぬことは望んでなかったんじゃねーの？　一緒に死にたかったとか、甘えたこと言ってんじゃねーぞ。あいつと過ごした五年間がどういうものだったのかは知らねーけども、お前の場合、こっからの人生のほうが長いんだから。

「……長いのかどうか」

怒るかな、と思いながら、年長者っぽいアドバイスをしてみたけれど、示際はむしろ、自嘲するように笑った。

「今日は、その話をしに来たんでもあるんだ――喜連川博士の基盤を俺が引き継いだから、入ってきた情報なんだが」

情報？

「緊急速報と言ってもいいが……哀川潤、お前、『百匹目の猿』って、知ってるか？」

んん？　なんだっけな。ああ、そうそう。野生の猿の、ある一匹が芋を洗うようになって、それをみんなが少しずつ真似し始めて――百匹目の猿が芋を洗うようになった途端、その行為を世界中の猿がするようになったとか、そんなんだっけ？　ニトログリセリンの固体化とかなんとか、シンクロニシティとかなんとか、そんなんだ――

ある程度普及した事実は、一気に普及する。しかも同時多発的に——それがどうした？

「……今、ＥＲ３システムや四神一鏡を始めとして、世界中の研究機関で、意志を持った炎が、生まれつつあるそうだ。そんな研究をしていなかったセクションでも、まるで無から命が生まれるように、連動するはずのない距離を隔《へだ》てて、あっちこっちで——まだ表沙汰《おもてざた》にはなってねえが、既に火の手は、あっちこっちで上がってる」

……生命は、しぶとい。雑草に限らず、そう簡単に絶滅なんかしない——恐竜だって、実のところ、形を変えて、生き方を変えて、現代に生き残っている。ならば喜連川博士が生んだ新生命もまた、そうであっても不思議はないだろう——あるいは、喜連川博士は、二番目、三番目、百番目の生命を生んだだけだったのかも。それこそ、何の救いもない結末だが——いや、だったら、それを結末とするわけにはいかねーだろう。よし。

「よしって……なんだよ、人類最強。どうしようって言うんだ？」

何が正しいかなんて、あたしは知らん。あまねく生命の誕生は、祝福すべきなのかもしれねー。倫理や道徳を振りかざして、生まれてもいない芽を摘もうとは思わない。だがしかし、生まれた以上は、あたしの敵だ。ほつれちゃんの死を無駄にしないためにも、正々堂々、スポーツマンシップに則《のっと》り、戦って戦って戦ってやろうじゃねーか。

「戦うって……敵は世界中にいるんだぜ。世界中で生まれている。生まれ、成長し、進化する。しかも、これから加速度的に増えていく——あんな奇跡的な雨が、各地で降るとでも思うのか？　いや、雨さえ既に克服されて、意味をなさないかもしれない——敵の生態は、あまりに未知だ。人類なんてえ身の程知らずは、あっという間に炎の中へと呑み込まれることになるぞ」

示際の言葉に、にやりと笑ってあたしは応える。敵を知らず、己を知らずとも、愛さえ知ってりゃ千回戦おうと危うからず。たとえ生命を持つ炎がどれほど熱かろうと、あたしの人類愛よりも熱いってことはねえさ。さあ、生存競争だ。

人類最強の求愛

1

久し振りに赤神《あかがみ》イリアから連絡があって、ご多忙なようでしたら鴉《からす》の濡《ぬ》れ羽《ば》島《じま》にいらしていただけませんかしら？　とのことだったので、変わんねーなあいつ、つーかまだあいつ無人島に追放されたままだったんだ、と思いつつ、まあご多忙だったので、行ってやることにした。あたしも付き合いいいぜ。あのお嬢様の顔を拝《おが》んでやるのも悪かねえし、あたし自身もつい最近、追放された（月までな）身としては、今だからできる話ってのもあるだろうと思ってな——考えてみればあいつと初めて会ったときは、お互い若かったもんだ。お互い、今もまだ生きていられることが奇跡みてーなもんだけど？　とは言えあたしもあいつも、あんまり歳を取らねータイプだから、会ったところで、する話はあんまり昔と変わらないただの馬鹿話かもしれねーや。成熟したいもんだねえ。でも、イリアに会う以外にも、三つ子メイドの格闘担当と拳《こぶし》を交わすのが楽しみだぜとわくわく期待しつつ、チャーターした真っ赤なクルーザーで、ほんっと何年振りくらいになるのかねえ、天才様がコレクションされているあの島へとあたしは向かったわけだけれども、しかし生憎《あいにく》、感動の再会とはならなかった。あたしとしたことが、つーかあたしだからなんだけども、巨大台風が直撃している日に、面白半分で出航しちまったのが悪かった。こんな時化《しけ》の中、船を出したりしたらいったいどうなっちゃうのかな？　という気持ちで、どきどきしながら船を出したわけだけれども、普通に難破した。あたしの人生に普通のことが起きちまうなんて、恥ずかしいぜ！　そういうわけで、天地をひっくり返したような大波の中、あたしは漂流することになる――ちなみに、クルーザーに乗っていたのはあたし一人だけじゃなく、運転はあの大泥棒・石丸小唄《いしまるこうた》に任せていたわけだが、いやあ、あたしと小唄が一緒に行動すると、だいたいろくなことにならねーな。二人そろってろくでなしってことかね。ずいぶんと昔から、ずいぶんと仲良くやらせてもらってるけど、薄々気づいていたものの、あたしと小唄って、実は相性めちゃくちゃ悪いんじゃねーの？　十年来の友人と相性が悪いってのは、なにげに凹《へこ》むぜ――小唄とイリアを、会わせてやりたかったもんなんだけどなあ。しかし実際にはそれどころではなくなって、あたし達は陸地の見えないような外洋で、てんでばらばらとなった。宇宙にまで行ったあたしだが、そういや、海の底ってのは、まだ体験したことがなかったねえ。宇宙よりも実は深海のほうが、人類にとっては未知の領域だって言うけれど、竜宮城にでも行けるかな？

2

『鳴かぬなら殺してしまえほととぎす』なんつって、織田信長《おだのぶなが》が詠《よ》んだ俳句として知られているけれど、それが嘘《うそ》だってことも、同じくらい知られている。だけれども、この俳句は織田信長の性格を見事に表しているがゆえに、嘘だとわかっていても伝承され続ける——わけだが、でも、考えてみたらこれって、結構危ういっつーか、要はただの嘘が、個人を表すレッテルとして知られちまってるって、どうなんだろうなって、あたしみてーなへそ曲がりは思っちまうぜ。『鳴かぬなら鳴かせてみしょうほととぎす』が豊臣秀吉《とよとみひでよし》で、『鳴かぬなら鳴くまで待とうほととぎす』が徳川家康《とくがわいえやす》かい？うまいこと言うし、戦国時代の三人を、うまくまとめちゃーいるけれど、うまくまとめ過ぎているがゆえに、実は全部作りごとなんじゃねーのって疑いも、首をもたげて来るよなあ？　別に織田信長だって、鳴くまで待ったことくらいあるだろうし、豊臣秀吉だって、鳴かぬなら殺してしまったこともあるだろうし、徳川家康だって、鳴かない奴を鳴かせてみせたこともあるだろう——美しき日本の文化だっつっても、たったの十七文字で、人間一人を表現したつもりになっちゃ駄目だよな？　むしろ、『鳴かぬなら殺してしまえほととぎす』なんて、わかりやすいフレーズがあるから、織田信長のことを、そんな奴だと、偏見の目で見ちゃってるのかもしれねーぜ？　十七文字が織田信長を表しているわけじゃなくて、十七文字のほうに、織田信長像が寄っていっちゃってる、とか？　そういう風に言われたら、そういう風に見えちゃうのがラベリング理論――『鳴かせてみしょうほととぎす』の豊臣秀吉や、『鳴くまで待とうほととぎす』の徳川家康に較《くら》べて、なんか織田信長のイメージが悪過ぎるところにも、道半《みちなか》ばで倒れた歴史の敗者に対する、変なイメージ操作を感じる。イメージ操作っつーか、織田信長の奴はただの悪口だもんな。織田信長をヒールにすることで、相対的に、天下を統一した豊臣秀吉や、江戸に幕府を開いた徳川家康の印象がよくなってるのには、なんだか、デザイナーの意図というか、悪意を感じなくもねーぜ。まあ、もっとも、そんなイメージを与えられてるからこそ、三人の中で織田信長の格好良さが（トータルでは無茶苦茶やってる割に）、際立ちもするわけだが――なんにせよ、キャッチフレーズが持つ力ってのは大きいぜって、あたしはそんな風に思うわけ。人の心配ばかりもしてらんねー、『人類最強の請負人《うけおいにん》』ってキャッチフレーズも、完全に定着した今となっては、案外、当初の意味合いから離れちまって、そしてあたし個人からも離れちまって、違う意味合いを持って、レッテル自体が独立したきらいもある。言うまでもなくあたしは最強だし、当時と変わらず今だって、人類からハブられたり、地球から追放されたりしつつも、どうにかこーにか請負人をやり続けているわけだけれど、『人類最強の請負人』ってキャッチフレーズ自体は、それゆえに形骸化《けいがいか》しちまったとも言える——だって、元々は、『最強』にしたって『請負人』にしたって、目標であって、コンセプトであって、あたしを表す言葉じゃなかったんだから。生まれたときから最強だみてーな面《つら》して生きてるし、ともすればあたし自身、そんな勘違いをしかねねーけれども、当然ながら、あたしにも最強じゃなかった時代ってのがあるわけだ。馬鹿な親父《おやじ》に対抗するために、馬鹿な親父の意志を受け継ぐように、先行するキャッチフレーズに追いつかんと努力しちゃってた時代——その結果、今のあたしがあるんだとすれば、そりゃあなんだ、キャッチフレーズのほうが本体みてーなもんじゃねーの？　『人類最強の請負人』——そんなたった八文字の言葉に、あたしが追いついて久しいにしろ、しかし、それがあたしのすべてみたいに語られるんなら、それは別に、あたしじゃなくてもいいよな。まあ、『最強なんて呼ばれていても、あたし、本当は普通の女の子なの！』とか言い出したら哀川潤《あいかわじゅん》も終わりだが（むしろ何が始まるんだ!?　って感じかな。どんな長老から見ても、もう女の子って歳じゃねーし）、しかし、八文字の言葉ではとらえきれず、こぼれ落ちてきた、こぼし落としてきた哀川潤の破片《はへん》みてーなもんがあるとすれば、結構笑える。今から思えば、あの恋愛星からやってきた恋愛星人は、そういうあたしを掬《すく》い取って、拾い集めて、まざまざと見せてくれたのかもしれねー——だったらそれは、恋じゃあなく、恋しいって気持ちだよな。失った自分を恋う気持ち——そんなセンチメンタルなものがあたしにあるんだとしたら、それもまた、笑える話だが。

「いつまで最強でいられるものか、あなたが挫折《ざせつ》するときを心待ちにしていましたけれど——どうやらそういう姿は、もう見られそうにありませんわね、お友達《ディアフレンド》」

性格の悪い友達、石丸小唄は、鴉の濡れ羽島へと向かう船中で——しばらく後には転覆する船中で、そんな風に意地悪く言ってきたけれど、まー、お前そんなときを心待ちにしてやがったのか、どんな友達だと思ったけれども、しかし、あたしもあたしで性格の悪い友人として、そんな親友ならぬ類友の期待に、応《こた》えてやれないのは心苦しい。だから言ってやった——最強から挫折するあたしを見せるつもりは更々ねーけど、最強以外のあたしなら、いつか見られるかもしれねーぜ？

「？　どういう意味ですか、お友達《ディアフレンド》？　最強のあなたも、愛する人の前では可愛らしく最弱になるとか、そういう意味ですか？」

いや全然違うんだけど。でもそんな話を掘り下げる前に、船は針路を見失い、あたしと小唄は、ここぞとばかりに互いに責任をなすりつけあうことに躍起《やっき》になって（楽しい）、しているうちに、船はひっくり返って、海に呑み込まれた——そして今に至る。

3

残念ながら、竜宮城には辿《たど》り着けなかったらしい——あたしにもまだ行けない場所はある。そう思うと未来が断然楽しみにもなるが（哀川潤の深海大冒険編は、たぶん次回）、目が覚めたあたしは、陸地に漂着していた。おお。砂浜に打ち上げられたみてーで、全身じゃりじゃり気持ち悪いけども、ともかく陸地だ——なんか、『助かったー！』って気分よりも、海岸に乗り上げちまった鯨《くじら》とか海豚《いるか》とかののっぺりした気分を味わってるって感じだな。荒れる海の中も、それなりに心地よかったってことか。クルーザーから投げ出されて、小唄の奴と離れないように、ぎゅっと手をつないでたはずなんだけども、しかし今現在、あたしの手の内はからっぽだった。握りしめても空をつかむばかりだ。海の波に引き離されちまったか？　いや、たぶん、あいつのほうから振り払ったな。ちっ、友達甲斐《がい》のない奴だぜ。まー、あたしが生きてるのに、あいつが死んだりはしねーだろう。つーか、その辺に漂着してねーかな？　そんな淡い期待もしたけども、生憎、見渡す限りの海岸の、見渡せる範囲にはあの華麗なる大泥棒の姿はなかった。あいつ、あたしの期待に応えたことがねーな。もっとも、あいつはあたしと違って、砂浜に打ち上げられてる姿が様になるってタイプじゃねーか……、あいつこそ、今頃竜宮城に行ってるかもな。玉手箱でも盗んでくりゃあご喝《かっ》采《さい》だ。んで、ここはどこだ？　砂浜は、ただの砂浜だった——特に変わった砂じゃねえ、ごく当たり前の砂。たとえば星の砂ってことはねえ——そう言えば星の砂って、生き物の死骸《しがい》なんだっけ？　そう思うと、なかなかロマンチックじゃああるが——と、あたしはごろりと体勢を変えて、空を見上げる。台風一過っつーのか、あれだけ荒れてた空が、今はぴーかんだった。砂浜も、波打ち際を越えれば湿ってねーし、それだけ長い間、あたしは漂流していたのかもしれねーし、それとも、嵐の外にまで、追いやられたのかもしれねー。腕時計は、海水に耐えきれず、ぶっ壊れていた——スマホもだ。ったく、デジタルもアナログも、頼りにならねーな。脆弱性《ぜいじゃくせい》が高いぜ……、結局、頼りになるのは身ひとつかい？　そう思って、太陽を直視してみるも、さすがに太陽の位置だけじゃあ、現在時刻のあたりはついても（昼頃だ）、現在位置はわからん……、ま、夜になって星座が見えりゃあ、なんとかなるだろう。海岸の形の印象から見る限り、漂着した先が、たまたま、そもそもの目的地である鴉の濡れ羽島ってことはなさそうだ——だからといって、本州に押し返されたってラッキーが起こったとも考えにくい。そっちは単なる勘《かん》だが、そんなつまんねー展開が、あたしの人生にあるとは思えない。最低でもどっかの外国か、それか無人島にでも流れ着いたとでも思うのが妥当だろう……、まあ、どうせ休暇の予定だったし、バカンスだと思って楽しめばいいのかねえ。イリアに会えないのは残念だが、あいつだって、あたしが素直に到着するとは思ってなかっただろう。あいつはあたしの、迷惑なファンだからな——これまで色んな仕事をしてきたし、最近じゃあ、地球上に誕生した新たなる生命と戦うなんて、請負人の枠を超えた代理戦争みたいなことさえやったけれども、それでもやっぱ、鴉の濡れ羽島でやらされた請負仕事の印象は強い。黎明期《れいめいき》の仕事内容を美化して記憶しているってのもあるんだろうが、やっぱ若い頃からおかしかったんだよ、あのお嬢様。長瀞《ながとろ》とろみから伝え聞く限り、四神一鏡《ししんいっきょう》の格式ばった伝統社会も、ここのところ、結構改革のメスが入っているってことらしいけれども、隔離《かくり》されてるあのお嬢様には、あんまりその影響は及んでねーだろうし。ま、またの機会もあるだろう——今はとりあえず、あたしをあたしの窮地《きゅうち》から救わなければ。ご存知の通り、自分の救済が意外と苦手な哀川潤さんである。請負人ゆえにねえ。人を助けるのは得意だけど、自分を助けるのは不得意だぜ……、あと、依頼がないと、フルパワーが発揮できないぜ。頼まれないと動かないって、思えば超だせえ奴だな。なんだそいつ。四神一鏡の改革に時代を感じてる場合じゃなくて、必要なのは自己改革かもしれねー……つって、別に変わるつもりもねーけども。さて、あたしの見るところ、ここは鴉の濡れ羽島じゃねーにしても、無人島って感じだ——だって広がる砂浜の様子を見る限り、あんまり人の手が入っている様子がないって言うか、人間の気配がないんだよな――生命を感じないいっつーのかなー。もちろん、あたしだって超能力者じゃねーし（そう言えば鴉の濡れ羽島には、むかつく超能力者がいたことがあったっけ？）、知覚できる、ほんの半径数キロ程度に人の気配がないからって言って、必ずしもここが無人島だとは限らない……、大陸でも、そんな場所は五万とあるだろうしな。まあ、ちょっと探検してみるか。緯度経度は夜になればわかるとして、日差しのあるうちにあちこち歩いて、服を乾かしたい……海水をぐっしょりと含んで気持ち悪い。いっそ全部脱いじまいたいくらいだったが、さすがに野性的過ぎるか。そう思いながら、あたしは陸地のほうへと歩いていく――ヒールで砂地は歩きにくいけれど、お洒落《しゃれ》は足下からだぜ。

4

探検の結果、いいニュースと悪いニュースがひとつずつあった。いいニュースは、あたしの勘があたってたってこと。案外的外《まとはず》れなことを直感しちまうことも多いあたしだが、どっこいまだまだ鈍ってねえぜ。つまり、悪いニュースは、ここが本当に無人島だったってことだ――しかも、岩場主体で、緑が豊かとも言えない、小川のせせらぎもない、およそ生命の気配がしない、たとえるなら巨大な岩礁《がんしょう》って感じの無人島だったってことだ。海に出りゃあ魚も捕れるだろうから、死の無人島と言えば過度に悲観的で、いささか大袈裟《おおげさ》だけれども、しかし、およそ人が生きていける環境じゃあないことは確かだった。島の大きさは、ざっくり一周して判断する限り、半径五キロくらいって感じ？　もちろん、誰にも遭遇《そうぐう》しなかった——波打ち際に倒れている小唄を発見するってこともなかった。まー、小唄と再会できなかったってのは、いいニュースなのか悪いニュースなのか、判断に迷うところではあるな。こんな島であいつと二人きりなんてなったら、どんな喧嘩《けんか》になるかわからんぜ。旅先では女子同士は喧嘩になりやすいなんてレベルじゃない、壮絶な喧嘩になってしまう……、今だって相当むかついてるしな。台風の中船を出そうと無謀《むぼう》なことを最初に言ったのはあいつなのだ——いや、あたしが先だっけ？　あたしとあいつが意気投合したときに、計画が計画通りにいったことがねえ……、そんなわけで、島をかるーく一周したあたしは、元の場所に帰ってきた。別にここを拠点とする必要はないんだが、まー何かしら、基準はあったほうがいい（気がする）。岩場だと、寝ころんだときに背中がごつごつするしな。デリケートなあたしだぜ——歩いているうちに、服はすっかり乾いた。つまり、それだけの強さの日差しだったってことだ……、今はもう、夕暮れどきになったからそうでもないけれども、気温は一時、四十度近くまで上がったんじゃねーだろうか。南国か？　赤道付近か？　どんな流されかたをしたんだよ。本州から真北の鴉の濡れ羽島に向かってたのに、方向真逆じゃねーか。何海流に乗ったら、赤道に流されちゃうんだ？　どっちかっていったら、北極に到着しそうなもんだが……、日焼けしちゃうじゃないか。探検を終えて、一息つきつつ、砂浜に腰を下ろす――死の大地を見ていると気が滅入るので、海側を見て座ると、夕日に向かい合ってしまって、これはこれでたそがれているようで、あんまり楽しくはないな。何もない無人島に流されたくらいで、別に落ち込んじゃあないんだが……、リアルな島流しにあったみたいなシチュエーションだけれど、でもまあ、あたし、月に流刑にあったりしてるからな？　巨大な岩礁どころか、マジの岩の塊《かたまり》、本当に何もない死の衛星に追放されたことを思うと、酸素があるだけ、まだマシだ。ただ、あのときと違って、パートナーがいないってのはさみしーもんがあるけどな――ちぇっ。こんなことなら、小唄となんかつるんでねーで、とろみちゃんと一緒に、鴉の濡れ羽島に向かえばよかったぜ。あいつなら、海中でつかんだあたしの手を振り払ったりはしなかったろう。……まあ、あの天才島にとろみを連れていくのは、さすがに忍びなかったから、気を遣《つか》ってやったんだが、慣れないことはするもんじゃねーや。さておき、こんな無人島に長期滞在するわけにもいかねーから、今後の対策を練《ね》らないとな――食べ物は魚を捕ればいいにしたって、飲み水がないのは結構キツいぞ。その点、月に追放されたときは、まだ環境は整っていた。快適な宇宙服『クローゼット』と、家屋代わりの宇宙船があったから。そういう意味じゃ、今回はバカンスどころかサバイバルだぜ。実際、考えなしであちこち歩き回ったことで、現時点で結構、のどが渇いちまってる（服を乾かしたいって気持ちが先行しちまったが、冷静に行動計画を立てるならば、夜、涼しくなってから動くべきだった）。でも、だからって、さすがに海水を飲んじゃ駄目なことくらい、色々無知なあたしだって知ってる。海水の濾過《ろか》装置を作るには、道具が見あたらないし——明日の朝の、朝露《あさつゆ》でも待つしかねーな？　無人島に流されちゃった奴が取るべき行動のテンプレートと言えば、丸太を切り出して筏《いかだ》を作るって感じなんだろうが、この島にはその丸太がねえ。樹木が生《は》えてねえ。緑の木々生《お》い茂《しげ》る、自然の地じゃあないのだ——せいぜい、ぽつりぽつりと、海草っぽい草が生えている程度である。まさか岩で筏を作るわけにもいかない……、だから、この島を出て行こうと思えば、今のところ、泳いで行くしかないわけだが、しかし、だとすると島の位置が重要になってくる。泳げる距離なのか？　日本との距離感……、ここが本当に赤道付近なんだとしたら、いくらなんでも泳げる距離じゃねえ。つーか、それこそただの漂流だろ。いや、別に日本まで泳ぐ必要はないんだが——どっか、人間の暮らしている場所まで到着できれば、それでいい。日本までは無理だとしても、今のあたしなら、何海里くらい泳げるだろうな？　無茶してみるのも面白そうだが——ともかく、木材がないってことは、筏が作れないってだけじゃなくて、火を起こせないってことでもある。それもサバイバルの常套手段《じょうとう》だが、木の棒をごりごりこすって摩擦熱で発火させたり、焚《た》き火《び》を作ったりすることができない。岩礁っつっても、火打ち石じゃあないだろうし——なので、のろしを上げて、船に救助を求めるって手も使えない。なんてこった。だったら、とろみじゃなくて、あいつを連れて来るって手もあったな。示際《しめぎわ》祭《まつり》くん——いや、もうあいつは、ガス状になることはできねーんだっけか？　もちろん、あたしにもできないぜ。いくら燃えさかるような赤色が好きだからって、素手で火を起こせるほど、人間やめてねーぜ。新生命の基礎であった示際くんとは違って、あくまで人類の最強なのだ。こうなると意外と、月に追放されたときよりも、脱出へのハードルが高くもある。そもそも、こうして海を眺めてみても、船なんて一艘《いっそう》も通らないしな。夕日が沈もうとする水平線に至るまで、何の影も見えない。そんな海面を見ていると、魚がいるのかどうかも、不確かな気持ちになってきた。ひょっとして死海《しかい》みてーに、生命の存在しない海なのでは……そうなると本当に、月にいたときよりも、危機感は高いのかもしれねー。悪いほう悪いほうへと考えてしまえば、今回もまた、どこぞの誰かがあたしをやっつけるために、意図的に仕組んだ事件なんじゃねーかと勘繰《かんぐ》りたくもなってくる。だとすると、エポックメイキングでもあるよな？　三十八万キロ先の月に送り込むよりも、地球にある無人島に送り込むほうが、あたしに対して効果的だってんだから——クルーザーの難破も、誰かの企《たく》み通りだった？

スタビライザーに仕掛けでもされてたか？　……あの嵐の中、転覆しない船があったらお目にかかりたいくらいだが。可能性だけを探るなら、小唄がわざと船を難破させたって可能性もないじゃあないんだが、まあそれはないな。あいつがそんな風に体制側につくなんてことは、それこそ天地がひっくり返ろうとありえない——つーか、小唄に売られたんなら、あたしもそこまでの奴だったって諦《あきら》めるさ。それはあたしを呼び出した赤神イリアについても言える。あたしを追放しようって勢力とつるむくらいの世間知があれば、あのお嬢様は、とっくの昔に島から本家に戻ってる。でもまあ、今のシチュエーションが、あたしのことが嫌いな誰かさんの計画通りってのは、あるかもしれないのは確かだった——まだ諦めてなかったのかという感じだが、前回の失敗から学んでいる風なのも事実だし。あたしを文明から切り離すってのは、案外効果的なのかも——文明あっての人類だもんな。人類最強もしかりだぜ。最強を極めたはずのあたしにも、色々対抗策はあるわけだ——そう思うと、これから先の人生が、まだまだ楽しみでもあった。ただ、これはやはり、勘繰り過ぎだった——期待のし過ぎだった。事実として、あいつらはとっくの昔に、あたしからは手を引いていた——あたしはアンタッチャブルに指定されていた。まったく、むやみに疑《うたが》ったことを謝りたいくらいだ（謝らないけど）。だけど、それがわかったことで、事態が好転したということはない——むしろ、そっちのほうがまだよかったくらいだ。かつて経験したことがない事態に自分が陥《おちい》っていることに、あたしが遅蒔きながら気付くのは、夕日が完全に沈み、お待ちかねの夜空、星空が、真上にやってきたときのことだった。

5

星座の数は八十八個だと言う。なんか昔から決まっているにしては、妙に少ないという気もする数だ。星の位置を繋《つな》ぎ合わせて図を作るって言うんだから、無限のパターンが存在しそうなものなのに、どうやって、たったの八十八個に絞ったんだろう？人類の英知には、意外な不可思議が潜《ひそ》んでいるぜ。『誰が決めたんだよ』みてーな——まあ、そんな誰が決めたかわかんねーようなもんを、疑問を抱かず使っちゃうのも人類なんだが。歴史や伝統ってのは、かなり強固で揺らがない。勝手な理由を考えるなら、八十八個くらいなら、ぎりぎり覚えられるくらいの数だってのがありそうだ。本当に無限の星座を公認しちゃったら、夜空を見上げる気には、とてもなんねーだろうからな——ただし、この日のあたしは、見上げた夜空に、その八十八個の星座を、ひとつも見つけることができなかった。五十音順に、アンドロメダ座も、一角獣座も、射手座も、海豚座も、インディアン座も、魚座も、兎《うさぎ》座も、牛飼座も、海蛇《うみへび》座も、エリダヌス座も、牡牛座も、大犬座も、狼《おおかみ》座も、大熊座も、乙女《おとめ》座も、牡羊座も、オリオン座も、画架《がか》座も、カシオペア座も、旗魚《かじき》座も、蟹《かに》座も、髪《かみのけ》座も、カメレオン座も、烏《からす》座も、冠座も、巨嘴鳥《きよしちよう》座も、馭者《ぎよしや》座も、麒麟《きりん》座も、孔雀《くじやく》座も、鯨座も、ケフェウス座も、ケンタウルス座も、顕微鏡《けんびきよう》座も、小犬座も、小馬座も、小狐座も、小熊座も、小獅子座も、コップ座も、琴《こと》座も、コンパス座も、祭壇《さいだん》座も、蠍《さそり》座も、三《さん》角座も、獅子《しし》座も、定規《じようぎ》座も、楯《たて》座も、彫刻具座も、彫刻室座も、鶴《つる》座も、テーブル山座も、天秤《てんびん》座も、蜥蜴《とかげ》座も、時計座も、飛魚《とびうお》座も、船尾《とも》座も、蠅《はえ》座も、白鳥座も、八分儀《はちぶんぎ》座も、鳩《はと》座も、風鳥《ふうちよう》座も、双子座も、ペガサス座も、蛇《へび》座も、蛇遣い座も、ヘルクレス座も、ペルセウス座も、帆《ほ》座も、望遠鏡座も、鳳凰《ほうおう》座も、ポンプ座も、水瓶《みずがめ》座も、水蛇座も、南十字座も、南魚《みなみのうお》座も、南冠《みなみのかんむり》座も、南三角《みなみのさんかく》座も、矢座も、山羊《やぎ》座も、山猫座も、羅針盤《らしんばん》座も、竜座も、竜骨座も、猟犬座も、レチクル座も、炉《ろ》座も、六分儀座も、鷲《わし》座も、見つけることができなかった。……こうして改めて振り返ってみると、驚異の文房具率につっこみをいれずにはいられないし、飛魚座と魚座とか、大犬座と猟犬座とか、六分儀座と八分儀座とか、もうまとめちゃえよ！って言いたくなるし、一角獣座とペガサス座を同じくくりにいれたらややこしいし(角が生えてる馬が一角獣で、羽が生えてる馬がペガサスだっけ？　逆だっけ？)、テーブル山ってどこの山だよなんだその山と首を傾げずにはいられないとか、南魚座と南冠座と南三角座は北に対してもうちょっと文句言っていいと思うし、でも南十字座はあるのに北十字座がないのは凡ミスな気がするし、帆座と矢座と炉座は言いにく過ぎるだろ他の言い方もあったはずだぜだし、彫刻室座は部屋が星座って予想外過ぎるし、カメレオン座はいる場所バレちゃってんじゃねえかだし、そしてエリダヌス座とケフェウス座に到っては誰だよ！　だし、レチクル座はレチクル座でさりげに人名みたいに並んでんじゃねえよ！　だし、それでちょっと調べてみたらレチクルって望遠鏡のレンズに書いてる十字線のことらしくって、それは南十字座と何が違うんだよで、しかもなんで星見るための道具が星座になってんだよで、それで言うなら望遠鏡座がそもそもそうで、再度六分儀座と八分儀座にご登壇願わなくっちゃいけないっつーかだし、いや、たとえ今それらの器具が手元にあっても役に立たない、ずらりと居並ぶ八十八の星座だが、今は星座名の成り立ちを面白がってる場合じゃない。そもそも、見つからねーのは星座だけじゃあないのだ。赤道を越えて、南半球にいるのかもしれなかったのだから、最高にわかりやすい北極星が見つからないくらいはあらかじめ織り込んでいたのだが、北極星どころか、火星や金星といった惑星も、ひとつも見当たらなかった——惑星も恒星も、あたしの知る星が、全然見えない——あたしがつい先日、人類最強の足跡を刻《きざ》んだ、あの月さえもだ。簡単に言っちまえば、星空の様相が、あたしの知るそれとは、まったく違うものになっていた。頭の中にある星座早見表が、何の役にも立たねえ。こうなると、昼間に見ていたあの太陽も、本当にあたしの知る太陽だったのか、怪しくなってくる——やっぱどう考えても、暑過ぎたしな。ちなみに夜は、想像以上に冷え込んでいる——岩場と砂場しかない無人島って環境も、それには関係しているんだろうが。もちろん、夜空に星が見当たらないという意味ではない——位置関係が滅茶苦茶《めちゃくちゃ》ってだけで、都会ではとても見られないような、まばゆいばかりの星空が、空には広がっている。絵に描きたくなるような星地図だ——だが、絵を描いている場合じゃねえ。星々の位置関係から、逆算してこの島の位置を割り出そうとしたけれど、これじゃ全然無理じゃねえか。何ひとつわからない、というか、わからないことが爆発的に増えた——東京を壊滅させた隕石《いんせき》の、その直撃を受けたってのも、あたしの人生の中じゃあ相当ダイナミックな体験だったけれども、しかし夜空がまるっきり書き換わっちまうってのも、ダイナミックさで言うなら、まったく引けを取らない大事件だ。どちらも宇宙規模という点で双璧《そうへき》だぜ……、いや、ひとつの隕石と、全宇宙規模の出来事じゃ、物理的な破壊力こそ伴わないものの、後者のほうがインパクトは強いかもしれない。えー、なにー、どういうことー？　じゃあここはいったいどこなんだよ。現在地さえわかれば、大陸までの距離を測れて、まあそこまで泳げるかどうかはともかく、次のフェイズに移行できると思ったのに、わけのわからん小道に迷い込んでしまったぜ。どういうことだ、すごい力持ちのパワーキャラが、星を使ってビリヤードでもやったのか？　待て待て、ちょっと待て。ここ四半世紀くらい、なったことがない、冷静って奴になってみよう――夜空の見え方が一変するなんて経験を、かつてしたことがないかと言えば、実はそんなことはないはずだ。グローバルに活躍する請負人は、北半球でも南半球でもばりばり働いている。さっき北極星の話をしたけれど、日本から見る星空と、オーストラリアから見る星空、南極から見る星空と、北極から見る星空は、全然違うものになるわけで――自分が立っている位置によって、星空のありようは全然違う。厳密に言えば、空の見え方なんて一歩移動しただけでも変わっちまう、相対的なもんなんだ。また、自分が立っている位置は変わらなくとも、季節によっても、星空は違う――夏の大三角、冬の大三角。星座はずっと動いている――て言うか、地球がずっと動いている。これも相対的な話で、一秒前に見た空と、一秒後に見た空とでは、星の位置は変わってしまっている。時間と場所によって、星の見え方が変わってしまうのは、言うまでもない、当然のことなのだ。だけど、それを大前提とした上でも、今見えているこの星空は、あたしがこれまで、色んな季節に色んな場所で見てきた、どんな星空とも、まったく一致しない――かすりもしない。そりゃまあ、やろうと思えば、髪座とか作るのは余裕だけども、そういうことじゃねーだろ。それこそ六分儀も八分儀もないこの状況で、頭ん中だけで正確にシミュレートすることは不可能に近いが、それでも無理矢理、自力で検算してみる限り、地球上のどんな位置から観測したところで、星空がこんな風に見えることはないって思うぜ――じゃあ、本当に、ここはどこなんだ？　あたしは京都府の海で難破した挙句《あげく》、どこのどこに漂着しちまったってんだ？　まるでこんなの、異世界じゃねーか。異世界みたい……、いや、ひょっとして、ここは異世界そのものなのかい？　最近ＳＦじみた展開が多いと思っていたが、まさかのファンタジーなのかよ。おいおい、異世界なんかに来ちまったら、次回の深海大冒険編と、どうバランスを取るんだよ。次回のスケールダウン感が半端じゃねーだろ。やっつけ仕事になっちゃうぜ。だが、思い返してみれば、この無人島に生えていた数少ない、岩の隙間にところどころ生えていた海草のような植物は、これまであたしが見たこともないそれだった……、いや、あたしも植物学者じゃねーから、草の名前を全部押さえてるわけではないんだが、あれが新種とか、貴重種とかではなく、異世界・別世界の生態系だとするなら……？　そう思うと、一周して歩いてきた岩場も、こうして腰を下ろしている砂浜も、あたしの知っている岩場や砂浜とは、違うもののようにも感じてきた――気のせいに決まっているが、気のせいだとする根拠がねえ。とりあえず、ここに漂着するまでにたらふく飲んだ、海水がしょっぱかったのは間違いないけども。請負人としての仕事の中でも、三人の親父達に可愛がられていたロリ時代にも、異世界ファンタジーの経験はついぞないが、ただまあ、そんな漫画なら、これまで山ほど読んできた――海での難破に限らず、飛行機の墜落《ついらく》だとか、大火事だとか大地震だとか、そんな事故や災害に不幸にも巻き込まれた人間が、ワープでもするように、どっか別のワールドへ移動する。帰る方法はわからず、元の世界での技能を活《い》かして、その世界で生きていくしかない、とか、そんな感じ——いやいや、だとしたら無人島への漂着は、あまりに不親切というものだろう。言葉も通じないような剣と魔法の世界に飛ばされたってんなら、あたしも楽しみようがあるけれども、漂着した先が何もない無人島じゃあ、こっから先、ストーリーの展開のさせようがないぜ。筋書きのないドラマの筋書きがなさ過ぎる。役者のアドリブ力に期待し過ぎってもんだ——ただまあ、嫌な可能性に遭遇しちまった以上、検証しないわけにはいかねーよな。まあ、宇宙人がいたのに、異世界がないなんて、実証もせずに、そんな狭量《きょうりょう》で差別的なことは言えねー。確かなのは、夜空の具合から現在位置を把握する作戦は失敗したってことだ——スマホのGPS機能が、どれだけ便利なのかってことを、痛感するね。で、失敗は失敗として吞み込んで……、こうなるともう、いつまでもここでこうしていても仕方ねーし、よーし、泳ぐっきゃないよな！

6

行く当ても行く先もわからないまま、一か八か、無人島からの脱出を図って泳ぐ前に、まだまだするべきことはあったと思われるけれども、熟慮熟考はあたしには向いてない。つーか、星の位置から現在位置を確認しようとしたとか、二十歳の頃のあたしが聞いたら笑い飛ばすような小賢《こざか》しさだぜ。むしろ泳いで世界一周くらいの挑戦を、どうして今までしていなかったのかが不思議なくらいだ——地球が丸くて、陸地が三割くらいはあることを思えば、泳いでいればどこかには辿り着くんだ。おなかをすかしてのどを渇かして、無人島に居続けるよりは、よっぽど生産的で、積極的と言えるだろう。アクティブであることが生き甲斐だぜ。朝になって、またあの強烈な日差しを浴び続ければ、体力もそれなりに消耗するだろうしな——元気いっぱいな間に、海に繰り出すというのは、賢明とは言えないにしても、そんなに間違った案でもないだろう。唯一、気になるというか、危惧《きぐ》されるのは、さっきも思った、海水の成分だ。ここがもしも異世界なら、海水の成分だって、地球と同じとは限らない——しょっぱいからと言って、味覚を刺激するその成分が、必ずしも塩化ナトリウムとは限らない。とんでもねー猛毒だったりして。今のところ身体《からだ》に異常はないが、じわじわと蝕《むしば》む系の悪質な毒って、割とあるからな——病毒遣いの奇野師団《きのしだん》よろしくの。そんな要素のある海に飛び込むというのは、自《みずか》ら毒の沼地に踏み込むようなものなんだが、しかしだからと言って、こんな何もない島にいつまでいても、極めつきの消耗戦だし、迷っている時間が勿体《もったい》ない。というわけであたしは泳ぎ始めた——着衣水泳のバタフライだ。折角《せっかく》乾かした服がまた濡れちまうが、よしとしよう。万が一小唄が助けに来てくれるのとバッティングしたとき、裸だったら恥ずかしいからな。……小唄があたしを助けに来るというのは、人間が異世界にワープする以上に、現実味のない妄想《もうそう》だったが。あいつぐらいあたしを助けたことのない奴はいないな。世界中からハブられたときも、月に追放されたときも、ただ笑ってやがったし。敵に回らないというだけで、あいつ絶対にあたしの味方じゃねーだろ。でも友達だぜ。あの天下の大泥棒のことはさておき、あたしの考えはこうだ――もしくは考えなしはこうだ。ここがどこのどこにしたって、無人島でぼんやりしていて、事態が打開されることはない。ならば動くことだ、それも激しく動くことだ。泳いでどっかに到着して、そこが知ってる場所なら、それで万々歳――ハッピーエンドだ。だけど、ここが異世界で、今回が異世界ファンタジーだったなら、泳ぎ着いた先は、やはり見知らぬ大陸だろう。それならそれでいい。あたしは広い心で受け入れよう――異世界から招喚された勇者として、剣と魔法で戦って、なんならドラゴンをドラゴンと倒してやってもいい（二回目の『ドラゴン』は擬音）。まあ、異世界漂流もののお約束として、そんなことをしているうちに、元の世界に帰る方法もわかるかもしれない。ともかく、泳ぎ着いた先に、何があるかだ――そこが知っている場所なのか、それとも、知らない場所なのか。どこにも泳ぎ着くことができず、そのうち力尽きて海の藻屑《もくず》と消えるというケースが、すっかり頭から抜け落ちていたあたりがあたしのあたしらしさと言うこともできそうだが、幸い、そんな腰砕けな展開にはならなかった——ここで沈んでいれば、竜宮城で小唄と再会できていたかもしれないが、それについて考えるのはよそう。あんまり小唄のことばかり考えてると、あたしがあいつのこと、大好きみたいじゃないか。つまり、あたしは延々泳いだ末、泳ぎ続けた末……、どれだけ時間がかかったのかは定かじゃねーけど、ついに、陸地に到達したわけだ——それについても対策を打っておくことをぽっかり忘れていたけれど、船を転覆させたような大嵐に遭遇することもなかったので、比較的トラブルの少ない道中（海中？）だったと言っていいだろう。海水に毒が含まれていて、泳ぐのに必要以上に体力を使うとか、そんなこともなかったし——強《し》いて言うなら、泳いでいる最中、魚類やらくらげやらを目視することがなかったのは、大きな違和感だった。死海と言えるほどの塩分濃度はなさそうなのに——そして、上に目を向けても（背泳ぎも試した）、鳥類を目視することもできなかった。つまり徹底的に、『動物』が見当たらなかったわけだ——それでここが異世界だと立証できるわけではないにしろ、しかし、異様ではあった。ただ、そんなあたしの疑問には、泳着した陸地が答えてくれると思っていたのだが、残念ながらそうはならなかった。泳ぎ着いた陸地が知っている場所なのか、知らない場所なのかで、あたしが今いる世界の世界観が判明するはずだったのだが——そこは、知っている場所で、しかし、知っている場所ではなかった。どういう意味かと言うと、延々泳いで、ようやくあたしが辿り着いたのは、その泳路の出発点であったはずの、岩場と砂浜しかないあの無人島だったのだ。ここ知ってる。だけど知らない。

7

日が全然昇らねえ。体内時計じゃ、泳いでる時間を含めて、絶対とっくに十二時間以上経過していると感じるのに、ずっと夜が続いている——まあ、体内時計なんていい加減なもんだし、あたしの感覚なんてもっといい加減なもんだから、実際には三、四時間くらいしか経ってないだけなのかもしれない。夜が、自分の知る世界よりもずっと長く感じるというだけで、ここが異世界だと決めつけるのは無理筋だ。そう……、早とちりして、ここが異世界なんじゃないかって、ファンタジーな異説に飛びついてしまったものの、案外、もうちょっと現実的な案だってある。当然ながら、あたしは漂着した先を、地球にある無人島だと想定していたけれども、星空のありようが一変する条件は、地球上では不可能でも、宇宙に出てしまえば、大いにありうることだよな。たとえば月に追放されたときには、夜空に地球なんて惑星が見えちゃってたわけだし——もしも遥《はる》か遠くの惑星の地表から空を見れば、そりゃあそれは、地球上から見える空とは、全然違うものだろう――そして自転周期を考えたら、夜がすっげー長かったり、逆にすっげー短かったり、そういうこともあるかもしれない。異世界なんて大仰なワードを持ち出さなくとも、その辺の事象には説明がつく……、いや、海難事故にあったあたしがどうして宇宙空間を遥かに超越して、別の惑星に流れ着いているのかってのには具体的な説明がつかないけれども、でもまあ、異世界にワープしたってよりは、なんとか物理的な解説が可能なようにも思う。物質転送の科学技術が、どのくらいまで進んでいるのかは知らないけれども、例の喜連川《きつれがわ》博士とかなら、そういうのにも手を出してそうだ……異世界への渡航技術よりは、まだしも科学的ではあるだろう。もっとも、あの際物学者ならば、異世界なんて概念に少しでも現実味を感じたならば、そっちの研究に没頭《ぼっとう》したかもしれないが――しかし、ここが宇宙で、別の惑星だとしても、延々泳いだ末に、同じ場所、スタート地点に到着するなんて、そんな空間のねじれみたいな事象が起こるってのは、わけわかんねー。異世界感がすげー。あれみたい、ＲＰＧのマップかなんかで、ずーっと画面の下を目指してたら、画面の上から登場する感じ。……ん？　いや、でもそれもまた、現実的でもあるのか？　地球が丸いよう、大抵の惑星は丸いはずで、ずーっとおんなじ方向に進んでいれば、円周を一周して、いずれはスタート地点に至る。そんな感じか？　うん、一応の説明はつく。ただし、今回の場合、スタート地点の島に到着したというのを、もっと細かく言えば、スタート地点の砂浜に到着したのだ——島の裏側についたわけじゃない。小さな島だし、それくらいは誤差の範囲内なのかもしれないけれど、やっぱ百八十度反対側に到着するってのは、なんだかおかしい。それだったら、星を一周しちゃった（しかも泳いで）なんてのよりも、泳いでいるうちにちょっとずつ方向を見失って、いつの間にかぐるっと折り返しちゃってたってほうが、まだしも納得がいきやすい。雪山で遭難したとき、同じ場所をぐるぐるまわってしまう感じで、海をぐるぐる泳いでしまい、そして戻ってきてしまったのかもしれん。だとしたら間抜けな話だが、仮にそんなことがあったとしても——あるいは泳いで星を一周してしまったのだとしても——、それだけの距離を泳ぎながら、他に大陸も、島も見つけられなかったってのは、結構な大問題である。魚も鳥もいない、他に陸地のない惑星にワープしちまったってのは、死活問題だ。いや、そうじゃなくても死活問題になっているけれど、こんな何にもない場所で、あたしに何をしろって言うんだ？　飢え死にするくらいしかすることがねえ。いよいよとなれば、謎の草を食べるしかねーだろうが、それだってどんな毒素が含まれているかわからねーし、数が限られているしな。数々の華々しい伝説に彩られてきた哀川潤の最期が、辺境の惑星での飢え死にっていうのは、かなりみっともない……それだったらいっそ、ここが異世界であってほしい。剣も魔法もない、ドラゴンもいない異世界と、辺境の惑星に、どれくらいの差があるのかは判断しかねるが——それだったらまだ、あのとき、月で死んでたほうがロマンチックだったたってもんだろ。もっとも、もっと本気で探せば、他にも大陸が、そうでなくとも小さな島くらいはあるのかもしれないし、海の中をすべて総ざらいしたわけじゃあないんだから、他の生命もいるかもしれない。知的生物や文明は、さすがに絶望的だろうが……、まだこの無人島さえ網羅《もうら》したわけじゃないのに、あんまネガティブになってもしょうがねーや。泳ぎ続けてさすがに疲れたから、ひとまずは長期戦の構えで、寝ちゃうのが正解だろう——起きて、それでもまだ夜が明けてなかったら、さすがにここが地球ではないことは、認めざるを得ない。パワーキャラのビリヤード説は、実はあたしの中で保留されていたんだが、そんなダイナミックな期待は、しないほうがよさそうだぜ。

8

寝ているうちに昔のことを思い出した。昔、昔、その昔。最強でもなければ請負人でもなかった、ロリ時代の哀川潤だ——いや、その頃には哀川潤なんて名前さえ、名乗ってはいなかった。デザートイーグルってえ、ただのコードネームで呼ばれていた——三人の馬鹿親父に、実験動物として、あれこれ試されまくってる頃だな。『娘』

としての立場で言うなら、躾けられている頃だが——そうだ、あたしは一度、あの三人から島流しにされたことがあるんだった。ちゃんとは覚えていないけれど、まだ十歳やそこらだったと思う。そんなガキを無人島に送り込んだってんだから、スパルタにもほどがあるぜ。いや、まあ、厳密に言えばそこは無人島じゃあなかった。どころか、千人もの島民がいる島だった——だから無人島ではなく、通称、千人島と呼ばれていた。しかし、無人島というのも、あながち間違いではない——なぜならその千人は、一人残らず人間ではなく、仙人だったからだ。千人の仙人が住む島、千人島——そんなところに、当時、野獣《やじゅう》のようにおてんばだったあたしは、躾の一環として送り込まれた。ライオンは我が子を千尋《せんじん》の谷に突き落とすと言うが、あの馬鹿親父共は、我が子を仙人の島に流しやがったわけだ——仙人なんて言っても、別に悟った高僧とか霊験あらたかな老師とかそういうことはなくて、千人全員が全力であたしを殺しに来たりしたので、てんやわんやの大さわぎだった。『ふん。あの程度の島を生き残れないようでは、どの道、この先長生きできん』というのが、馬鹿親父達の代表的な意見だったが、ふざけんな、今思い出しても、あれより生き残るのが大変だった状況なんか、そうそうねーよ。なんとかサバイバルってか、バトルロイヤルってかを生き残って、それで『仙人殺し』なんて称号を獲得したりしたのは、なかなか苦い思い出だぜ。まあ、それも裏を返せば、今こうして、曲がりなりにもまっすぐ生きてられるのは、あの躾を体験したからなのかもしれねー。リスクプレミアムって奴かね。それも、ここんところの、枠を大きく外した仕事を思うと、そろそろ限界なのかもしれねーが……、リスクプレミアムと言えば、投資家全敗の法則、みたいなのを聞いたことがある。投資である以上、勝ったり負けたりするのは当たり前だけれど、損得を、アップダウンを中途でどんな風に経過したとしても、しかし最終的には全員が敗者になるそうだ。つまり、勝った投資家も、投資を続けて、勝ち続けていれば、いつかは負けることになる。しかし、負けた人間は、負けたあと、投資を続けようにも続ける資産がないわけで、勝者になることができない——勝者がいずれ敗者になることはあっても、敗者がいずれ勝者になることはない。この不平等な交換式が、理論上、ゲームへの参加者全員を敗者にする——とか？　実際にはこんな簡単なモデルじゃ説明できねーんだろうけども、勝者が敗者になることはあっても、敗者が勝者になることはないってとこには、考えさせられるものはある。あたしの人生には、勝ちも負けも、おんなじくらいあるけれど、しかし確かに、次のチャレンジができないくらい徹底的に負けたなら、もう二度と勝つことはできなくなる——もちろん、負けることもできなくなる。『請負人』には『負』けるの文字が含まれてるなんて、気取ったことも言ってられねえ。あの千人島でのサバイバル生活が、三人の父親に拾われたあたしのスタート地点だったとするなら、そこからここまで、ずいぶんと走り続けてきたもんだが

――三人の父親にしたって、まさかあたしがここまで長生きするなんてのは、完全に想像外だっただろうな――、しかし、それで辿り着いた場所が、またこうして、右も左もわかんねー、異世界めいた島だってのは、一周して元の場所に戻っちゃったみたいな感慨もある。これまでずいぶんと色んな奴に、色んな偉そうなことを、色んな上から目線で言ってきたけれども、なんのことはねー、あたしは今でもあのロリ時代のドーター時代から、一歩も前に進んでないおてんばな子供なのかもしれない――なんちゃって。なんちゃって、そんなセンチメンタルなことを思い出したのは、まーやっぱ疲れてるときに寝ちゃったからなんだろうけども、しかし、ある意味でそれは、予知夢のようでもあった。予知夢なんて言ったら、それこそ昔鴉の濡れ羽島にいた超能力者を彷彿《ほうふつ》とさせるが。

「…………」

と、見下ろされていた。おっと誤解するな、別に詩的な表現ってわけじゃねえ。たっぷり眠ったはずなのに、まだまだ真っ暗だった夜空の星々に、見下ろされていたとか、そういう意味じゃない。比喩《ひゆ》じゃなくて、本当に見下ろされていた――砂浜で仰向けに寝転んでいたあたしの顔を、真上から見下ろす影があった。あたしをまっすぐに見下ろす二つの瞳。無人島だと思っていたこの島に、あたし以外の人間がいたというわけだ――いや、そうじゃなかった。あたし以外の人間は、やっぱりいない。だって、あたしの頭をまたぐようにして、そこに立っていたその十歳くらいの子供は——誰あろう、他ならぬあたしだったからだ。

9

あたしの頭をまたいで、無事で済んだ奴はかつていないが、しかしその相手があたし自身となれば、手の出しようもない——あたしの寝顔を、いつからそうして見ていたのかはしらねーけれど、目覚めたあたしからも目をそらそうとせず、あたしはあたしを、ずっと見つめている。いや、なにせあたしだからな、絵に描いたような三白眼《さんぱくがん》で、目つきはとてもいいとは言い難く、まるで睨《にら》みつけられているみたいだった——本当に睨まれているのかもしれねーけど。十歳くらいの頃って、いつも苛々《いらいら》してたからなー、そうか、はたから見れば、あたしってこんな感じだったのか。そりゃあ嫌われるわけだ……、こんな可愛くねーガキ、見たことねえ。

「…………」

無言であたしを見下ろしてくるあたし十歳に対して、あたしもまた無言だった——何を言っていいのかわかんねえ。角度を変えた睨めっこみたいだ。いや、つーか、普通に考えりゃこんなもん、ただの幻覚なんだが……、まだぼんやりしているから、夢の続きを見ているだけとか。どこだかわからないような無人島に流れ着いて、精神的に追い詰められたあたしがありもしない幻覚を見ていると考えるのが、至極《しごく》まっとうで、常識的な見解ってものなんだろうけれども、しかしまあ、漂流生活十五年目とかならともかく、まだ夜も明けてねえのに（時間は二十四時間以上経ってるかもしれねーけど）、このあたしがメンタルやられちゃったなんて、自らの死を選ぶレベルだぜ。だからそれはないとして……、じゃあ、誰だこのガキ？　あたしのそっくりさんか？　あたしの細胞を使って作った、クローン人間か何かだろうか。だとすればファンタジーじゃなくてＳＦの分野だけれど……。

「…………………」

……………。と、先に動いたほうが負けってアレじゃあねーけど、なんだか、そんな風にまっすぐ見下ろされると、こっちからも切り出しづらい。つーか、睨み返しちまう。どっちが先に笑うかの、睨めっこみたいになっちゃった――でも、なんだかこいつ、笑いそうにねーな。こんな笑いそうにないガキだったたっけ、あたし？　……まー、そうだったかな。ひねくれてたからねえ。喋《しゃべ》らないなら喋らないで、こちとら十八番《おはこ》の読心術があるんだが、しかしながら、あたしにはあたし十歳の心中が、まったく読み取れなかった。そりゃあ読心術も万能じゃあないし、わかんねーときにはわかんねーもんなんだが、自分自身の気持ちがわかんねーなんてことがあるのかね？

いや、そんなもんか。自分の気持ちは自分が一番よくわかってる、なんて、口で言うのは簡単だけれど、口に出してねーから気持ちなんだ。十歳の頃のあたしが、何を考えていたかなんて、もう覚えてねーし、覚えていたとしても、それは事実とは、もう違っちゃってるんだろう。人間の細胞は十年で全部入れ替わるって言うけれど、その説を鵜呑《うの》みにするなら、十歳の頃のあたしと、今のあたしって、もう別人もいいところだもんな。……ただ、あたしにとってのこいつは、知っている奴だけど、こいつにとってのあたしは、いったい何者なんだろう？　あたし十歳は、あたし現在を、いったい、どんなつもりで、そうやって睨んでいるんだろう――

「その歳まで生きていたとは、意外だぜ」

睨めっこはおもむろに終わった。あたし十歳が、そんな風に口を開いたのだ。英語で言われたその言葉は、確かにあたしの声だった――とは言いにくい。自分の声を自分で聞いていても、どうもピンと来ないもんがあるし、それにやっぱり、子供の頃の声だからなあ。それっぽいと言えばそれっぽいんだけれども、確かなことは言えない――だいたい、あたしは昔から声帯模写が得意だったから、似せようと思えば誰にでも似せられるんだよな。でも、なんで英語？　ああそっか、十歳の頃のあたしは、まだ日本語を覚える前なのか。あれは日本に渡る前に叩き込まれたものだったぜ――今じゃ母国語みてーに使ってるけれど、当時のあたしは、日本語の喋れない日本人だった。

もっと厳密に言えば、国籍なんて上等なもん持ってなかったしな——ともかく、相手が先に切り出してきてくれたんだから、あたしは訊くだけだ。えーっと、英語で、かな？　ふー・あー・ゆー。

「………………」

おや、まただんまりか——なんてコミュニケーション能力の低い子供だ。親の顔が見たいぜって、あんなろくでなしの親に育てられてんじゃ、さもありなんって気もするが。ん？　さっきなんて言ってたっけ？　喋ったこと自体に面食らって、意味をよく理解していなかったけれど——『その歳まで生きていたとは、意外だぜ』だっけ？

「………………」

訊き返しても、頷《うなず》いてさえくれない。嫌われてんじゃねーかと思う反面、しかし、その睨むような視線は、まじまじと、あたしの姿を観察しているようでもあった。自分の将来の姿を——ああ、『意外だぜ』ってのは、そういう意味なのか？　だとしたら、言っている意味はわかる——すごくわかる。ガキの頃のあたしは、自分が大人になるなんてこと、まったくイメージできちゃいなかったからな。明日生きてるかどうかも、まったくわからねー、今日が楽しきゃそれでいい、刹那的《せつなてき》なガキだった。今だってそんなに丸くなったつもりはないけれども、当時の尖りっぷりは、他に類を見ないものだった。そんな奴の足下に寝転がってるっていうのは、思えばすげーデンジャラスなシチュエーションだぜ、今。睨めっこなんてしてないで、先手必勝、起きあがりざまに延髄《えんずい》を蹴り飛ばしたほうがいいんじゃねーのか？

「…………」

そんなあたしからの不穏な空気を敏感に察したのか、あたし十歳は、一歩後ろに引いた――十歳当時はまだ最強じゃなかったあたしだが、それだけに、あたしがもう失ってしまった、勝負勘みたいなものを持っているのかもしれない。ともかく、あたし十歳がのいてくれたことで、あたしは起きあがりやすくなった。夜はまだ明けていなかったけれど、着ている服は乾いていた。そんな長い間寝ていたのかよ。まさか寝ている間に、夜が明けて、また夜になったってことなのか？　いやいや、それならさすがに気付くだろう――あんな強い日差しを浴びて、暢気《のんき》に寝続けてたら、あたしは図太い奴じゃなくて、ただのアホだ。肌が日に焼けてるってこともないしな――どうもこの島、よっぽど湿度が低いらしい。海岸なのに。ともかく、起きあがったあたしは、あたし十歳と正面から向き合う。うむ、角度を変えて、正面から見てみると、ますますあたしだった。そっくりさんでもないし、クローン人間でもない、本人以外の誰でもない。哀川潤という名前も、人類最強という称号も、請負人という職業も、この十歳時点では獲得していないけれども、それでもあたしはあたしだった。ある意味、そんな肩書きがない、まっさらな分だけ、あたしよりも純度の高いあたしと言えるのかもしれない。混じりっけなしの本人——鏡を見るよりも、よっぽど自分だって思う。まー鏡って左右逆になってるし、実は他人からは、ぜんぜん違うように見えているってのは、よく聞く話だ。それよりも、年齢差はあっても、こうして自分自身と向き合うほうが、よっぽど身だしなみを整えられそうでもある。……ただ、それはあくまでもあたしのほうからの一方的な気持ちであって、あたし十歳があたし現在のことを、どういう風に見ているのかは、やっぱりわからない。過去を見るのと未来を見るのとじゃ違いそうだ。興味深そうに見ているという風にも見えるけれども、やっぱり、読心術が通用しない。心のガードが堅過ぎるぜ、当時のあたし。あるいは、『生き恥を晒《さら》しやがって』と思っているかもしれねーな——大人を敵視していたあたし十歳にしてみれば、大人になっちまったあたしなんて、情けなくてみっともなくて、見たくもない対象かもしれない。『その歳まで生きていたとは、意外だぜ』と、ぽつりと漏らしたあの言葉の意味は、額面通りの意味じゃなくて、『生き恥を晒しやがって』なんて、ののしりの言葉なのかもしれない。『老醜《ろうしゆう》を晒しやがって』ってな。くくっ。

「……そんな風に、笑うようになるのかよ。あたしは」

　シリアスっぽい空気に耐えきれず、思わず失笑しちまったあたしだったが——睨めつこはあたしの負けだ——それを見てあたし十歳は、またも英語で言った。日本語を知らないってだけじゃなく、当時のあたしの英語の発音は滅茶苦茶で、スラング混じりで、ぱっと意味が伝わって来ないな。まあ、これぱっかりは、親の教育が悪かったとは言いにくい——あの三馬鹿に拾われる前に、独学で身につけた言語だし。まあ、ヒアリングは問題ねーだろと、あたしも、ああ、こんな風に笑うようになるんだぜ——と、言い返す。もちろんくくくっと、笑みを交えてだ。

「…………」

駄目だ、返事しやがらねえ。マジでコミュニケーション能力ねーよ、あたし十歳。なんでもいいからボールを投げ返して来いよ、会話劇やろうぜ。でも、少なくとも、こんなあたしを、あたしの笑いかたを、がっかりした風には見ていないようだった。あたしが思い出す限りの、当時の凶暴なあたし十歳のパーソナリティからして、お前なんかがあたしだとは認めないへらへらしてんじゃねーよと、暴言混じりに暴れ始めてもおかしくねーとも思うんだが、あたしがイメージしてるほど、当時のあたしも、喧嘩っぱやくはなかったのかな？　それとも、精一杯強がって、四方八方に突っ張ってるつもりの子供は、大人から見れば、これっくらいのもんなのかね——あの三人の親父達には、あたし十歳がこんな風に見えていたのだとすれば、そりゃあディスコミュニケーションになるし、死に際まで通じあえないわけだぜ。と、ついつい顔ばっかり見てしまっていたが、そこであたしは、あたし十歳の格好に気付く。赤い軍服みてーなファッションセンス……、それを見て、思い出した。まさしく、あたしが十歳の頃、千人島へ送り込まれたときのファッションだった。ドレスコードとか言って、三人の親父の中の一人が、プレゼントしてくれたもんだった——なんで印象深いのかって言えば（て言うか、今の今まで忘れていたが）、このとき初めて、あたしは赤い服を着て戦ったからだ。あたしにとっての初舞台が千人島で、その軍服は、島に送られたあたしに贈られた、衣装だった。ドレスコード……、そんなことを思い出しても、ぜんぜん感傷的になったりはしねーんだけど（中でもろくでもない親父に贈られた衣装だったし）、しかし、目の前にいる正体不明の子供の正体が、あたし十歳である裏付けが増えたかのようで、また、その詳細な時期も具体的にはっきり見えてきたようで、少なくともあたしの隠し子とか、そういう落ちはなさそうだった。産んだ覚えのねー隠し子とか出てきたら、びっくりするけどな——いや、それでも、十歳のあたしが出てきたほうが、びっくりするってもんか。

「……………」

変わらず、あたし十歳はあたしを睨み続けていたが、そういう根気も、あたしは失っちまってるのかな。あたしが笑った時点で睨めっこも終わったっていうのに、ただただ向かい合ってるだけのコミュニケーションには飽きてきちまって、ちらっと首をあげて、真上をうかがった。真上っつーか、星空な。望みは薄かったけれども、星空の様子が、あたしの知っているもんに戻ってねーかなーと思ったのだ。むろん、そんなことはなかった。十二星座占いなんておよそできそうもない、しっちゃかめっちゃかな星並びのままだ。……ん、しっちゃかめっちゃかな星並びのままって、おかしくねえ？　ここが仮に違う星だとしても、あるいは異世界ファンタジーだとしても、昼があって夜があることは、既に観測し、体験した事実なのだ。じゃあ、星の位置が、空に張り付いたみてーに動いていないのはおかしいだろう。もっと早く、島に戻ってきた時点で気付くべきだったが、これはどういうことだ？　寝ている間にいつの間にか一日経っちゃった説が、まさかの復活か？　あたしが日差しに気付かなかったただのアホってことになるけど……、それとも、ただの勘違いか。あたしだって、自分の知っている星空とは違うってとこでもう驚いちゃってたから、その後、ちゃんと、その星空や、星同士の位置関係を確認していたわけじゃない。似たような星空を、ただ同一視してしまっているだけかも。あたしの性格のいい加減さを思うと、その可能性のほうが高そうではある――だいたい、星空の様子がまったく変わっていないんだとしたら、それをどう理解したらいいのか、わかんなくなるしな。どういう理屈がつけば、そんな現象が起こるのか――惑星が停止したらかな？　自転も公転もしなければ、そりゃあそこから見える風景は一定なわけで……、でも、惑星が回転を停止したりしたら、よくはわからないけれども、大変な大惨事になりそうだよなあ。星空を見てる場合じゃねーって。そうでなくとも、十歳のあたしが現れてるって時点で十分に、星空を見てる場合じゃねーんだよな、と、視線を戻すと、そこにあたしはいなかった。あたし十歳はいなかった。子供ってのは、目を離すとすぐにいなくなると聞いていたが、どうやら大袈裟な物言いではなかったらしい——幸い、辺りを見渡せば、その後ろ姿があった。あれだけ赤けりゃ、嫌でも目に付く。あの親父、あんな目立つ服を着せて、人を戦地に送り込んだのかと、今更ながら腹を立てつつ、あたしはあたしを追うのだった。待てって言って、待つあたしはいねーからな。

10

連想するのが遅くなったけれども、正体不明なあたし十歳の正体を考えてみる上で、あいつの生態は外せない——恋愛星からやってきた恋愛星人こと、シースルーくんだ。見る者によって正体が変わり、無制限に正体が増殖していく驚異の宇宙人——見る者の、そのときもっとも見たい姿を見せる、独自のコミュニケーション能力を持つ、謎の生き物。結局、シースルーくんがなんだったのかというのは、ER3システムをしても解明できなかったわけだが（あたしのせいで）、しかし、ありえないものでもありえるように見せるという点において、あたしが今体験している現象と、類似《るいじ》していえるような気がしないでもない。まあ、あのときの経緯を思うと、目の前をすいすい歩く子供の正体が、シースルーくんの仲間だとか、あたしが今いる場所が恋愛星だ、なんてことはねーだろうけれども——あたしが今、十歳のあたしを見たい気分だったとは思えない——しかし、精神的に追い詰められて見ているただの幻覚とか、そういうのよりは、まだそっちのほうが真相に近そうに思える。わけのわからない星空も、あたしがそんな風に見ているから見えているだけ——いや、それでも、ここがどこなのかわからないという現実だけは、如何《いかん》ともしがたいものがあるけれど。それこそ、自分自身の姿を見せるってだけなら、呪《まじな》い名《な》の連中の、気分の悪くなるような醜悪な技術でも、できなくはねーだろうし。考えていても詮《せん》がねーので、あたしはあたし十歳の後ろ姿に訊いた。なあなあ、お前って宇宙人なの?

「…………」

返事をせず、振り向きもせず、島の中のほうへと歩いていくあたし十歳——足場は既に、砂浜から岩場へと変わっている。あたし十歳は、当然まだヒールを履くような歳じゃないし、トータルコーディネートで軍靴を履いている——歩きやすそうだぜ。こちとら、油断するとピンヒールを岩に捕られそうな足下だってのに。うらやましいぜ。その足首まであるブーツめいた真っ赤な軍靴もまた、親から与えられたものだったはずだ。大人になって、初めて親の苦労を知ると言うけれど、こんな無愛想《ぶあいそう》な子供を、思惑はあったとは言え、投げ出さずに育ててみせたあの三人は、なかなかの根気だったらしいと思わされる。いや、まあ、今のあたしを再思三考《さいしさんこう》するに、あんまりまっとうに育ったとは言い難いけれども——そんなあたしを見て、あたし十歳は逃げ出しているのだろうか？　逃げるんだったら、全力で走るかな。怒ってるなら、殴ってくるだろうし。殴る蹴るを、本気でコミュニケーションだと思っているようなやべえガキだったからなあ。おーい。なんか返事しろよ、可愛いベイビーちゃん。

「…………」

当時呼ばれて、一番むかついてた呼び名で呼んで挑発してみたが、やはり無反応だった。ただ、心なし足早になったような気もしたので、聞こえていないわけではないらしい。ぎりぎり、走り出さないというような、そんなペースで、悪い足場を歩いていく——その背中が、『黙ってついてこい』と言っているみたいに感じるのは、こっちが勝手に感じているだけなのかねえ？　あたしから離れていこうとしているのではなく、あたしをどこかに、連れて行こうとしている……？　どこかに、案内しようと？　……こんな何もない小さな島で、いったい、どこに連れて行こうってんだか。探索したときには見落としていた、秘密の洞窟《どうくつ》でもあるのかな？　あれだ、不思議の国のアリスみてーな。ずいぶんと可愛くねー兎と、ずいぶんと育っちまったアリスだが。まあ、いくら足場が悪くて、靴もそれに適していないとは言っても、ここでこけるほど格好悪いことはないぜ。幸い、夜中ではあったが、位置関係のしっちゃかめっちゃかな星空の煌《きら》めきは大したもので、目が慣れてしまえば、大都会の、曇《くも》った昼間くらいの視界はあった。おーい。お前が誰なのかはもうどうでもいいから、ここがどこなのか教えてくれよ。お前はどうしてここにいるんだ？　あたしは、乗ってた船が難破して、流れ着いたんだけども。もうリアクションは期待せずに、勝手に話しかけていこうと、あたしは適当に、思いついたままに質問する。こうして見ると、あたしって奴は本当に圭角《けいかく》が取れちまったもんだ。昔だったら、こんな風に無視されたら、相手が後ろを向いていようと、相手が子供だろうと、ヒールでドロップキックを決めたもんだが。

「あたしは大人になんて、一生ならないもんだと思っていたぜ」

と、いきなりあたし十歳が言った。

「あんたは十年後だかのあたしなんだろうが、しかし、もう別人なんだろうな。あたしであって、あたしでないみたいなもんなんだろうな」

自分も圭角が取れたと思っていたタイミングだったので、そう言われると思うところもあった――全身の細胞が十年で入れ替わるって奴か。いや、まあ、今のあたしは、十歳のお前の十年後よりは、もうちょっと先だけどな？　十歳の子供には、大人は全員、同じように見えてしまうのかもしれねーけど。

「あたしも今、死にかけてここにいる」

ん？　あたし『も』？

「覚えているのかな——それとも、大人になっちまえば、どうでもよくなっちまうような、ちっちゃなことなのかな。変な島に送り込まれて、妖怪みてーなジジイ共に、殺されかかってんだけどな、あたし——まあ、そうやって未来があるってことは、殺されずに済んだわけだ。生き残っちまったわけだ——地獄はまだまだ続くわけだ」

殺されかかってる——当然、それは、千人島での、あのサバイバル生活のことを言っているんだろう。確かにあのとき、まだ大した実力も、経験もないのに送り込まれた、それこそ異世界めいたあの島で、あたしは死にかけたことが何度もある。何度もあるし、一度は本当に致命的だった。……ん？

「それとも、気楽そうに生きているところを見ると、いつかは地獄は終わるのかよ？大人になったら、あたしが今感じていることや、考えていること、思っていることは、どうでもよくなっちまうもんなのか？」

正直に話したら喧嘩になっちゃいそうな質問だな——実際、子供の頃のことなんて、今じゃほとんど思い出さなくなったのも事実だし（千人島での大冒険だって、具体的にはもうはっきりとは覚えていない）、そして読心術を駆使しようとも、あたし十歳の内心が読めないのも、また事実だった。とは言え、ようやく口の重たいこの子供が、投げかけてきてくれたその質問を、無視するわけにはいかねー。どうでもよくなったんじゃねーよ。お前が自分で、ちゃんと解決したんだ――解決してくれたんだ。

「………………」

お前が、感じることをやめないで、考えることをやめないで、思うことをやめないでいてくれたから、今のあたしがあるんだよ。どうでもよくなったんじゃない――お前が地獄みてーだったあたしの人生を、よくしてくれたんだ。

「自画自賛かよ」

辛辣《しんらつ》に言われてしまった。うーん、伝わってねえ。まあ、自画自賛と言えば自画自賛なんだが、でも、あたし現在とあたし十歳はもう別人なんだと思えば、謙虚《けんきょ》で慎《つつ》ましいあたしでも、遠慮会釈なく、この子を誉めたたえることができる。実際、よく頑張ったって、頭を撫《な》でてやりたくもなるぜ。角がなくなっちまった今のあたしだったら、千人島を代表とする、親父共のしごきに耐えられたとは思えないもんな。人類最強じゃなくっても、請負人じゃなくっても、哀川潤でさえなくっても――あたしよりもあたしらしい、あたしの根元。なんだっけ、諺《ことわざ》でそういうのあったよな。三つ子の魂百まで、だっけ？　雀《すずめ》百まで踊りを忘れず、とも言うけれど。

「そうかよ。だったら、尚更、あんたには、ここで死んでもらうわけにはいかねーな」

ん？　なんだ？　……さっき、あたし『も』って言ってたけど、まさかまさか？

「あんた『も』、死にかかってんだよ、十年後のあたし。その船の事故だかでな」

11

さんざん死地を生き抜いてきたこのあたしが、船の難破で死んだなんて話になったら、今まであたしに倒されていった奴らからどんな笑い物にされるかわかんねーし、何よりあたしが一番笑っちまうだろうけれど、しかしまあ、あたしだって呼吸する生き物である以上、宇宙空間に放り出されたら死ぬのと同じくらいの意味で、海の中に放り込まれたら、命は危ない。ましてあの大嵐の中じゃあ——殺しても死なないような奴だと思っちゃいるけれども、難破してはぐれちまったあの大泥棒・石丸小唄だって、現実的には決して、生存が確信できるような状況じゃない。なんか、若い頃から馬鹿ばっかやってた悪ふざけ大好きな悪のり系女子二人の顚末《てんまつ》としては、すさまじく自業自得《じごうじとく》的というか、案の定的というか、いつかはこんなことになると思っていた的な最期だが……、え、何？　じゃあ、ここ、別の惑星とか、異世界とかじゃなくて、死後の世界ってわけ？

「その一歩手前ってところ……、らしいぜ？　異世界って……、子供かよ」

子供にそんなことを言われた。ぬう。まあ仕方ねーか、十歳くらいの頃のあたしって、漫画も読んでなければテレビも見ていない、そこだけ切り取って聞けば、すげー真面目《まじめ》なお子様だったからな。現実と妄想との区別がきっちりついていた、というより、現実しか知らなかった。妄想も、夢も、希望も、知らなかった——異世界へのワープなんて絵空事、想像さえしたことがねーだろうな。

「強いて言うなら、内面世界って奴じゃねーの？　出て行こうとしたら、戻ってきちやっただろう？　人間は、自分以外の人間にはなれないし、自分の外側には出られない……、それはさんざん、教えられてることだぜ」

そんなことをさんざん教えられているのか。なんて教育をしてんだ、あの親父共。まあ、それについてはすっかり忘れてしまっているので、教育の成果はあがっていないみたいだが……、でも、大人になってから聞いてみると、なかなか含蓄《がんちく》のある言葉だぜ。内面世界ねえ。しかし、これが……、この島があたしの内面世界なんだとしたら、かなり荒《すさ》んでるじゃねーか、あたしの内面。死の大地、という比喩が、これほどしっくりくる世界も珍しい。砂浜と岩場しかない小さな島、動物が存在しない広いだけの海、お慰み程度に生えている海草のような草——かなり深刻な治療が必要だろう、そんな心。

「そうかあ？　あたしは結構気に入ってるぜ。この風景——心象風景。ここでなら、あたしは熟睡できるかもしれない」

熟睡？　どういう意味だろう。相変わらずスラング混じりで、あたし十歳の言っていることはわかりにくい——でも、これについては、ちょっと考えたらわかった。そうだ、当時のあたしは、熟睡なんて、およそしたことがなかったんだ。寝ている間に、誰に何をされるかわからねーって恐怖があった。夜になるたびビビってた——そりゃあ、波打ち際でぐーすか眠ってるあたしの顔を、あんな風にのぞき込むわけだぜ。睨みつけるように、見下ろし続けるのも無理もない——まさかそんな風にすやすや自分が眠れるようになるってのは、あたし十歳にとっては、自分が大人になるよりも、驚きの事実だっただろう。顔をまたいで立っていても、いっかな起きる気配もねー、呆れた危機感のなさだし。

「あたしが熟睡するときなんて、それこそ、死んだときくらいだと思ってたけどな——いつからあんた、あんな風に寝られるようになったんだ？」

さあ。わかんねー。

「……やっぱ、子供の頃のことなんて、どうでもよくなってんじゃねーの？　あたしが毎日、ねー頭をひねって、真剣に考えてることが、未来のあんたにはまったく残ってねー、まったく届いてねーってのは、結構空《むな》しくなっちまうぜ」

あたしに残ってなくて、あたしに届いてないんだとしたら、そりゃあ、お前が全部、真剣に考えきってくれたからだろうよ。空しくなるようなことじゃない――むしろ誇って欲しいねえ、気楽で暢気なあたしを。

「…………」

また無言になっちゃった。子供は気分屋だぜ。まあ、さもありなんと言うのか、気楽で暢気なあたしなんて、あたし十歳から見たら、相当見たくない対象かもしれねーよな。だから歩き出してから、一度も振り向こうとしないのか――視界にも入れたくないくらい、昔の自分に軽蔑《けいべつ》されてるんだとしたら、なかなか辛い話だぜ。あんまりがっかりさせっぱなしなのもなんなので、何かいい話、子供が聞いて嬉しくなっちゃうような、未来の話をしてやろうかと思ったが、やめておくことにした。歴史が変わっちまうかもしれねえ……、いや、今がどういう状況なのかがよくわかんねーから、あたし十歳に何かを教えて、それで歴史が変わったりするもんなのかどうなのか、それはわかんねーけど。そもそも、あたしが十歳の頃、将来のあたしに会ったかどうかなんて、覚えてねーぞ。そんなタイムパラドックス的な何かが……、まあ、異世界にワープしちまったってのよりは、まだしもタイムワープしちまったってほうが、現実味はあると思うけども。タイムワープは、ＳＦだっけ、ファンタジーだっけ、どっちだっけ？

「なあ」

と、たぶん島の中心あたりまで歩いて来たところで——風景はまったく変わり映えしねーが——、あたし十歳は足を止めて、初めて、あたし現在を振り向いた。その表情は、変わらず、三白眼で睨みつけるようなものだった。そんな、取りようによっては敵意まるだしとも言える顔つきのままで、あたしに訊いてきた。

「あんた、生きてて楽しいか？」

楽しいねえ。楽しいことばっかだよ。そう答えてやった。特に考えや気遣いがあったわけでもなく、普通に反射的に——ま、未来の出来事を教えるのはどうかってのはあったけれど、これくらいならいいだろう。楽しいよ、最高に楽しい——最強に楽しい。それは、お前が腐らずに修行時代を、頑張って一生懸命、生き抜いてくれたお陰だ。感謝してるぜ。

「……ふうん。楽しいんだ」

それだけ言って、頷くあたし十歳。別にあんたのために一生懸命頑張って生き抜いてるわけじゃねーよ、と言いたいのかもしれないし、そもそも一生懸命でも頑張ってもねーよ、と言いたいのかもしれねー。でもまー、ほんのちょっとでもいいけど、それで誰かの助けになるって言うんだったら、もう少し戦ってみるか、とか、そんなことをこいつが思ってくれりゃあいいな。そんな請負人めいた考え方を、十歳の子供に持てって言っても無駄だとは思うが、なにせあたしだしな。どんな可能性を秘めているかわからねえぜ。

「……じゃあ、もう一個質問」

おう、いいぜ。なんでも訊きな。答えられることなら、なんでも答えてやるさ。

「あんた今、誰かに愛されてるか？」

答えてやれなかった。

12

その後大して会話も弾《はず》まず、ぷいっと前を向いて、再び歩き出したあたし十歳のあとをついて行くうちに、島の反対側の砂浜へと到着した。その間、イベントめいたイベントはなし。ゲームだったらバグを疑うレベルの何もなさだった。まあ、あたし十歳とあたし現在が、同じフィールドにいる時点で、相当バグっているとも言えそうだが、何ともエンカウントしないまま、風景も特に変わらないまま……、そして星空のありようも、ほとんど動きがないままに、あたしはこの無人島を縦断したのだった。

「あとは、あの婆《ばあ》さんに訊けよ。あたしはもう、戻るから」

足場が砂浜に変わったところで、あたし十歳はそう言って、前方を指さした。

「あんたも、戻りかたはあの婆さんに訊け……、夜のうちに戻らないと、本当に死んじまうぜ。折角の楽しい人生なんだ——くだらねー大人らしく、せいぜい長生きしろや」

　あたし十歳は口汚くそう言って、きびすを返した——あたしの横を通り過ぎて、来た道を戻っていこうとする。おい待てよ。戻るって、どういう……生き返るってことか？

「その辺も含めて、あの婆さんに訊けっつってんだ。この島の主《ぬし》だって。あんたを連れてくるように、あたしはあの婆さんから言われてた」

　ペースを落とすことなく、そのまま歩いていくあたし十歳——追ったものかと考えたが、しかし、彼女が指さした方向を見ると、咄嗟《とっさ》の判断をしくじっちまった。砂浜からつきだした、小振りな岩に体重を預けるようにして、こちらに背を向けている人影があった。島の主？　あたしが漂着した海岸とほとんど変わらず、なんもねー殺風景な砂浜なんだが、着流しを羽織《はお》った、長髪をかっちり結《ゆ》わえたその後ろ姿は、もたれた岩とも絶妙の配置で、奇妙に絵になっていた。よく見たら、長い煙管《キセル》をくわえているようだ。

「気ぃつけろよ。あの人の機嫌を損ねたら、生き返れないどころか、生きて帰れなくなるぜ——」

あばよ、あたし。そう言って十歳のあたしは去っていった——じゃーな、あたし、と、あたしからも声をかけたけれど、その頃にはその小さな身体は、もう岩陰に隠れてしまって、見えなくなってしまっていた。ちぇっ、素《そ》っ気《け》ないガキだぜ。しかしそんなガキが『気をつけろ』と言うような島の主とは、どんな奴なんだろう……自分からの忠告だけにおろそかにはできねーから、ちょっと身構えちまうぜ。考えたら、あんな無愛想で偏屈《へんくつ》なガキに（自分のことだから言いたい放題だぜ）、あたしを呼んで来いってお使いに行かせるって、かなりのことだよな？　こうして遠目に見る限り、細い身体してっし、婆さんだとも言ってたし、体重を岩に預けてることからも、パワー系とは思わないけれども、しかし、なにせ世界観がよくわかんねーからな。ファンタジーの世界なら、ご老体の達人がいても、ぜんぜんおかしくねえ。魔法とか使われたら、対処のしようがないぜ——まあ、今あたしが鋭意臨死体験中ってのが本当なら、あんまそんなこと気にしなくていいのか？　『生き返れないどころか、生きて帰れなくなる』ってアドバイスの意味は、よくわからんが……。うーむ、ヒューレット准教授とか、喜連川博士とか、あとは屍《しかばね》のじーさんとか、最近は変な老人とかかわり合いになることが多かったから、年寄りってだけで、どうも構えちまうぜ。

「いつまでそんなとこにいるつもりだい。こっちにおいで」

ぐあっ。呼ばれた。様子をうかがってること、バレてやんの——格好悪っ。超だせえ。しかもこっちにおいでとか言われてるし……、まあいいか。かくれんぼしてたいわけでもねーし、友好的に出て行こう。どうもー。初めまして、人類最強の請負人、哀川潤でーす。そんな風にへらへら笑いながら近付いていった——だからと言って、油断していたつもりはない。つーか、この状況じゃ、油断するほうが難しいだろ。無造作に近付いていきつつも、相手との距離感とか、間合いみたいなものを見誤らないようには、あたしなりにはしていたつもりだ。つもりだったけども、

13

つもりだったけども、文章の途中で章が変わるくらいの衝撃で、ぶん殴られた。いや、ぶん殴られたのかどうかもわからねえ。とにかくあたしは吹っ飛んでいた。吹っ飛んで、叩きつけられ、砂浜を転がった末、海に落下した——え、何!? 何が起こったのかまったくわからないまま、ともかく海面からぶはっと顔を出す(また服がびしょ濡れになっちまった)。見れば、島の主——着流しの婆さんは、その場から一歩も動いていない。優雅に、いや雅《みやび》に、煙管をくわえて——海にはまったあたしを見据えていた。老人のものとは思えないほどの鋭い三白眼で——三白眼?

「こんなに弱かったっけな……最強の頃って。くくく」

そんな風に、意地悪そうに微笑して、婆さんはちょぃちょぃとあたしを手招きした――くそ、よく見たら着流し、めっちゃ派手な赤色じゃねーかよ。ああ？　つまり、そういうこと？　じゃぶじゃぶと、海の中を迂回《うかい》するように歩いて、正面から婆さんと向き合う――ああ、こりゃ、間違いねーや。このギラギラした感じ。一瞬でわかる。あたし十歳を見たときと同じだ――何歳だ？　見た目通りの年齢じゃあなさそうだが……。

「年齢を数えるような生き方してないよ。あんたもそうなんじゃないかい？」

そうだっけな。って言うか、変な気分……、自分の老境の姿を見るって、すげーもやもやした気持ちになる。ああ、でも、さっき、あたし十歳はあたし現在を見て、こんな気分だったのかな？　そうか。未来を見るってのは、あんまり、いい気分なだけじゃねーんだな。SFだろうとファンタジーだろうと、将来的に、もしもタイムワープの技術が確立したとしても、歴史を変えちまうおそれのある過去はもちろん、未来にも、行くもんじゃねーのかもしれねーな？　結構なメンタルが必要とされるぜ。

「悪かったね、いきなりどついちまって。最強の頃のあたしって、どれくらいだったかなって思ってねえ」

小馬鹿にするような言い方をする婆さん――畜生《ちくしょう》、ぐうの音《ね》も出ないぜ。あたし十歳が言っていた、『生き返れないどころか、生きて帰れなくなるぜ』っていうのは、どうやら額面通りの意味合いだったらしい――その気になれば、この婆さん、あたしを瞬殺できるぞ。その気にならなくても瞬殺できるかもしれない。単なるうっかりとかで。まったく、ただの好奇心で出会い頭に人を殴るなんて、なんて酷《ひど》い奴だ！

……あたしだし、そう言えば、あたしも昔、やってたな。昔やってたことを、歳を取って、再びやり始めるって、成長が見えねえよ。……最強の頃のあたし？

「ああ、その肩書きは随分前に返上したからねえ……、欲しいっていう奴がいたから、譲ったんだけど」

譲ったって……そんな、最強の称号を猫みてーに。なんだか、聞いてはいけない未来を聞いてしまったみたいな気分になる。あたしみてーに過去のあたしに気を遣えよ。

「今のあたしは、人類最強でも、請負人でも、哀川潤でもない――肩書きも何もない、ただのくたびれたババアさ。そういう意味じゃあ、あんたとは別人なのかもねえ」

はあ。そんなことを言われても――それをどう受け取ったらいいものか、わからない。だが、一方で、さっきあたし十歳に会ったときとは逆の感想を、あたしは抱いていた。混じりっけのないあたしが、老境に至り、再び混じりっけのないあたしになったのだ――と。純粋で、他になにもないあたし――今のあたしよりも、よっぽどあたしらしい。くくく、とあたしも笑う。よかったぜ。よくわかんねーけど、どうやら、いい歳の取りかたをしたみてーじゃねーか。

「そうでもないがね。いろいろあったよ。人生だから」

あっそう。

「何があったのか、訊かないのかい？」

うん、聞くとうまくいかなそうな気がするし。ネタバレされちゃあ、人生が楽しめなくなる。生きてて楽しいって、昔のあたしに言っちゃったんでな。

「あたしから見りゃあ、二人とも、昔のあたしなんだがねえ。まあいいさ。すげえ大変だと思うから、お気をつけて」

脅《おど》すなあ……、つーか、あたし十歳と同じことを言うと、あたしがその歳まで生きてるってことが、既に驚きなんだけど。しかも、最強よりも強くなってるし。さしずめ、あたし健在ってところか？

「そうでもない。もう死にかかってるよ。だから、日の半分は『こっち』に来ている
——ふらふらとね」

で、迷い込んできた色んなあたしを、追い返してるってわけさ——と、もたれた小岩を示す、あたし健在。

「夜が明けちまうとあんたらが成仏しちゃうんで、こうやって星が回らないよう、押

さえ込んでるってわけ」

ん……？　よくわからなかったけど、どういう意味だ？　星が回らないように押さえ込んでる……押さえ込んでる⁉　え？　じゃあ、あんた、その小岩にもたれかかってるんじゃなくて、この星が自転しないように押さえ込んでるの⁉　力業《ちからわざ》で？

「おいおい、そっちに驚くんじゃないよ。夜が明けたら成仏しちゃうって教えてやったんだから、危機感を持ちな」

いや、どう考えても、天体の自転を片手で押しとどめられる婆さんのほうが驚異だろ。あたし健在のあたしが、健在過ぎる——パワー系もパワー系、人間、何があったらその境地まで至るんだ。どんな老境だ。ぜんぜん死にかけじゃねーじゃねーか。千年かかっても、その境地に辿り着ける自信がねーよ。

「じゃあ、千年以上かかったんじゃねーの？　どこぞの仙人みてーに」

軽くいなすあたし健在。あたし現在としては、つっこんでいいところなのかどうか、よくわかんねー。ともかく、そうやってあんたが自転を押さえてくれてるから、いつまでも夜が続いていたってことか——星空が動かないわけだぜ。

「なあに、気にするな。あたしがこの星空をいつまでも見ていたくて、やってることさ」

いや別に感謝とかしてないですけど。……質問していいの？　ここがどこで、どういう島なのかって。異世界ファンタジーか何かと思ってたんだけど。

「答えてやるけど、どうせ生き返ったらほとんど忘れてるぜ。臨死体験なんだから」

そういう仕組みなのか。だからあたし十歳は、あたし現在に会ったことを忘れてるわけだ。別にぜんぜん辻褄《つじつま》とかあってねーけど……、どうせ忘れるんなら未来のことを聞いちまおうかとも思ったが、『ほとんど』ってとこが危ういので、用心しとこう。用心しとこうっつーか、心しとこう。

「臨死体験が臨終体験にならないよう、さっさと帰ったほうがいいと思うがね。あんたが生き返ってくれなきゃ、あたしも死んじまうし」

じゃあ、そうさせてもらうさ。ただ、こんな殺風景な島があたしの心象風景だったらやだなって思っただけでね。

「あたしは嫌いじゃないがね。あんたもこういう枯山水《かれさんすい》が素敵って思えるようになんなきゃ駄目だ」

言葉もねーな。侘《わ》び寂《さ》びとか、あたしにはまだまだぜんぜんピンとこねーよ。枯淡《こたん》味とか、ぜんぜん味わえない子供舌だぜ。こんな荒涼とした場所、一刻も早く立ちのきてえ。まあ勝手に来たんだけどよ——これまでも、死にかけたことは山ほどあるけど、そのたびここに来て、追い返されてたのかな？

「人が死んだらお星様になるって言うだろ？」

うん？　なんだ、急にロマンチックなことを言ってくるな。言うけど、それがどうした？

「ここがその星。お前が死んだら、なる星――だから、まだなんもないんだよ。あたしが死んでから初めて、この死の星が活動を始めるってこった」

すげー簡単に説明してくれるじゃん。そんなシンプルに言われたらうっかり納得しちゃいそうになるけど、滅茶苦茶言ってんな。死んだらお星様になる？

「だから、あたしは好きなんだよ。ここから見える星空が」

あたし健在はそう言って、真上を示した――あたしが知る星空とまったく違う、しっちゃかめっちゃかな星空。あたしにとってみりゃなじまねー空だし、どうしてあたし健在がそれを好きだって言うのかわかんねー……あたし十歳に至っては、空を見上げようともしなかったしな。

「そう言うなよ。この空に満ちる星達は、あたしが今まで――あんたにとっちゃこれからのってのが大半だけど、出会ってきた奴らの輝きなんだから」

言われて、その認識で、夜空を見る――満天の星の、そのひとつひとつが、お星様になった誰かの輝きなのだと思ってみると、それは一種、壮絶でもあった。星の砂が全部、生き物の死骸って初めて知ったときと似たような感覚もある――けれど、これは同時に、あたし健在にとっては、出会いと別れの軌跡《きせき》なのだろう。なんか、死にかけた過去の自分を守るために星の自転を止めるとか、あたしがそんな面倒見のいいことするかねえ？　と思わなくもなかったが、どっちかって言うと、この天体観測のほうが、夜をとどめる、本来の目的なんじゃないだろうか。そのほうがよっぽどあたしらしいって思う。あたしだって思う。最強というラベルも、請負人というラベルも、哀川潤というラベルも剥《は》がれて、それでも残る何かがあるなら、それは何年経とうと入れ替わることのない、あたしの細胞なんだろう。

「さすがにもうすぐ、あたしも連中の仲間入りだろうからね。お迎えが来る前に、ちょくちょく挨拶しとかねーと」

いや、まだしばらくは来そうにないけど、お迎え。はあん……、これだけの星が、全部遊んだ相手だってのは、ものすごいな。あたしはこれから、まだまだたくさんの奴と、出会い続けるってことか。あたしのことだから、全員といい関係が築けたってわけじゃなく、むしろ嫌われまくったり、嫌がられまくったりしてるんだろうけどなー、くくく。

「ま、あんたは人生を総括《そうかつ》するにはまだ早いだろ。さっさと帰りな——それとも、他のあんたを探して、会っていくかい？　ちょっと待ってりゃ、すぐ来ると思うよ」

どんな頻度で死にかかってんだよ。やめとくわ、喧嘩になったらことだしな——あそうだ、ひとつ、訊いていい？　お婆ちゃん。

「ぶっ殺すぞ」

その歳になってまだぶっ殺すとか言ってんのか、あたしは。

「あたしのことをお婆ちゃんと呼ぶな。あたしをお婆ちゃんと呼ぶのは敵だけだ」

そんなだせえ感じの決め台詞《ぜりふ》になってんのかよ。じゃあなんて呼べばいいんだよ。

まあいいや。さっき、あたし十歳に訊かれて、答えることができなかったんだけどさ、死にかけのあんたなら、答が言えるんじゃねーのか？

「ん？」

さっきの様子からすると、年齢が離れ過ぎて、どうやらあたし十歳は、さすがにあたし健在を、自分自身だとは気付いてなかったようだ——だからあたしが代わりに訊いてやらなきゃな。……あんた今、誰かに愛されてるか？

「当然だろ。それがどうした？」

別にどうも？

14

白衣の天使のイメージを決定づけている偉人、フローレンス・ナイチンゲールは、巷間《こうかん》言われているような戦場看護のイメージとは違って、実はその生涯で戦地に赴《おもむ》いたのは二度だけである——なんて知識が、がっかり系の雑学みてーに語られることがあるけれども、実のところ、ナイチンゲール自身は、その二度の戦場看護を、自分が人生でなした仕事の中で、もっとも小さいふたつだったと語ったそうだ。それだけ聞くと、ちょっとやな感じもあるんだけども、実際に彼女の人生を総括してみれば、確かにその通りだったりする——前線を退いてから、彼女がなしとげた数々の病院改革は、時代を超えて今に至るまで、多くの人と命を救い続けている。危険を冒《おか》して戦地に赴き、献身的に看護をしたという、ある種のわかりやすさが伝説化して、その印象が一番前に出てしまうけれども、その経験を踏まえた上で、彼女が続けた政治的で事務的な、スポットの当たらない地味な活動こそが、彼女があげたもっとも大きな成果——スポーツの世界とかでも、そうなのかもな？　記録を出したり、華やかに世界一に輝いたりしたアスリート達にとっての『本番』は、引退して、コーチや監督となって、チームや教え子を率いているときこそってのもあるんじゃねーかな。現場や舞台で輝いている奴だけが、人には主役に見えるのかもしれねーけれど、でも現役を退いてからが、案外、人生の見せ場なのかもしれない。活躍してる奴だけが主役じゃねえ。選手として戦ってるときより、監督をやってるときのほうが、充実しているのかもな。でも、もちろんそれは、選手時代がただの下積みだってことじゃない——そのときはそのときで、そのときが主役だ。ナイチンゲールだって、戦地に赴いているときは、間違いなくそれがもっとも大きな仕事だっただろう。あたし十歳を見て、それを修行時代のあたしだと思ったけれど、でも、十歳の頃のあたしにとっては、修行時代なんて生やさしいもんじゃなかった。勝手に、半ば引退したみたいな気分になりがちな今のあたしも、あたし健在から見れば、まだウォーミングアップの最中なんだろう。まあ、安心したぜ、あの死にかけの老人に、看取《みと》ってくれる奴がいそうで。十歳の頃のあたしが、あんな愛されたガールだったとは意外だったが、しかしまあ、愛されるより愛したいなんて、やっぱり負けたときの言い訳だぜ。人にどう思われようとも構わねーって言えば格好いいし、人からつまんなそうって思われてるときのほうが、案外満足げに好き勝手できるもんなのかもしれねーけども、やっぱ格好いいって思われてーよな？　最終的に、自分は愛されてるって確信できる、自信をもって誇らしげに言えるような臨終が待ってるってんなら、十歳の女の子も地獄の千人島を生き残った甲斐もあったってもんだろう。あの老境に至るまで、どれだけ、一生懸命頑張らなきゃなんねーのか、考えると憂鬱《ゆううつ》になるんだが——まあ、あたし十歳を激励しといて、あたし健在からの叱咤《しった》に応えないってわけにはいかねーか。とりあえず、地球の自転を片手で止められるところを、目標にしてみるか。そんなわけで、

「……大丈夫？　おねーさん」

と、あたし十歳と会ったことも、あたし健在と会ったこともすっかり忘れたあたし

現在は——過去と未来が交錯《こうさく》したことを忘れたあたしは、そんな風に声をかけられ、目を覚ました。砂浜である——波打ち際に、大の字になって寝ていたらしいあたしの傍《かたわ》らでしゃがんでいたのは、もちろん十歳の頃のあたしじゃなくて（なんだそりゃ）、初めて会う、二十歳前くらいの女の子だった。しかし、丈《たけ》なす黒髪を、頭の後ろで三つに結わえた変な髪型には、見覚えがあった——心理学の学術誌の表紙になってたぜ。確か、十代にして人間の精神を極めたという、『心の天才』——ってことは、ここは……。

「うん。鴉の濡れ羽島だよ——あなた、哀川潤さん、だよね？　人類最強の。請負人の」

天才少女は言った。物怖《ものお》じしないと言うか、なれなれしい感じで、しかし、そんなに嫌な感じもしねー。その辺が、『心の天才』と呼ばれるゆえんなのかもしれない——鴉の濡れ羽島。へえ……、えーっと、そうそう、イリアの奴に誘われて、久し振りにあいつが追放されている鴉の濡れ羽島に行こうとしたけれど、途中で船が難破して、大破したんだっけ？　でも、どうやら無事に漂着したらしい——すげー確率だな。さすがあたし。でもあたしだったらむしろ、異世界みてーな謎の無人島にでも漂着しそうなもんだけれど、さすがにそんな面白いことはねーか。

「どこか痛いところはない？　今たまたま、お医者様の天才が滞在してるけれど、呼んでくる？」

結構。なんか、変な夢見たってだけ。

「ふうん。なんなら、夢占いでもしてあげようか？」

あいにく、内容は全然おぼえてねーや。そう言うと、変な髪型の少女は、もう一度「ふうん」と頷いて、立ち上がった。

「おいでよ、哀川潤さん。イリアさんが手ぐすねを引いて待ちかねているよ――心配はぜんぜんしてなかったけど、待ちかねてるよ。お友達の石丸小唄さんは、もう先にくつろいでる」

なんだ、あいつ生きてたのか。しかも普通に目的地に流れ着いてやがるし……なんてずるいポジションなんだ。くつろいでんじゃねえよ、泥棒の天才。ちょっとでいいからあたしを探せ。

「千賀《ちが》てる子さんに至っては、あなたと戦うことを楽しみに身体を仕上げてるから、早く会ってあげて」

身体を仕上げてんのかよ。そんなキャラだったっけ、あいつ。まーいいさ。でも屋敷に行ったら、まず休ませてもらうぜ。なんだかしらねーけど、すげー疲れてる。

「当然でしょ？　何日も、荒れる海を漂ってたんだから」

いやいや、そういう疲れじゃねーんだけど。そう思いつつ、あたしは空を見上げる

——雲一つない夜空は、あたしが乗ってきたクルーザーを沈めた嵐が嘘みてーないい天気で、そしてあたしのよく知る星空だった。

「どうしたの？　天体観測が趣味のおねーさんには見えないけれど」

別に。見たことのある星座ばっかりだなーって思って。そういやお嬢ちゃん、まだ名前を聞いてなかったな？

「軸本《じくもと》みより。名前はみよりだけど、身寄りがいない十九歳よ」

ふうん、十九歳か。今が一番いいときだな。

「そうでもないの。若いってだけで天才扱いされるのに嫌気がさして、この島で隠居させてもらうことにしたの。天才なんてつまらない、頑張るって憧れだよね。ほんと、努力ってどうやればできるんだろ。早く歳を取って死にたいわ。……何がおかしいの、哀川潤さん？　何か文句があるのかしら」

いーえ、全然。色んな考えかたをする奴がいていいさ——色んな考えかたをするときがあっていいしな。人生、嫌になるくらい長いんだから。

「で、私の名前がどうかしたの？」

不思議そうに訊いてくる未来ある少女に、あたしは答える。なあに、あたしと出会ってくれたお前の名前を、いつか星につけてやろうと思っただけさ。

人類最強の純愛

1

鴉《からす》の濡《ぬ》れ羽島《ばじま》での生活もようやく三日目の朝を迎えようとしていた——なんて切り出しで自《みずか》らを語り出した戯言遣《ざれごとづか》いがかっていたが、あいにくのこと、あたしクラスになると同じ場所で三日目の朝を迎えられることなんて、滅多にない。折角のバカンスも二日目の夕方には終焉《しゅうえん》を迎えて、島から出て行く運びになっちまった。まーあたしなんかよりよっぽどろくでなしな石丸小唄《いしまるこうた》あたりは、実質島の屋敷に一晩も泊まることなく出て行く羽目になったりしてるんだけど——水が合わなかったっつーのかな、あの大泥棒、自由を愛する割に、その楽しみかたをよく知らないようである。自由よりも不自由のほうを、よっぽど強く愛しているのかもしれない。愛には色んな形があるってわけだ。羨《うらや》ましくはあるが、かくありてーとは思えんな。単に、島の主人である赤神《あかがみ》イリアに好奇心いっぱいにまとわりつかれて辟易《へきえき》したというのが、案外、一番の理由かな？　ともかく、小唄を見送った翌日には、あたしもまた、島を去ることになるのだった——つーか、迎えが来た。

「お久し振りです、潤《じゅん》さん」

というほどにはお久し振りではない、長瀞《ながとろ》とろみだった——このエリート娘、船ではなくヘリコプターで島にやってきやがった。さすがエリートだけあって、ヘリから降りる姿が実に様になってやがる。バカンスの行き先は漏《も》れないようにしていたはずだけれど——あたしと小唄が赤神イリアと会ったなんて言うと、いらんトラブルを招きかねねーって配慮だ。あたしにだって、配慮くらいはできる——まー、とろみちゃんの勤め先って、確か四神一鏡《ししんいつきよう》の一角、檻神《おりがみ》財閥だかどこかだったから、伏せた情報を探るくらいのコネクションは、そりゃああるか。でも、檻神家に仕える人間が、赤神家の追放お嬢様の追放先を訪ねてくるなんてのも、結構政治的な火種になりかねねーと思うんだけれど、大丈夫？　それを押してでもあたしに会いに来たいと思うような、深い愛情が、とろみちゃんにはあったんだろうか？

「ありません。もちろん、仕事の依頼です」

言下に否定された。傷ついちゃうぜ。仕事の依頼ねえ？　あたしはバカンスの最中なんだけど——自由と退屈を楽しんでいるところだぜ。

「仕事のほうが楽しいですよ？」

ああ、知ってるよ。なんだ？　言ってみな。

「話が早くて助かります。ええっと、先日、太平洋の深海に、沈没した宝船が発見されたのですが」

引き受けよう。

「は？」

ぽかんとした様子のとろみちゃんだった。やれやれ、ちょっと会わねー間に勘が狂ってやがるのかな。バカンス中だろうがなんだろうが、宝船なんてキーワードが出てくる依頼を、この人類最強の請負人《うけおいにん》が、まさか断るわけがないだろうに。

2

本人いわく、天才ってほどにゃー警抜《けいばつ》してねーにしても、まぎれもなくエリート娘である長瀞とろみが、イリアに歓迎されないわけもなく、話の続きは――つまり、細かい依頼内容は、屋敷の中で聞くことになった。まー、プロペラ回しっぱなしだったヘリのそばでするような話じゃねーやな。ちなみに話がこじれた場合には力ずくで拉《ら》致《ち》する線もあったようで、とろみちゃんが乗ってきたのは武装ヘリだった――あたしを武装ヘリの一機で拉致できると、本当に思ってたんなら、おめでてーが。ともかく、請負仕事の詳細は、こんな感じだった。

「哀川《あいかわ》潤包囲網のことは覚えてらっしゃいますよね？　覚えていない？　ああ、そうですか。そうですか、そうですか。あれは相当、あなたを追い詰めたエポックなはずなんですが……私達の出会いのエピソードでもあるんですが。まあ、あなたを追い詰めはしたでしょうけれど、あの件、あなたを楽しませはしなかったでしょうからね――ええ、ともかく、そういう同盟があったと思ってください。四神一鏡とＥＲ３システム、玖渚《くなぎさ》機関や『殺し名』『呪《まじな》い名《な》』などなど、ありとあらゆる世界の構成要素の協力体制――それでも結局は、あなたと釣り合いはしなかったんですけれど。

「ただし、目的は果たせなかったとは言え、そんな同盟が成立したこと自体は有意義でした――それまでは、不干渉が基本だった我々が、ほとんど初めて『手を組む』ことを学習したのですから。お陰様で、たとえば宇宙開発事業の進捗《しんちょく》は、はかばかしいことこの上ないです。

「さすがに、私と一緒に月に行ったことは覚えていますよね？　ああ、よかった。ほっとしました。あれを忘れられていたら立つ瀬がないです――生きている甲斐《かい》がありません。

「いえ、今回は宇宙開発事業絡《がら》みではありません――むしろその逆でして、潤さんに調査していただきたいのは、深海です。

「深海。

「元々は、資源開発という名目での海底調査だったのです──宇宙に向かうための燃料は、あり過ぎて困るということはないですからね。

「よく言われる通り、人類にとって、宇宙よりもむしろ、深海のほうが、未知の領域なのです──地球の七割を占《し》める海という領地に、元哀川潤包囲網が侵略に乗り出したと、そう理解していただければ。

「元哀川潤包囲網という名称をやめろ？　いえ、私に言われましても……、まあ、そのうち、適切な名付けがされるでしょう。誰が名付けるかで、紛糾《ふんきゅう》するでしょうが……。

「政治ですねえ。

「ええ、はい。私は檻神の代表者と言うより、その包囲網の代表者として、こうして潤さんに仕事の依頼に来たのです──ですから、どうかお気遣いなく。この件で、赤神家と檻神家が揉《も》める、なんてことはありません。

「包囲網における私の役職は、哀川潤係──ですからね。まことに不本意ながら。

「いささか話が逸《そ》れましたが、ともかく、深海調査の結果、我々ははからずも、発見してしまったわけです──いわゆる宝船を。

「もう少し現実的な言いかたをするなら、古代の沈没船なんですが。

「求めていた自然燃料とは違うものですけれど、しかし、だからと言って歴史的価値のある文化財を無視しようという我々ではありません——ええ、むろん、金銭的価値も見込んでいますが。

「ざっと換算すれば、スペースシャトル三機分くらいの値打ちのある沈没船です——これは、サルベージしないわけにはいかないですよね。

「？　あ、いえ、違います。ごめんなさい、紛《まぎ》らわしい言いかたをしてしまいました——潤さんに依頼したいのは、宝船のサルベージそのものではありません。この話にはまだ続きがあるのです。こんな初期段階であなたに依頼をしようというほど、我々も腑《ふ》抜《ぬ》けてはいませんよ——言い換えれば、この段階であなたに依頼をして、不要なトラブルを自ら招こうというほど、愚かでもないという意味になりますが。

「しかしながら、そして不本意ながら、結論から申し上げますと——招かざる客《トラブル》が訪れました。

「サルベージのための下調べに送り込まれた第一次調査団が、海底にて消息を絶ちました。

「海底で消息不明……ですからね。生存は絶望視されています——ええ、それはいいんです。我々の場合、死ぬのも仕事ですから。

「ただ、その後、再度無人探査機で調査を試みたところ——当初の目的であった沈没船も、姿を消していたのです。まるでそんなもの、最初から存在していなかったかのように。

「探しものも探索者も、ダブルで消息不明――こうなると、ただの不審や、ただの事故では、とても片付けられませんよね。

「かと言って、第二次調査団を送ろうというほど、我々も人材を余らせているわけでもありません――場所が陸上ならば、あるいは打つ手もあるんですけれど、なにせ深海一万メートルの海域ですからね。

「宇宙よりも遥《はる》かに遠い――そう言って過言ではないでしょう。

「宇宙開発という視点から見て、決して本筋ではない海底調査に、犠牲を払うわけにはいきません――そこで潤さんに白羽の矢が立ったというわけです。

「深海冒険、請け負っていただけますか？」

3

まあそんなもん、請け負うに決まっちゃあいるんだが、ただ、先日、海難事故に遭《あ》ったばかりの身としては、『また海かよ』という気もしないでもなかった――しかし、深海一万メートルとなれば、あたしと小唄が遭遇《そうぐう》した海難事故なんて、浅瀬でぱちゃぱちゃ遊んでたようなものだろう。正直、想像もつかないような異世界である。

宝船ってキーワードよりも、むしろそっちのほうが、魅力的かもしれねー。……その包囲網にとって、あたしが払ってもいい犠牲と定義されているらしいことが、気になるっちゃー気になるが。

「今は違っても、そもそもの土台が、対哀川潤の組織ですからね——何かきっかけさえあれば、あなたを亡き者にしようと考える者も、中枢《ちゅうすう》にはいるのかもしれませんかもしれませんって。そんな可能性を示唆《しさ》するな、依頼を受けづらくなるだろうが。そいつらにしてみりゃあ、ことの真相が明らかになればよし、ならずとも、あたしも消息不明になってくれればそれもよしって感じなのかもしれねーな。いーけどよ、別に。

「まとめますと、潤さんに対する今回の依頼は、深海で行方不明になった調査団の捜索——となります。もちろん、ついでに宝船を見つけてもらっても構いませんけれど、それはどちらかと言えば二の次です」

オーキードーキー。でも、お前もさりげに言ってたけれど、その第一次調査団の連中って、普通に考えて、もう死んでるよな？　場所が違えばまだ希望があったかもしれないけれど、海の底じゃあなあ。

「ええ、そうですね。ですから、回収するのは死体でも構いません。土左衛門《どざえもん》のひとつでも浚《さら》って来ていただければ御《おん》の字です」

クールな面《つら》して、さらっと怖いこと言うねえ。死体の回収って。当初のイメージから、ずいぶんと遠いところに漂着しちまってんなあ。宝船のサルベージから、死体の回収。イメージ真逆じゃねーかよ。

「行方不明になった調査団のメンバー十五名の顔写真は、あとでお渡しします——もしも死体が原形をとどめていれば、参考になるでしょう」

はっ。白骨死体になるほどの時間が経過しているとは思えねーけど——だからと言って、死体が無傷とは、考えにくいってか。ま、現代最新鋭の科学技術があれば、持って帰ってくるのがたとえ死体の指一本でも、判断材料にはなるだろうよ。だから、顔写真だけでなく、指紋やらDNAやらの情報もよこしとけ。

「あなた、肉眼でDNA鑑定ができるんですか……」

精度は相当てきとーだけどな。でも、実際的には、どうするんだ？　いくらあたしが人類最強でも、さすがに素潜《すもぐ》りで一万メートルは無理だぜ？　お前くらいの歳の頃にどれくらい潜れるのか、チャレンジしたことがあるけれど、五百メートルくらいでやめちゃったぜ。

「それだって既に、人類の域を超えてますけれど……、でもまあ、ご安心ください。道具立ては、こちらで準備します」

ほう？　潜水艇でも用意してくれるのかい？

「潜水艇ではなく潜水艦ですね――原子力潜水艦。本来ならば一人で動かすような機体ではないのですが、あなたなら問題ないでしょう」

ないねえ。くくく、いっぺん操縦してみたかったぜ、原子力潜水艦――しかし、ずいぶんと大袈裟《おおげさ》な道具立てだな。

「それだけのリスクが見込まれているということですよ。裏を返せば、今回は、あなたを深海に送り込んで、意図的に始末してしまえというような企《たくら》みはないということです」

はっ。結果的に始末できればいいなって思惑《おもわく》が、透《す》け透《す》けだってーの。でも、潜水艦じゃあ、現場周辺を調査するにあたっての小回りが、利《き》きそうもないけど？

「もちろん、潜水服のほうも準備させていただいておりますよ――潜水服と言うより、ウェアラブルな潜水艇みたいなものなのですが。覚えてますか？ 喜連川《きつれがわ》博士」

覚えてるよ。……忘れられるか。

「そうですよね、私もあなたも、かの天才が企画立案した宇宙服のテストで、月に降り立ったわけですから――あの宇宙服の改造版だと思ってください」

あの博士の設計思想が、今も息づいてるってわけだ――生き続けているってわけだ。どういう感想を持てばいいのかねえ？ まあいいさ。ともかく、あの宇宙服『クローゼット』の深海版を着て、あたしは深海調査をすればいいってことだな？

「ええ。『クローゼットB』と呼んでいます」

ゼットでBって、わけわかんねーけどな。……ところで、その『クローゼットB』には、予備もあるのかい？

「予備？　ええ、それはまあ、海中で事故があったときなんかに備えて……ただし、なにぶん、原子力潜水艦より開発費のかかる潜水服ですから、余分は一着しかありませんけれど」

何でもお金だね。宇宙よりも深海のほうが未知の領域だっていうのは、そういう事情もあるのだろう——深海調べは基本的にお金にならないっていう。でもまあ、余分が一着もあれば十分なんだぜ。

「は？　まさかまた、私を同行させようと思ってます？　私を巻き添えの犠牲者にしようと思ってます？　予備の潜水服を着させて？　月のみならず、深海一万メートルまで？」

いい勘してんじゃねーか——と、あたしが言い掛けたところで、

「ねえ、哀川潤さん」

と、部屋の扉が開いて、横入りしてくる声があった。振り向けば、そこにいたのは、おかしな三つ編みの少女——赤神イリアによってこの鴉の濡れ羽島に招聘《しょうへい》された、十九歳にして心理学の権威、軸本《じくもと》みよりちゃんだった。

「その深海調査――天才で可愛い私も、連れていってくれないかしら？」

4

そんなわけで、このたびの同行二人《どうぎょうににん》は、みよりちゃんと相成《あいな》った――ちっ、とろみめ、悪運の強い奴だぜ。ただまあ、みよりちゃんが帰ってくるまで、まるで人質みたいに鴉の濡れ羽島に居残ることになっちまったことが、とろみにとって、ラッキーだったのかアンラッキーだったのかは、判断の難しいところだ。これを機会に、とろみの奴、檻神家から赤神家にヘッドハンティングされちまったりしてな。ともかく、そんなわけであたしとみよりちゃんは、夕食後にはヘリで輸送され、太平洋公海にて停留していたER3システム保有の原子力潜水艦『ブレインスパーク』に乗り込んだのだった。展開早いぜ。

「『ブレインスパーク』は、『脳散らす』……、つまり、『ノーチラス』っていう含意《がんい》なのかしら」

潜水艦の操舵室の中で、所在なさそうにしながら、みよりちゃんがつまらなそうにそう言った。心理学の天才であり、運転の天才ではないこの子に、潜水艦のハンドリングに関して手伝ってもらうことはないのだけれど、まあ、目の届くところにいてもらったほうが安心なので、操舵室に同席してもらっている。あたしにしても、ヘリの中でマニュアルは流し読みしたものの、基本的に現代の潜水艦は自動操縦なので、海底までの道中は、することなんてあってないようなものだ——ゆえに、会話に応じるのに難はない。『ノーチラス』号っつーと、『海底二万里』だったっけ？

「『海底二万里』は誤訳だけどね」

細かいこと言う奴だな。映画の翻訳《ほんやく》にでも文句つけてろよ。

「天才で可愛い私は、映画はだいたい原語で聞けるわ」

あっそう。さすが世界的天才。あたしは吹き替えも字幕も、それぞれ味があって好きだけどねえ。『海底二万里』にしても、ありゃ誤訳じゃなくてわざとだし。

「あっそう。……てゆーか、哀川潤さん、本を読んだりするのね。少し意外」

人をなんだと思ってんだ。まあ『海底二万里』は、『ふしぎの海のナディア』の原案だしなー。ちなみにあたしは、原作とメディアミックスとの違いも、気にならないタイプ。

「幸せな人生ね」

幸せな人生だよ。でも、本歌の『ノーチラス』号を知ってるってことは、タイトルはともかく、みよりちゃんも『海底二万里』……、『VINGT MILLE LIEUES SOUS LES MERS』は読んでんだろ？

「いえ、天才で可愛い私のは、ただの知識よ……、あらすじだけ聞いて、知ってる気分になってるタイプ」

情報化社会の申し子って奴か。何も知らずに生きてたガキの頃のあたしを思い出すと、羨ましい限りだぜ。

「ええ、もちろん、情報過多をむやみに憂《うれ》うほど、天才で可愛い私は厭世《えんせい》的な性格ではないんだけれど……だからこそ、憧れるのよね。未知って奴に」

ふうん。それが、深海調査に同行しようと思った理由かよ。心理学の天才少女が、好奇心だけで海の底に向かいたがるとは思わなかったけれど……、どうもその辺、天才ゆえのコンプレックスみたいなのがあるらしい。

「哀川潤さんもそうなんじゃないの？　知らないことを、知りたいって思うから、こういう依頼を一も二もなく引き受けちゃうんじゃないの？」

どーだろうねえ。あたしの場合は知識欲よりも、もうちょっと享楽《きょうらく》的っつーか、退《たい》廃《はい》的っつーか、だけどな。楽しそーとか、面白そーとか、そういう気持ち。好奇心が強いだけで、みよりちゃんみてーに、お勉強が好きって感じじゃあないぜ。

「そう。さっき、哀川潤さんは私を羨ましい限りと言ったけれど……、天才で可愛い私からすれば、それだけの実力を持ちながら、そうも能天気でいられる哀川潤さんが、限りなく羨ましいわ」

そんなもんだろ。誰もが誰かを羨みながら一生を過ごすって話さ。イリアみてーに、天才集めてサロン作ってんのは、あたしからみりゃ悪趣味だけれど、実のところ不健全ではないんだろうぜ――あいつは嫉妬《しっと》ややっかみとは無縁だから。

「そうね。どれだけ高い能力を持ったところで、才能なんて、お金持ちの観賞物なのかもね――おもちゃかも。でも、哀川潤さん。天才で可愛い私がこうして深海に同行している理由は、未知を知りたいと思う人間の本能に根ざすとして、あなたの場合は、どうなのかしら？」

ん？ さっき言わなかったっけ？ 楽しそーとか、面白そーとか。海の底がってだけじゃなく、原子力潜水艦を動かすとかも、なんかバイブス感じねー？

「じゃなくって。天才で可愛い私の、同行を許してくれた理由を知りたいのよ。仰《おっしゃ》るとおり、天才で可愛い私は心理学の天才であって、海洋学者じゃあないから、はっきり言えば、深海においては何の役にも立たないわ――海難の役には立つかもしれないけれど」

洒落《しゃれ》たことを言うねえ。

「茶化《ちゃか》さないで、哀川潤さん」

茶化したのはお前だけどな。

「もっとも、私が名乗りを上げなきゃ、無理矢理同行者にされていたであろうあの長瀞って綺麗なお姉さんにしたって、海の専門家って風じゃあなかったけれど……、あなたほどの人なら、一人でも余裕で深海調査くらいできるでしょうに、どうしてあの人を渦巻《うずまき》のように巻き込もうとしていたの？」

どうしてもこうしても、海に潜るときにバディを求めるのは、ダイバーの基本だろうが。

「あなたと釣り合うバディなんて、天才で可愛い私じゃなくっても、いないでしょうに……、してみると、案外、寂しがり屋さんなのかしらね。天才で可愛い私の世代からしてみれば、今や立志伝中の人物である人類最強の請負人も」

はっ。別にあたし、自分が寂しがり屋さんじゃないなんて言った覚えはねーけど？　そんなんで、あたしのことを看破《かんぱ》した気持ちになってもらっちゃあ困るな、心理学屋さん。

「それは、失礼しました。……一番の未知は、宇宙よりも深海よりも、あなたそのものなのかもしれないわね。天才で可愛い私にとって、と言うより、あなた自身にとって」

5

そんなどうでもいいような雑談をしながら、あたし達の乗る原子力潜水艦『ブレインスパーク』は、どんどん深度を下げていった——つっても、あたしが向かい合っているのは計器であって、窓もないこの潜水艦じゃあ、海に潜ってるって実感は、あんまりないんだけどな。そういう意味じゃ、宇宙船で月に向かってたときと大して変わらん——退屈しちゃったのか、みよりちゃんも後部座席ですやすや寝落ちしちまったし。子供はすぐ寝るなあ——と言っても、見た目は実年齢よりも幼めだけど、十九歳ってのは、隙《すき》を見て寝るほどの子供でもないはずだが。ま、時間的にはど深夜だし——それにみよりちゃんは、普段から頭を使いまくってるから、脳が疲労しやすいのかもしれない。……心理学の天才って、そういう意味じゃ不憫《ふびん》だな。もっと気楽に生きればいいのに——と思うものの、それができないから、この子は天才なんだろうね。初めて会ったとき、『天才なんてつまらない』と言い切っていたみよりちゃんだけれど、案外その言葉の裏には、そういう経験則もあったのかもしれない。あたしを見習えとは言えないけれど、小唄あたりの精神的奔放《ほんぽう》さを、見習うべきなんじゃねーのかな？　もっとも、小唄はみよりちゃんとは、あんまり反《そ》りが合わなかったみたいだけど。と言うか、あいつは大概の天才とは反りが合わないのだ——鴉の濡れ羽島と水が合わなかったのも、むべなるかなって感じ。

「天才というのはいろいろと考えることが多くって、まったく十全《じゅうぜん》にご苦労なことですわ、お友達《ディアフレンド》——わたくしのような凡俗はとても理解できませんけれど。理解しようとも思いませんけれど」

　とか、そんなことを言ってたっけ？　でも、だったらそんな小唄に言わせれば、あたしは天才でも何でもないんだろうな。最近はあたしなりに、『いろいろと考え』てるつもりだけれど、それでもみよりちゃんの百分の一も、物事を考えられていねーんだろうぜ。でねーと、小唄とこんな腐れ縁を維持してらんねーか……、でも、だったらあたしは、何なんだろうな？　天才でもなく、かと言って小唄みてーに、図々《ずうずう》しくも『凡俗』を自称できるほど、謙虚（つーか、小唄の場合はただの性格の悪い奴だが）にもなれないあたしは何者なのか——未知ねえ。海底調査とかする前に、自分探しでもしろってか——そこはかとなくだせえぜ。想像を絶するそのださに慄然《りつぜん》としたとき、潜水艦全体に強い衝撃が走った——おっと、計器から目を離した隙に、軽く事故っちまった。

「か、軽く事故った!?　一万メートルの海底で!?」

　衝撃に目を覚ましたみよりちゃんが、目をこすりながら、慌《あわ》てふためく。

「そ、それ、軽くじゃ済まないでしょう!?」

　うっせーな、ちょっと底を岩礁《がんしょう》にこすっただけだよ。大丈夫だろ……たぶん。

「長瀞さんがあれほど青ざめていた理由が……、自ら名乗りを上げた、天才で可愛い私に、ああも同情的な視線を送っていた理由が、今、わかったわ……人類最強とかかわるっていうのは、こういうことなのね」

後悔先に立たずという諺《ことわざ》を体験学習したらしいみよりちゃんだった——勉強になってよかったな。あたしはそんなみよりちゃんの相手もそこそこに、スコープで外の景色を確認する——外部カメラを利用してもいいんだが、こっちのほうが、いかにも潜水艦っぽくていいぜ。ふむ。当たり前だが、よく見えねーな。こんな深いところまで太陽の光が一条だって届くわけがねーし、ライトじゃ全体は照らせない……、やっぱ、外に出て、自分の目で見るしかねーか。みよりちゃん。

「な、なにかしら？」

冷めた天才少女っぷりはどこへやら、あたしに声をかけられ、怯《おび》えた風に構えるみよりちゃんだった——別に取って食いやしねーよ。いや、あたし、これから早速、外に出て、仕事して来ようと思うんだけど、一緒に出る？　それとも、もうちょっと休んどく？

「外……ああ、そう、仕事ね。そう、仕事だったわ」

みよりちゃんは、確認するように頷《うなず》く。ショックで記憶が飛んだのもあるだろうし、そもそも、寝起きがあんまりよくないのかもしれない。だとすりゃー、乱暴に起こされて、いきなり潜水艦の中にいたら、その驚きもひとしおだろう。

「どんな様子だったの？」

見る限り、異状はない――つーか、ほとんど何も見えなかった。

「沈没船も、調査団も？」

沈没船も、調査団も――その残骸さえ見当たらなかった。場所はここで間違いないはずなんだけれど。

「ふうん……まあ、前情報通りね。うん、じゃあ、一緒に出るわ」

そう？　すぐには終わらない調査だし、潜水艦の中で朝ご飯食べててもいいんだぜ？　出ても安全かどうか、まずはあたしが探って来たほうがよくない？

「事故った潜水艦の中で待つよりも、潜水服を着て外に出たほうが安全だと、天才で可愛い私は判断するわ……まあ、あなたのそばにいることが、そもそも危険という気もするけれど、その点はこの際無視するわ」

ずけずけ失礼なことを言ってくれる……、そんなことを言い出したら、あの変人博士が思想設計した潜水服『クローゼットB』の安全性も、相当怪しいもんなんだけどな。まあ余計なことを言って、いたいけな少女をビビらすのはやめよう。いろんな経験を積むことが、十代のうちは重要なのだ（きっと）。知識ではない体験が、この先のみよりちゃんの人生に役立つことを祈るのみだぜ。そんなわけで、あたしは潜水艦を深海一万メートルの海底に停留し直してから、潜水服に着替えにかかった――あたしの予備だが、基本フリーサイズなので、みよりちゃんが着る分にも問題はない。マニュアルによれば、艦外での活動限界は、一時間前後といったところらしい——これは酸素量ではなく、水圧の問題だとか。まあ、重力が六分の一だった月とは、深海一万メートルの環境は、比べるべくもねーか。生身で出たら、その場でぺしゃんこになってしまうような圧が、全身隈無《くまな》くかかるはずだぜ。着用したまま宇宙人と戦えるようなバトルスーツだろうと、制限時間があって当然だ——しかし、酸素量に関して言えば、ほとんど制限なしでの活動が可能だと言うのだから、びっくり仰天である。内蔵されている酸素ボンベはむしろ補助的な装置であり、『クローゼットB』には海水中に含まれる酸素分子を取り込む機能が組み込まれているそうだ——簡単に言えば、鰓《えら》呼吸ができるってことなのかね？　まあ、水って構造的にはH_2Oだし、深海のほうが地上よりも、酸素分子がありふれてるってことなのかもしれねー。その辺はもう、喜連川博士の思想設計を超えた、ＥＲ３システムの改造案ってことなんだろう——まったく、科学の進歩には驚かされる。置いてきぼりにされてく気分だぜ。

「心配しなくとも、あと五十億年は、科学の進歩もあなたには追いつけないと思うわ」

あたしよりも後に着替え始めたはずなのに、あたしよりも先に着替え終わったみよりちゃんが、持ち前のクールさを取り戻して、そう言った。五十億年も経ったら地球が残ってねえよ。あたしだってさすがに死んでるよ。

「どうだか……、ところで、哀川潤さん。このロープは何に使うのかしら？　ロープって言うか、鉄条《てつじょう》みたいだけど」

あーそれは、とろみの奴が気を利かせて、積み込んでくれたんだよ。あたしとみよりちゃんがはぐれないために、繋《つな》いどくロープだ。バディ同士を繋ぐロープ。鉄製なのは、簡単には千切《ちぎ》れないための配慮だろう。

「哀川潤さんと一体化するなんて、ぞっとしないけど……だいたい、鉄で編まれたロープなんて、どうやって結ぶの？」

こうやって。

「……万力《まんりき》みたいな腕力なのね」

科学、百億年経っても追いつけないんじゃないの？　とみよりちゃんは言った──そんなのは知ったことじゃねーけど、とりあえず、潜水服への着替えについては、あたしはみよりちゃんに追いついた。レッツゴー、海底散歩。

6

二重扉の加圧室で水に浸《つ》かってから、あたしとみよりちゃん（天才で可愛いみよりちゃん）は、外に出立《しゅったつ》する──さすがにいざこのときとなれば、みよりちゃんも緊張した面持《おもも》ちだったけれど、しかしまあ、喜連川博士とER3システムの夢の（悪夢の）コラボに間違いはなかったらしく、あたし達は、無事に深海一万メートルの世界へと泳ぎ出た。スコープで見るよりはずっと開けた視界——しかしながら、浦島太郎《うらしまたろう》みてーに、筆舌《ひつぜつ》に尽《つ》くしがたい『絵にも描けない美しさ』が眼前に広がっていたかと言えば、そんなことはまったくなかった。筆舌に尽くしがたいと言うより、特段、記《しる》すべきことがないっつーか……、強《し》いて言うなら無の世界だった。無の世界、あるいは、死の世界。何にもない、海底に広がる一大砂漠って感じ。魚一匹見当たらないし、珊瑚礁《さんごしょう》も海藻《かいそう》も絶無《ぜつむ》だ——言うまでもなく、真上を見上げたところで、太陽の光なんて見えやしねー。バカンス中のスキューバダイビングでこんな海域に連れてこられたら怒るぞってくらいの、殺風景《さっぷうけい》さだった——こりゃーなんだか、月面に降り立ったときを思い出すぜ。『海底二万里』じゃなくて『月世界へ行く』かな？

「ジュール・ベルヌならぬ潤・ベルヌかしら？」

洒落たことを言おうとして、大胆に失敗したようなみよりちゃんだった——宇宙服バージョンと同じく、潜水服『クローゼットB』は、無線でバディ同士、やり取りができるのだが、聞かなかったことにしてやりたいレベルの大滑《おおすべ》りだった。『ノーチラス』と『ブレインスパーク』の掛け言葉を、つまらなそうに言っていた奴の台詞《せりふ》とは思えない。ただまあ、こんな殺風景な海底でも、実体験に乏《とぼ》しい天才少女には新鮮だったようで、ぼんやり陶然《とうぜん》としたご様子だから、感動ゆえにギャグも口も滑ったのだと、理解しておいてやろう。……そう言えば、『ノーチラス』ってのは、元々、『フネダコ』って意味なんだっけ？　こんな水圧の中じゃ、骨のある生き物はとても生存できそうにないけれど、もちろん、軟体動物の姿もなかった——足下をどう探ったところで、貝の一枚もありゃしねえ。

「でも、これだって前情報通りなのよね？　哀川潤さん……、沈没船の発見なんて、あくまでも資源開発のための無人調査の、副産物でしかなかったんだから」

その通り。その辺、あたしだって無考えで潜水したってわけでもねー……、ひょっとしたら、宝船も、調査団も、海底火山で吹っ飛ばされたんじゃないかって仮説を立ててみたりもしたんだけれど、こうして見る限り、噴火したって痕跡《こんせき》もねーな。

「あ、あなた、海底火山みたいな仮説を立てた場所に、未成年を同行させたの……？　どんな大人よ」

あいにくのこと、こちとらいつまでたっても大人になりきれない、ピーターパンでね。さて、みよりちゃんは、ティンカーベルかウエンディか、どっちかな？

「ふわふわ浮力が働いて、空も飛べそうなのは、確かだけどね……歩いていて、変な感じ。水圧があるから、無重力ってわけじゃないんだろうけれど」

そんな軽《かろ》やかなステップを、どうにも扱いかねているらしいみよりちゃんをさておいて、あたしは周囲の観察を続ける——まあ、バカンス中のスキューバダイビングじゃあなくて、ビジネスの最中だからな。一応、それっぽく調べてみねーと……、『深海一万メートルまで潜ってみたけれど、何も見つかりませんでした』じゃあ、請負人の名折れだぜ。沈没船や調査団が消息を絶ったなんて、最初からわかっていたことなんだから——とは言え、だとしたら最初から、ずいぶんおかしな話ではあるんだ。沈没船——宝船ってのが、具体的にどういうものだったとしても、そんなもんが今の今まで発見されずにいたってのは、不思議というより不自然である。とろみが持ってきた話なんだから、作り話ってことはねーんだろうけれど（あいつもさすがに、自分の所属する組織から二回も騙されるほど、愚かではあるまい）、しかしどっか、罠《わな》じみた話だ。仮に罠だとするなら、あたしをひっかけようとした罠じゃなくて、元哀川潤包囲網（誰か早く正式名称を考えろ）の連中をひっかけるための罠だったんじゃ——で、第一次調査団は、それにひっかかっちまったから、海底で姿を消した……まあ、これだって、海底火山とおんなじくらい、現実味のない仮説だが。どこの誰が、どういう動機で、深海一万メートルなんて不毛の地に罠を仕掛けるってんだよ。……ただ、無人探査機は無事に帰ってきているのに、有人探査に限っては海難事故に遭ったっぽいってのは、気になるポイントだぜ。そうなると、沈没船がなくなっているのは、目的を果たしたから撤収《てっしゅう》したのだって風に、推測できなくもない。しかし、おびき寄せた調査団を拉致して、どうしようってんだっつー、目的意識のほうは、さっぱりわからん。誘拐なら地上でしたほうがよっぽど簡単だろうに。

「ぐえっ」

と、そこでみよりちゃんが、絶息するような声が、無線を介して聞こえてきた——すわ、何かあったのかと振り向けば、単に、あたしと鉄のロープで繋がれていることを失念した天才少女が、あたしが足を止めているのに歩き続けようとして、つんのめって転んだだけだった。……屋内から外に連れ出してみたら、この天才、かなりポンコツだな。

「……砂の中にも、何も埋まってないわね」

すっ転んだ事実を、あたしの仕事の手伝いをしている振りで誤魔化《ごまか》そうと企図《きと》する天才少女だった——なんと小賢《こざか》しい。砂の中って……それじゃあ沈没船が埋没《まいぼつ》船だぜ。

「何よ。ありえないとは限らないでしょう——こんな海の底じゃあ、何が起きてもおかしくないんだから」

立ち上がりつつ、照れ隠しのように語気を強めて言うみよりちゃんだったが、しかし、そこはさすがはイリアに目をかけられる天才と言うべきなのか、言うことは正しかった——ここは深海一万メートル。何が起きても、おかしくない。

7

その異変に、先に気付いたのはみよりちゃんだった。素人《しろうと》の女の子に先んじられるとは、哀川潤もなまったものだ——ただし、それも彼女に言わせると、

「哀川潤さん。あなたにとっては何でもないことかもしれないけれど、天才で可愛い私には致命傷かもしれない事態が観測されているわ」

とのことだった。そろそろ艦外での活動限界時間も迫ってきた頃合い——先程の失態を恥じて、みよりちゃんもいささか謙虚な物言いになっているようだが、しかし、彼女が指さした方向に観測される事態は、あたしにとっても、とても『何でもない』とは言い難《がた》いそれだった。遮《さえぎ》るもののない殺風景の向こう側から、魚群が大挙して、こちらに向かってきていたのだ——海で魚を見ることの何が珍しいんだと言われるかもしれないが、今まで一匹も見当たらなかった魚が、群れを成して押し寄せてくるというんだから、これは異常事態だとしか形容できねえ。まだ距離が遠くて、細かい魚の種類までは判別できねーけれど、ぐんぐんと高速で近付いてくる連中は、どいつもこいつも、凶暴な面をした深海魚だった——深海魚って、あんなスピードで泳げるもんなのか？

「たまたま、ここがお魚さん達のお散歩コースで、通り過ぎようとしている……ってわけじゃあ、なさそうよね」

同感——あれはどちらかと言えば、縄張りを踏み荒らされた獣《けもの》が怒り狂って襲撃してきたというほうが正しそうだ。いや、つーか……、縄張りに迷い込んだ哀れな獲物《えもの》を狩りに来た捕食者って感じ？　アマゾンでピラニアの群れに襲われたことがあるけれど、そのときのことを思い出すぜ。

「とんでもない体験をしてますね、あなた……」

んにゃ、下手すりゃこれから、それ以上の体験をしちゃいかねねー。未成年の天才に社会勉強をさせてやりたいのは山々なんだが、さすがにこれは行き過ぎだろう——みよりちゃん、先に潜水艦の中に戻ってな。

「ええ……って、哀川潤さんは？　戻らないの？」

仕事中だからな。ま、ようやく手がかりらしい手がかりが現れてくれたんだから、二、三匹でも、漁をしてからあたしは戻るよ。ハッチの開けかたくらいはわかるよな？

「馬鹿にしないで。天才で可愛い私なのよ？」

ごめんごめん。じゃ、自動操縦の起動くらいはできるよな？　いざとなったら、一人で逃げてちょ。

「……戻って来るまで待つわよ。馬鹿にしないでって言ってるでしょ」

そんな、思わぬ強気な意地を見せて、みよりちゃんは艦のほうへと向かった——まさかすっ転んだ。しまった、これはあたしのミスだ、ロープを解《ほど》いてやるのを忘れていた。くそう、もやい結びにしちまったから、そう簡単には解けねーぜ——仕方ない、引き千切るか。ぶちっ。

「万力じゃなくて怪力ね……」

そんなことを言いながら、這《は》うように去っていくみよりちゃん——一人で逃げ出さない意地と、足手まといにならないよう避難してくれる素直さを併《あわ》せ持つ天才少女を守るためにも、気合い入れねーとな。

「艦に這入《はい》って、ハッチを閉めたわ」

みよりちゃんからの、そんな現状報告がある頃には、魚群はすぐそこまで迫っていた——漂白されたみてーに真っ白な深海魚。凶悪っつーより、グロテスク過ぎてスタイリッシュなその姿は、まあ、深海魚としてはスタンダードという気もするが、それにしても、獰猛《どうもう》な印象が強い——牙《きば》を剝《む》き出しに、それこそピラニアみたいだ。大きさはまちまちだが、種類は一種……？　ただ、近付いてきたところで、魚種を特定できない。まあ、あたしもお魚博士じゃねーし、すべての魚を知ってるわけじゃねーから、こういう種類の魚もいるのかもしれねーけど……、それよりは新種のお魚さんっぽい。いや、新種って言いかたはおかしいかもしれねー。未知の魚であるってだけで、新しいとは限らない——シーラカンスみてーな古代魚を想起させる面構えだしな。数は……、数え切れないくらい。

「気をつけて、哀川潤さん！」

みよりちゃんからの通信。おいおい、激励《げきれい》だったら台詞が違うぞ。これから戦いに臨《のぞ》もうとする哀川潤に対して、言うにこと欠いて気をつけろはないだろう。

「や、やっちゃって、哀川潤さん！」

ああ、それで正解だ——さて、そうは言い条《じょう》、人類最強も、なかなか魚類と戦うことはねーんだが。先述のピラニアは、地上に引き上げて、焼いて食っちまったけども、あの深海魚群は、煮ても焼いても食えそうにないぜ。浅瀬でならば、魚なんぞ何千匹襲ってこようがものの数じゃねーにしても、こんな深海じゃあなあ。すべてがあたし達の取り越し苦労で、連中がここをすんなり通り越してくれたなら、それに越したことはなかったんだが、しかし、あたしの人生に、そんな凡庸《ぼんよう》な肩透かしがあるはずもない。魚群は速度をそのままに進路を微調整して、海底に立つあたしを目掛けて一斉に、魚雷みてーに『墜落』してきた。……無駄な殺生《せっしょう》は好まねーけど、この状況じゃそんなこと言ってらんねーか。あ、せーの！

8

結論から言えば、その深海魚達の戦闘能力は、そこまで高くはなかった。強さで計るなら、ピラニアのほうがよっぽど強い——深海魚らしく、ぐにゃぐにゃした連中だったから、殴っても手応えみてーなもんは皆無だったのだが、だいたいはワンパンでケリがついちまった。つかんだらその身がつぶれちまうくらいの脆《もろ》さで、むしろこれじゃあ、生け捕りにするのが難しいくらいだぜ。まあ、これはあたしが強過ぎるからだと自惚《うぬぼ》れる前に、この潜水服『クローゼットB』の性能を誉《たた》め称えないわけにはいくまい。宇宙人とも戦える服が、お魚さんと戦えないってことはねーってか——ER3システムもまさか、魚類との戦闘を想定してはいなかっただろうが、期せずして、潜水服のテストも行えたというわけだった。

「…………」

と、外部カメラかスコープで、あたしの戦闘を見ているらしいみよりちゃんが、絶句している……つーか、引いているのが伝わってくる。ひょっとすると、あたしがばったばったと深海魚をたたき落とす図は、世間知らずの天才少女の目には、動物の一方的な虐殺風景に見えているのかもしれない——だとすれば不本意だぜ。一匹一匹の戦闘力が大したことがないのは確かだけれど、それが千匹単位で、大挙して押し寄せてくるっていうんだから、一瞬の油断が命取りだ。とても余裕の戦況とは言えない――しかも、こっちには制限時間がある。艦外での活動限界は一時間――安全係数はそれなりに取ってあるだろうから、一時間後にいきなり圧死したりはしねーだろうけど、いつまでもこうしてはいられない。海中だからって延々戦闘に溺《おぼ》れていないで、どっかで離脱しねーと……。

「哀川潤さん、危ない！」

あたしが迂闊《うかつ》にも、そんな打算っつーか、戦いの落としどころみてーな、くだらねーことに気を取られたわずかな隙をつくように、背後からがぶりとやられた――左上腕部。地面にたたき落としたと思っていた一匹が、息を吹き返したらしかった。ほとんど自業自得《じごうじとく》みてーなもんだから、これで最悪、左腕を食い千切られていても仕方なかったが、しかしながら、あたしの腕に激痛が走ったりはしなかった。『クローゼットB』――月の住人『ストーンズ』にぶん殴られても破れなかった素材が、深海の水圧にも耐えられるよう、更に強化された潜水服。嚙《か》みつかれはしたものの、その牙に、貫《つらぬ》かれはしなかった。

「ほっ……」

露骨《ろこつ》に安心するような少女の嘆息《たんそく》が、無線を通じて聞こえてきた――やれやれ、あんな子供に心配かけてるようじゃ、哀川潤も廃業だぜ。深海だけに潮時《しおどき》——あるいは、水中だけに水入りだ。一矢《いっし》報いられたタイミングで、ここぞとばかりに無限に続く魚群も更に攻勢を強めてくるんじゃねーかと構えたけれど、むしろ、なぜか逆に、連中はそこで手を緩《ゆる》めた——いや、魚だから、手じゃなくて鰭《ひれ》を緩めたと言うべきなのかもしれねーけれど、ま、どの道ここらが引き際《ぎわ》だ。みよりちゃん！

「ええ、もうハッチは開けたわ！　いつでも戻ってきて、パン！」

ナイス、ティンク。あるいはウエンディ。さすが天才で可愛い私だぜ。素人ながら、危機的状況への対応は、プロフェッショナルのはずのとろみを遥かに凌駕《りょうが》する——プロフェッショナルのはずのとろみは、できる大人の癖に、逆に、ピンチの中じゃまったく使い物にならなかったからな……。月での戦いを思い出しながら、あたしは原子力潜水艦『ブレインスパーク』のほうへと取って返す。上腕部には深海魚が一匹食いついたままだが、まあ、期せずしてこいつを生け捕りにしたってことにしよう——理由は不明だが、逡巡《しゅんじゅん》するように動きを止めていた魚群が、そんなあたしの動きを見て、再び行軍を開始する。ちっ、あたし的にはフィンがないほうが泳ぎやすいぜ！

「は、早く、早く、哀川潤さん！」

見れば、潜水艦の出入り口付近まで、みよりちゃんが出迎えに来てくれていた——いい奴だな。ハッチを開けたら、あとは二重扉の向こう側にいればよさそうなもんなのに。もちろん、あたしが中に這入ったら、即座に扉を閉められるようにという、現実的な判断もあるんだろうが――その厚意には甘えておくぜ。あたしは回転するように艦内へと飛び込んだ――さすがに海中での速度は、人類よりも魚類の泳ぎに一日《いちじつ》の長があったようで、そのときには、すんでのところまで追いつかれていたが、みよりちゃんは小さな全身を駆使して、あたしのフィンを挟みかねないくらいの勢いでハッチを閉じ、奴らのほんの一匹として、深海魚群の艦内への侵入を許さなかった。

「ふう……減圧するわね」

言ってみよりちゃんが、部屋の隅で勢い余ってひっくり返っちまっているあたしを後目《しりめ》に、加圧室から水を排出しにかかる――てきぱきと有能だねえ。お前も潜水艦、一人で操縦できるんじゃねーの？

「無茶言わないで……、だけど、まあ……、こんなに焦ること、なかったかもね」

海水がある程度排出されたところで、ヘルメットを脱《ぬ》ぎながら、みよりちゃんは言った。

「この潜水服『クローゼットB』に、ああして噛みつかれても平気な強度があるんだったら、天才で可愛い私も、あんな慌てて逃げなくても……、捕獲に協力したほうがよかったかしら」

いやあ、それは如何《いかが》なもんかなあ。

「え？　どういうこと？」

そこまで危険度は高くなかったんじゃねーかとか、みよりちゃんはそんな風に考えてるのかもしれねーけど、むしろあたしが考えていたより、状況はもっとやばかったらしいぜ——見なよ、これ。そう言ってあたしは、深海魚に噛みつかれた『クローゼットB』の左上腕部をあげて、みよりちゃんに示した。

「？　それが何か……!?」

覗《のぞ》き込むようにしたみよりちゃんが、すぐに気付いて驚愕《きょうがく》する——場慣れしていない、極めてうぶな反応だったけれど、たとえ歴戦の勇士であっても、これは似たようなリアクションになっていたかもしれない。それは、それくらい、異様な現象だった——潜水服『クローゼットB』に深々と噛みついた深海魚。その噛みつかれた部分と、深海魚の牙が、大きな口腔が——なまっちろい頭部が、切れ目なくぴったりと融合して、一体化していたのである。

9

深海魚のグロテスクな姿をスタイリッシュだと感じるさしものあたしだって、これは素直に気持ち悪いと思う——有機物と無機物がシームレスに同化しているって、どんな理屈なんだよ。無理に引き剝《は》がそうとすれば、深海魚の体が千切れちゃいそうだ……、いや、さっき、海中で殴り飛ばしていたときに比べて、見た感じ、そのボディが頑丈になっているようでもある。まるで、潜水服『クローゼットB』と同化することによって、『クローゼットB』と同じ強度を獲得したかのように……？　いい加減なことは言えねーけど、深海魚が潜水服と同化したというより、深海魚が潜水服に変化しているみてーな……？

「か、考えるよりも先に、哀川潤さん、それ、早く脱いだほうがいいんじゃ……？」

おっかなびっくり、進言してくるみよりちゃん──その忠告は容《い》れておくことにするか。検分するにしても、脱いでからにしたほうがいいだろう。加圧室からの海水の排出が完全に終わったあと、その場で『クローゼットB』を脱ぎにかかる。濡れてるから脱ぎにくいぜ。みよりちゃんも潜水服から抜け出た──こんなシチュエーションでも、あたしの目を気にしながら脱ぐあたりは、十代の少女という感じだった。

「服を着る前に、シャワーを浴びたいけど……」

体に残る塩水が慣れないらしく、そんなことを言い出すみよりちゃんだった──ひよっとすると、深海とか以前に、この子には海自体が目新しいのかもしれない。イリアからの鴉の濡れ羽島への招聘に応じたのも、案外、そういう理由があったのかもな──だとしたら、とんでもない初体験になっちまったもんだが。なんにせよ、シャワーはもうちょっと我慢してもらうしかねーな。魚群の襲撃からは逃げられたものの、状況はそんなに改善されたとは言いにくいんだし。

「だよね……天才で可愛い私も、そう思う」

操舵室へと移動して、あたし達は外部カメラとスコープを駆使《くし》して、潜水艦の外をうかがう――案の定、『ブレインスパーク』は、深海魚の群れに取り囲まれていた。何千匹どころか、連中は更に数を増し、その単位は万に達しているんじゃねーかと思われた――もちろん、あたし達が籠城《ろうじょう》したのは、潜水服と違って最新鋭ではないにしても、国家間の戦争での使用にも耐えうるような原子力潜水艦である。魚が一億匹で襲いかかってきたとしても脅《おびや》かされるようなことはないんだろうが、しかし、それにしても、この物量はあまりに圧巻《あっかん》……。

「よ、様子見……と言うか……。さ、さすがに潜水艦の艦壁には噛みついて来ないみたい……かしら？」

みよりちゃんが素人考えを述べる――玄人《くろうと》としても、その辺は同意見だった。噛みつくことで潜水服と同化する深海魚――同じように、その深海魚が潜水艦に噛みつけばどうなるのか？　さすがに『クローゼットB』よりも『ブレインスパーク』のほうが頑丈だろうから、そもそも歯が立たないかもしれねーし、だからああして様子見に構えているんだろうが……、だが、それを言い出したら、もっと考えたくもねー、おぞましい疑問もあった。噛みつくことで、対象と同化する深海魚……、そんなもんが、もしも人間の生身に噛みついたら、果たしてどうなるんだ？

「調査団の人達は、あの深海魚に食べられちゃったのかしら？」

幸いと言うべきなのか、そのおぞましい疑問にまではまだ辿《たど》り着けていないようで、みよりちゃんはそんなことを言う――まあ、普通に考えれば、あくまでもこいつらは人食い魚だよな。少なくとも肉食ではあるだろう凶暴さだった。ただ、この深海に派遣された調査団が、こいつらに食われたというのは、なんか違うような気がする――勘と言えば勘なんだが、でも、調査団の連中だってプロなんだから、それなりに用心して、調査に臨んだはずなんだよな。それなのに、ただ食われたってのは、どうにも納得しがたいものがある――じゃあ、いったいこの深海で何があったのかと問われれば、やっぱりわけわかんねーと言うしかねーんだが。

「……どうする？　哀川潤さん。着底したときに壊れてなければ、このまま浮上して、一旦退却するっていうのが、賢者の道って気がするけれど」

賢者の道ねえ。あんまり歩きたい道じゃねーけど、さりながら、この場合は仕方ねーか。保護者なんて柄《がら》じゃねーが、みよりちゃんを無事に海上まで送り届けてやらなきゃならねーし……、ここは引き揚げて、後日一人で、再調査に臨むってのがセオリーってもんだろ。潜水服と同化した深海魚一匹でも、手土産《てみやげ》としちゃーお釣りが来るくらいの成果だろうしな——こいつをケースか何かにきっちり保全して、即座に帰還するしかねーか。けっ、あたしも丸くなっちまったもんだぜ。昔だったら、そんな堅実で眠たいことを抜かすみよりちゃんを引き連れて、すぐさま艦外に折り返したもんだがねえ。くくっ。了解了解、アイアイサー。すぐにこの海域を脱しようか、みよりちゃん——みよりちゃん？

「……哀川潤さん。浦島太郎のお話って、知ってるかしら？」

？　そりゃ、無学なあたしでも、それくらいは知ってるよ。『絵にも描けない美しさ』だろ。海底だけど、ここが全然そんな場所じゃねーって、さっき思ったりしたもんだぜ。それがどうした？

「いえ、あれ、結構疑問に思わなかった？　天才で可愛い私は、子供心に思ったものよ……乙姫《おとひめ》様が住んでる、竜宮城。絵にも描けない美しさ——は、いいにしても、魚とかばっかり住んでいて、肝心の竜は住んでいないのに、城の名前が竜宮城って、一体全体どういう意味？　って」

細かい突っ込みだな！　いや、知らねーけど、何かあるんだろうよ、由来《ゆらい》めいた事情がよ。伝承みてーな。乙姫様の正体は竜神だとか、そういう系の……なんで今、そんな話？

「天才で可愛い私は、なんで海の中なのに竜？　っていうのが、もっぱらの疑問だったんだけれど……、その疑問が今、氷解《ひょうかい》したってこと……竜って、海洋生物だったのね」

要領のいいこの子にしては、えらく要領を得ないことを言いやがる——あたしがちょっと、脱いだ潜水服、正確には脱いだ潜水服の、嚙みつかれてお魚さんと同化した該当個所に、どうやって保全したもんかと目をやっていた隙に、何か発見でもしたのか？　と、外部カメラと接続されているモニターに、あたしは視線を戻した——ああ、要領を得た。一目瞭然、百聞《ひゃくぶん》は一見《いっけん》に如《し》かず。いや、そうは言っても、自信と尊大の塊《かたまり》みてーなあたしをしても、これは我が目を疑わざるを得ないぜ——そのモニターにはでかでかと、海中を泳ぐ巨大な竜が映っていた。竜！　辰！　ドラゴン！

「た、タツノオトシゴが成長すると、あんな姿になるのかしら……」

場をなごませるための冗談のつもりなのか、それとも現実逃避のつもりなのか、みよりちゃんがそんなことを言う——前者だとしたら、場はなごんだとしても修羅場は変わらねーし、後者だとしたら、現実からは逃げられたとしても、竜そのものからは逃げられそうもなかった。モニターで見ているだけだから確かなことは言えねーけど、この『ブレインスパーク』よりも、更にでかい海竜——胴回りさえ、原子力潜水艦を凌駕する。深海魚による包囲網を強引に突破して逃げることはできても、あの竜を振り切る難易度は、極めて高そうだった——つーか、気付けば、その海竜が生み出す海流に巻き込まれないためにか、深海魚の包囲網は解かれてるしよ。あたしはモニターから目を切って、スコープのほうを覗く。……鯨《くじら》さえ飲み込んでしまいそうな巨体を、取り除いて考えたら……、ありゃあウミヘビか？

「う、ウミヘビ……？　あ、あれが？」

うん、たぶん。ウミヘビって、マジの蛇《へび》のウミヘビと、魚類のウミヘビとの二種類があるけれど、あいつは鱗《うろこ》があるようだから、ウナギの一種とかじゃなくって、爬虫《はちゅう》類《るい》のほうのウミヘビ。だとしたら、毒があるかもな。

「毒があろうがなかろうが、あの大きさになったら、もうまったく関係ないと、天才で可愛い私は思うわ」

真っ当な指摘だね。ちっ、こっちに向かってきてやがる……スピードは、あの深海魚達みてーに、機敏とは言えないみてーだが、間に合うかな……。

「迎撃するの!?」

ミサイルなんて搭載してねーよ。今からエンジン始動させて、逃げるのが間に合うかなって言ったんだよ——ったく、魚類の次は爬虫類とは。宇宙人と戦わせたり岩石と戦わせたり、とろみの奴は、この人類最強を、立て続けにいったい何と戦わせてーんだよ。異種格闘技戦ならぬ、異類格闘技戦ってかい？

「て、手伝うわ」

甲斐甲斐《かいがい》しくも、みよりちゃんが協力してくれたが、残念ながら現場からの離脱は間に合わなかった——浮上まではしたのだが、地面から浮き上がったそこを、海竜に搦《から》め取られてしまった。浮かび上がったことで、不覚にも搦み取りやすくしてしまったようなもんだぜ。エンジンの出力を最高にして、なんとか束縛《そくばく》から脱せないものかと試みたけれど、鉄条のロープなんかよりよっぽどぎっちぎっちで、脱出できそうもなかった。蛇って生き物は獲物をとらえるときに、まずこうやって蜷局《とぐろ》に巻いて、獲物の骨を砕くっていうが、原子力潜水艦でさえ、この海竜は粉砕《ふんさい》してしまいかねなかった。

「………………」

操縦パネルから手を下ろし、絶望の表情を浮かべるみよりちゃん——十代の女の子が浮かべていいような表情じゃねーな。

「こ、この状況で笑っていられるあなたのほうがおかしいのよ、哀川潤さん」

そうかね。こんなもん、笑うしかないような状況だと思うけどな。それでも、丸呑みにされなかっただけ、マシって感じだぜ——原子力潜水艦どころか、高層ビルだって丸呑みにできそうなサイズのウミヘビだし。……海の中じゃ生物はどこまでも巨大になれる、なんて聞いたことがあるけれど、それにしたってこのウミヘビは度を越している。だいたい、爬虫類のほうのウミヘビだとしたら肺呼吸だから、こいつは息をするたびに、いちいち海上まで浮かび上がらなくちゃなんねーはずなんだが？　素潜り一万メートルが可能なんだとすりゃー、その時点であたしを超えてるぜ。

「きゃっ！」

先程、海底で転んだときとは打って変わって、そんなかわいらしい悲鳴をあげて、みよりちゃんが尻餅をついた——海中に固定されていた潜水艦が、突如《とつじょ》、動き出したのだ。むろん、あたしが続けていた操舵が、努力の甲斐あって功を成したというわけではない——動き出したのは、正しくは潜水艦ではなく、その潜水艦をぐるぐる巻きにした、海竜である。あたし達ごと、原子力潜水艦『ブレインスパーク』ごと、その巨大ウミヘビくんは、来た道を帰るように、泳ぎ始めたのだ——蛇の感情なんて、あるいは魚を相手にする以上に読みづらいけれど、これはたまたまそうなっている、なんてわけではなく、確かな目的を持っての行為だと思われた。あたし達は——運ばれている。

「……ど、どこに連れて行かれるの……？」

さあね。竜宮城とかじゃねーの？

10

結局、状況ってのは総体的にではなく、相対的にしか判断できない——それはこのあたしにしたって同様であり（むしろ、どこまでいっても『個人』でしかねーあたしが誰よりそうなのかもしれない）、ドラゴンと見まごうような巨大なウミヘビの出現という、現実離れを通り越して絵空事めいた事件によって、深海魚の潜水服との同化という現象に対する現実的な理解って奴が、皮肉にも若干《じゃっかん》だが進んだのだった。有機物と無機物との合体みたいな見えかたをしたせいで、発想がそこまで行き届かなかったけれど、『深海魚』と『同化』ってのは、思えばそこまで現実から縁遠い言葉同士ではなかった――確か、アンコウだっけ？　雄《おす》のアンコウと雌《めす》のアンコウが、交尾する際に同化しちまうって生物は。雌のアンコウの身体に、雄のアンコウが噛みついて、その後、雌のアンコウの一部になる――実物を見たことがあるわけじゃねーけど、図鑑に載っている写真の知識なら、かろうじて覚えがあるぜ。アンコウって、雄と雌で、サイズの差がすげーから、一匹の雌に六匹くらい、雄のアンコウが食いついて同化してたりな――覚悟なしで見るとちょっとばかり精神に来る姿ではあるんだが、しかし、見様によってはそれは、愛の究極の姿なのかもしれないと、思わされなくもない。同化――自己を放棄して相手になっちまうってのは、あるいは相手を自己と同一にしちまうってのは、完全に混じりっけのない、純粋な愛なんじゃねーかって。

「……単なる生態に、そこまでの感情移入をするべきじゃないと、天才で可愛い私は思うわよ、哀川潤さん」

と、あたしの提示した仮説に、みよりちゃんは懐疑的だった——ウミヘビにぐるぐる巻きにされて護送されている最中、艦内で食事をしながらの会話だったが、みよりちゃん、箸《はし》は進んでいないようである。

「そりゃまあ、ここでいくら食べたところで、それがこの後、天才で可愛い私と一緒くたに、ウミヘビの栄養になるだけかもしれないと思うと、何も胃の中に入れるつもりになれないわ」

悲観的と言うより、シュールなことを言うじゃねーの。何もまだ、食われると決まったわけでもなかろうに。

「普通に考えたら、このまま順当に、意外な展開もサプライズもなく、巣に持って帰って食べられるんだと思うけど？　海竜になんて出遭ってしまえば、もう海の中でこれ以上驚くことはないと、天才で可愛い私は素人判断を下すわ」

既に、世界中のどんな海の専門家よりも卓抜した知識を体験学習しているとも言える素人は、そんなことを言う——でも、どれだけでかかろうとヘビはヘビなんだから、鉄の塊なんて食わないだろ。

「それは、そうかもしれないけど……、人間だって、エビを殻《から》ごと食べたりするじゃないの」

反論としてはやや弱いが、しかし強度の比率的には、いいたとえかもしれなかった。その気になれば、この原子力潜水艦を嚙み砕くことも、ウミヘビくんには可能だろう——ちなみに、潜水艦を捨てて、ハッチを開けて外へ脱出するというプランも考えてみたのだが、残念ながらそれは廃案となった。海竜の胴体で、出入り口はすべて塞《ふさ》がれていたのだ。まさか、それをわざとやるだけの知能が、ウミヘビくんにあるとは思えないけれど——とにかく、あたし達が潜水艦の中に閉じ込められてしまったのは確かだった。あれだ、魚籠《びく》の中に閉じ込められた小魚って感じ。この哀川潤を雑魚《ざこ》扱いとは、やってくれるぜ。

「その……、アンコウの仮説だけど」

みよりちゃんが、ついにほとんど食事をとらないままに箸をおいて、あたしを向いた——正確には、あたしが検分していた、潜水服と同化した深海魚を見た。気持ち悪いから見たくないという気持ちと、怖いもの見たさの気持ちが、およそ半々って感じの視線だった。あたしはもう見慣れちゃったけど。

「確かに、そう言われてみれば……、その魚、アンコウの系統って風にも見えるけど……、どうなんだろう。深海魚なんて、どれも同じに見えちゃうわ。天才で可愛い私は、アンコウなんて、食材としてしか知らないし」

いいもん食って育ってんなあ。あたしも昔、大きいのを吊るし切りにしたことがあったっけ——まあ、この場合、食われそうになったのはあたし達のほうだけど。

「食われそうに……じゃなくって、同化させられそうに……、じゃないの？　哀川潤さんの仮説に則《のっと》るならば」

ああ、そうだな。乗っ取るというか、乗っ取られるというか——雌に同化するだけじゃなく、潜水服とも、そして人間とも同化できる生物。そんな風に解釈すれば、この深海魚の生態を、少しは説明できるんじゃねーの？　そう思ったんだけれど。

「んー……、まあ、純愛云々《うんぬん》はともかく、生態として、そういう不思議生物がいることと自体は、納得したわ。アンコウのことは寡聞《かぶん》にして知らなかったけれど、生物同士の同化だから、プラナリアとかに比べたら、まだしも理に適《かな》っている気もするし……、でも、無機物と同化するっていうのは、どうなのかしら？　見る限り、潜水服『クローゼットB』と同化したその深海魚、もう絶命してるわよね」

ああ。絶命してるって言うより、時間がたって、完全に潜水服の一部になっちまったって感じ……、詳しい分析ができるような設備はここにはないけど、ざっくり触診してみれば、深海魚の身体《からだ》は無機物——潜水服の『素材』になっているように思えた。最初からこういうデザインの潜水服だったみてーな……悪趣味だけど。

「だったらその生態って、その生物にとって、何の得にもなってないじゃない。進化っていうのは、よりよき生存に向けての方向性なんでしょう？」

それは進化という現象に対する、無限にある解釈のひとつだな。方向性のない変化のうち、メリットのあるものだけを進化と呼ぶ——進化と退化に区別はないって考えかたも、もちろん正しい。持ち主にとっては何のメリットもない生物特性だってあるさ——この場合は、オーバースペックと見たほうがよさそうだけど。

「オーバースペック？」

生物特性を扱い切れてないってこと——潜水服と同化するつもりなんて、こいつにはなかったんだろう。目的は潜水服を着ている、あたしに嚙みつくことだったんだろうから。

「……さすがモテモテね、哀川潤さん」

この状況で言われても、皮肉にしか聞こえねーな。あと、別にお前だって、あの魚群の標的にはなってただろ。モテモテだね。そう皮肉り返すと、ぞっとしたようにみよりちゃんは、自分の身体を抱えるようにした——可愛いリアクションだ。

「あんまり、考えたくなくなってきたわね……、調査団の人達が、どんな目に遭ったのか、なんて」

食われたほうがマシだったかもな——食事と同化に、いったいどれくらいの差異があるのかって話だが。こうしてあたしが食ったもんは、あたしの一部になってるわけだし。

「そしてウミヘビの一部になるかもしれない」

だからシュールなこと言うなって。

「ウミヘビに食われるのと、深海魚と同化するのと、どっちのほうが明るい未来なのかしら……こんなことなら、赤神イリアさんの屋敷で、世間知らずの小娘のままでいればよかったわ」

まっすぐな後悔、ありがとう。でもこの深海、言っておくけど、ぜんぜん『世間』じゃねーからな？

「もっと奔放に男の子と恋愛でもすればよかった……恋愛なんて心理学的には欺瞞《ぎまん》だと、人生から切り捨ててきたけれど、このまま死んだんじゃ、天才で可愛い私はアンコウ以下の生命体だわ」

まーまー。無事に地上に戻ったらおねーさんと合コンでもしようぜ。そんなことより、この深海魚とウミヘビくんに名前でもつけてやってくれよ、心理学的に。

「名前？」

この潜水艦の『ブレインスパーク』って名前にあれだけ不満そうだったんだから、さぞかしネーミングセンスには自信があるんだろう。深海魚とかアンコウとか、いつまでも言ってらんねーだろ。ウミヘビだって、こんな海竜と一緒にされたら、ウミヘビのほうが恐縮しちまうぜ。

「名前……名前……んー……そうだなー」

小娘の泣き言を聞きたくなかったので、話を逸らしただけなのだが、思いの外真面目《ほかまじめ》に、みよりちゃんは考え込んでしまった。屋内型の天才だから、課題があると、なんであれ取り組んでしまうのかもしれない――つくづく不憫な性質《たち》だ。

「深海魚のほうは、とりあえず暫定的に、『セイマーズ』かしら」

セイマーズ？

「『泳ぐ』の『スイム』と『同じ』の『セイム』をかけたのよ。群れをなしていたから、『セイマーズ』」

ふん。得意げに解説するほどじゃーねーけど、まー、もっともらしいじゃねーか。採用しておこう。で、ウミヘビのほうは？

「『ドラギーバッグ』」

竜のお持ち帰りかよ。的《まと》を射てるぜ、端的に。

11

果たして、海竜と見まごうような巨大なウミヘビ、『ドラギーバッグ』に運搬された先は、嘘か真《まこと》か、本当に竜宮城だった。いや、本当に竜宮城ではないんだけども、しかし、真っ先に竜宮城を連想してしまうような光景だった——絶景というべきかもしれない。少なくとも先程の、殺風景な死の世界とは、比べるべくもないきらびやかさだった。いつから、景色がそんな様相を呈《てい》していたのかは、わからない——『ドラギーバッグ』に運搬されている途中、代わり映えのしない風景に仮眠を取ったりしたので、あたし的には『気がついたら』だ。神経が細いのか、それともそれが当たり前なのか、あたしと違ってまんじりともせず、ずっと外部をうかがっていたらしいみよりちゃんに叩き起こされてみると——モニターに映っていたのは、大量の『宝船』だった。宝船——そう言えば、そもそもは、そのキーワードに惹かれて、あたしはこんな深海くんだりまで足を延ばしたわけだが、求めていたそんなロマンが、余計なくらいに大量に、海底に半分埋まるような形で、ごろごろしていた。俗な話、金銀財宝を積んだ運搬船や海賊船みてーなのもわんさかあるから、この海域を評価するのに、知識や審美眼は必要ない。

「ああ……」

と、嘆息するみよりちゃん。モニターから見えるそんな船体群に、感情の薄い彼女も、状況も忘れて思うところがあるのかもしれない——宝船は、何をもって宝船なのか？　定義としちゃあ読んで字のごとく、お宝を積んでいる船ってことになるんだろうが、ここらに沈没している船は、時代を感じさせて、船そのものが、既に文化的価値を持つお宝って感じだ。これだけ大量の船が所狭しと、重なり合うように沈没している様子を見ると（沈殿って感じだ）、こうして見る限り船種は、時代背景も、国籍もばらばらである――バミューダ・トライアングルよろしく、この海域で船が沈み続けたと言うよりも、あちこちの海から、沈んでいる船をかき集めてきたって風にも見える――沈没船展示って言うのか、コレクションって言うのか……。

「……この海竜『ドラギーバッグ』には、沈んでいる船を収集する生態でもあるのかしら？　だから、天才で可愛い私の乗るこの原子力潜水艦も、こうして運ばれて来たのかしら――」

いささか希望的観測がこもり過ぎている気もするけれど、それもまあ、ないではないのかもしれなかった――海中ではなく空中の話にゃなるけれども、カラスだったりの鳥は、食べるわけでも営巣《えいそう》のためでもないのに、きらきら光るものを集めたりするって言うもんな。沈没船や潜水艦は、別にきらきら光ってるわけじゃねーけど、海の底じゃあ、目につく異質な存在ではある――収集したくなっても不思議ではない。だとすれば、『ドラギーバッグ』の目的は、あたしやみよりちゃんではなく、原子力潜水艦『ブレインスパーク』そのものなのかもしれない。まあ、奴の巨体からすれば、人間の一人や二人、アリンコみたいなもんだもんな。眼中になくともおかしくはない――食事としてお持ち帰りされているわけじゃねーってのは、いいニュースかもしれないけれども、しかしながら、命の危機という観点から見れば、特に状況は変わってはいないのだが。

「竜宮城――か。浦島太郎は、亀に乗って連れてこられたはずだけれど……」

みよりちゃんは独り言《ひとごと》のように、そう呟《つぶや》く。ただ、別にあたしもみよりちゃんも、あたり一面に広がる沈没船だけを見て、ここが竜宮城さながらだと思ったわけではない――金銭的、歴史的、文化的価値は大いに認めた上で、しかし眼下に広がるその海底風景は、あくまでも補助的なものだった。むしろ、竜宮城のニュアンスを醸《かも》し出していたのは、眼下ではなく眼上に広がる水中風景だった。先だって『着底』した海域には、魚一匹いなかったし、海藻一本生《は》えていなかったが、ここでは一面、見たこともないような種類の海の生物が、わんさかとあふれていた――まあ、深海一万メートルの世界であることには変わりなく、光源と言えばあたし達が乗る潜水艦の照明だけだし、いる魚も深海魚ばっかりだから、いわゆるスキューバダイビングで観賞できるような海の風景とはまったく違うもんだし、『鯛《たい》やヒラメの舞い踊り』ってわけじゃあないんだが、それでも、竜宮城を連想するには十分な生態系を、あたし達は観測したのだった。海は宇宙よりも未知の領域だって言葉を、とてもわかりやすい形で、あたしとみよりちゃんは体験していた――体感していた。どれだけ名前をつけても追いつかないくらいの、新種の生物の群れ。海洋学者なら、そっちのほうが狂喜乱舞しそうな海域に、あたし達は迷い込んだらしい。

「……でも、これ……、な、何かおかしいわよね？　不自然……だよね？」

そこはやはり海ではなく心理学の専門家である、みよりちゃんはわき上がってくる感動をそこで自身から切り離して、冷静なジャッジを下す。大自然の風景を、それでも不自然だと、疑問を呈する――年下の女の子の意見に乗っかるようで申し訳ねーが、あたしも、おそらくはみよりちゃんと同じ疑問を、この風景……この色とりどりの魚の群れには抱いていた。たとえば、水族館の大水槽なんかでは、多くの種類の海洋生物が一緒に展示されていたりするけれど、あれはでたらめに、水槽に入るだけお魚さんを詰め込んでいるわけじゃあない。そりゃそうだ、そんなことをすれば、食物連鎖が起こってしまう。だから、生態系が重ならないよう、万全の配慮が行われた末に、大水槽っていうのは成り立っている――翻《ひるがえ》ってみると、この海域に広がる生態系のでたらめっぷりは、配慮の欠片《かけら》も見当たらないのだ。初見の新種生物ばかりとは言っても、それでも生物は生物、そのつもりできちんと観察すれば、それぞれの系統・系図くらいはある程度推察できるわけだが、しかしそういった視点で見ると、いつ捕食が始まってもおかしくない危機的状況だった。竜宮城の舞い踊りと言うより、今にも踊り食いが始まってしまいそうだ――にもかかわらず、辺り一帯の魚群は、全体で一体という風に、統制の取れたものだった。

「なんだか、子供向けアニメで、ライオンとシマウマが仲良く共存しているのを見ているみたい……」

的を射た感想である。もっと根本的なことを言えば、こいつらがたとえどういう生態系であったとしても、こんな巨大なウミヘビが到来した時点で、四散していかないのはおかしい——つまり、『ドラギーバッグ』もまた、この穏やかなる生態系の一部であり、一員であるということだ。実際、この運送屋は、本海域をただ通過するつもりではないらしく、そのスピードを極端に落とした。今はどうやら、はるばる運んできた獲物、あたし達の乗る原子力潜水艦『ブレインスパーク』を、降ろす場所を探すように、遊弋《ゆうよく》しているみたいである。沈没船の駐車場かよ——まあ、数え切れないほどの船の残骸に満ちていて、満車って風にも見えるけれど、そこは無限に広がる海の底、空きスペースはすぐに見つかったらしい。『ドラギーバッグ』は、ようやく、原子力潜水艦『ブレインスパーク』を解放した——解放と言っても、絡みつけていた胴体を、いきなりしゅるんと解いたというだけなので、潜水艦は、ただ落下するだけである。正論を言えば、この事態をあらかじめ想定して、解放されたら即座に艦を操舵できるよう、あらかじめ計器に向き合って構えておくべきだったのだろうけれど、外部の風景に気を取られていたあたし達は、その備えを完全に怠っていた——当然ながら、その報《むく》いをしたたかに受けることになる。水の中では浮力が働くと言っても、多少の浮力が働いたところで関係ないほどの重量を誇る大型潜水艦だ——それなりの高さから落下させられれば、それなりの衝撃は働く。内部にも。咄嗟《とっさ》にあたしは、それでも好奇心旺盛に、スコープを覗き続けていたみよりちゃんを強引に抱き寄せ、落下のショックから守ろうと試みる——考えたらこれって、潜水艦の中にいるってだけで、高さ的にはタワーマンションの屋上から落とされたのと大差ねーよな？　イメージ的には、エレベーターの中にいて、シャフトの中を最上階から地下まで落下するって感じかね。さあ、どうなる——と、にやりと笑う間こそあれ、やや斜めの角度で落下した『ブレインスパーク』は、艦の後部から、海底に衝突した。これが操舵室のある前部から落下していたら、さすがにやばかったかもしれねー。果たして潜水艦は、海底に派手に横倒しになるような形で、ここらに散らばる沈没船達の仲間入りをしたのだった。

「あ……ありがとう、哀川潤さん」

あたしの身体をアブソーバーにすることで、どうやら無傷で済んだらしいみよりちゃんは、前後不覚のままにそんな風に言ったけれど、どうだろう、お礼を言うのはまだ早いだろうな——あたしの操舵ミスのときとは違って、さすがに今回の衝突事故じゃあ、潜水艦に致命的なダメージがなかったとは思えない。破損して、内部に海水が入ってきているかもしれないし、幸運にも動作系統に不具合がまったく生じていないと考えるほうが無理筋ってもんだ。

「じゃ、じゃなくって……、あなたは大丈夫なの？　ノーダメージなの？」

ん？　あたしはぜんぜん平気。

「や、やっぱり潜水艦より丈夫なんじゃ、あなた……」

んなわけねーだろ。サイボーグじゃねーんだよ、あたしは。とにかく、動けるようならみよりちゃん、潜水服『クローゼットＢ』を、もっかい着直しておけ——チェックはこのあとするけれど、たぶん、外に出なきゃなんねー。

「え、ええ……で、でも、哀川潤さん、それ、着るの？」

みよりちゃんのその質問の意図するところは、つまり、深海魚『セイマーズ』が一体化してしまっている潜水服をもう一度着るつもりなのかという意味合いなのだろう……、まあ、気が進むとは言わないけれど、しかし気持ち悪がってばかりもいられまい。幸い、高機能潜水服としての性能は失われていないようだしな。

「潜水艦に、このまま乗っているのが危ないのはわかるけれど……でも、ここで外に出て……安全なのかしら」

着替えながら、そう問うてくるみよりちゃん——それもまた、もっともな心配だった。潜水艦を解放してくれたとは言え、海竜『ドラギーバッグ』はまだ付近にいるだろうし、それを差し引いても、この異様な海域に泳ぎ出ることに、何のリスクも存在しないとは思えない。潜水艦の計器をチェックしつつ——やっぱめためただ——あたしは再び、外部の様子をモニターでうかがう。外部カメラも大半が死んでいたし、生きているカメラにしても、潜水艦が落下したことで舞い上がった砂埃《すなぼこり》を映すばかりだった。駄目だ、しばらく待たねーと、外の状況がぜんぜんわかんねえ。どの道潜水艦は乗り捨てるしかなさそうだし、あたしも先に着替えちまうか。……乗り捨てたら、怒るだろうなあ、とろみの奴。とろみが怒るって言うか、とろみが怒られるんだけど。同行しようが同行しまいが、あいつは酷い目に遭うんだな。

「哀川潤さん。これって、もしかして……」

潜水服『クローゼットB』に着替え終わったみよりちゃんが、あたしと入れ替わるように外部カメラをチェックしていて、何かに気付いたらしく、手招きをした。何かと思い、彼女の肩越しにモニターを覗き込むと、それは海底を向いているカメラの映像だった。ゆえにモニターに映っているのは原形をとどめない沈没船——かなり寄りの映像だが、これがどうかしたのだろうか？　沈没船がインフレを起こしているこの海域で、今更、そのうちのひとつをクローズアップする理由はないと思うけれど。

「いえ、これはたぶん、ER3システムの、調査艇じゃないかしら。ほら、名前が書いてあるもの……」

ん……砂埃が邪魔で、やっぱり見づらいけれど……、よくそんな細かいところに気付くなあ。ああ、でも確かに、あれは船ではなく、潜水艇の残骸のようだし、そしてみよりちゃんの言う通り、逆さになったその壁面には、かすかに『ER』の文字が読み取れた。救急救命室が所有する潜水艇でないとするなら、ER3システムの乗り物だと見るのに無理はあるまい。沈没船のサルベージのために送り込まれた調査団……、潜水艇がああも大破しているなら、わかってはいたことではあるけれど、乗組員の生存は、諦めるしかないだろう。あたしは人類最強で、神様じゃねえ。あたし達と同じように、あの潜水艇も『ドラギーバッグ』に運ばれてきたのだろうか？　あくまでも沈没船のサルベージという目的で送り込まれた調査団の連中が、開発途上の潜水服『クローゼットB』を貸与されていたわけがないので、乗り物があんな風に大破して、ミイラ取りがミイラじゃねーが、沈没船に混じっちまったのち、そのクルーが避難に成功したとは思えない――彼らの救助については、絶望的に絶望視するしかない。どころか、今、あたし達は、自身の救助、自力救済さえ、危ういような状況なのだから――しかしながら、このときのあたしの見込みは、それでもまだ、甘いものだった。絶望的に絶望視――レトリック的にそんなことをもっともらしく述べながら、消息を絶った調査団の連中を襲った『絶望』の意味を、まったく想像だにしていなかったのである。

「あの調査艇の破片を、ひとつでも、回収できたら……」

と、みよりちゃんが言う。みなまでは言わなかったけれど、つまり、消息を絶った調査団の彼らの家族に——遺族に、それを届けることができるんじゃないかと、提案したかったのだろう。仕事として見るなら、調査艇の破片よりも、未知の魚の一匹でも……、あるいは、同じ破片でも、古代沈没船の破片でも持って帰ったほうが、よっぽど成果だと言えるんだろうが、ここは、冷めた若者が垣間見せたエモーショナルな案のほうを、採用しておこう。手土産は、潜水服と一体化した『セイマーズ』だけで十分だ。……そもそも、潜水艦を失って、どうやって地上まで戻るのかって課題は、これから解決しなきゃなんねー。ここは深海一万メートルの世界である。あたしがいかに人類最強であっても、そもそも人類の生息地域じゃねえ。

「哀川潤さん……、ハッチが開かないわ！」

再び、鉄製のロープで互いを繋ぎ合わせたあたし達は、横倒しになった潜水艦から脱出しようと、加圧後、真上を向いた扉に手をかけた状態で、みよりちゃんが焦ったように言った——潜水艦はもう既に『ドラギーバッグ』の拘束からは解き放たれているのに、ハッチが動かないらしい。墜落したときのショックか、それともウミヘビにぐるぐる巻きにされていたときかに、艦壁が歪《ゆが》んで、傾《かし》いでしまったのかもしれない。よし、どけ。

「はい？」

みよりちゃんが振り向くのを待たず、あたしは扉を蹴っ飛ばした——加圧室自体が横向きになっているから、蹴りやすい角度だとは言えなかったけれど、上首尾に、扉を外側へと吹っ飛ばすことに成功した。あたしの派手な動きに振り回される形になった、鉄条で直結しているみよりちゃんは災難だったが、気丈にも、

「い、急ごう。早く、外へ……」

と、艦外へと向かう。まあ、気持ちはわかるが、脱出を急いだところで、外に出た先のプランを持っていない現実と、すぐに向き合うことにはなる——調査艇の破片の回収って目標はあるとしても、そのためのさしあたっての脅威は、例の『ドラギーバッグ』だろう。あたし達が着替えに手間取っている間に、舞い上がった砂埃も収まっている。あんな巨体の隠れる場所なんて、この海の底にあるはずもない。ウミヘビが地中に隠れるなんて生態を持ってるなんて聞いたことねーしな……、と言うか、そもそも隠れる気なんてなかったようで、『ドラギーバッグ』の姿は、すぐに発見できた。なんかでけー山があるなあ、それこそ海底火山かと思ったら、『ドラギーバッグ』が蜷局を巻いて目を閉じて、すやすや眠っているようだった。巨体ゆえにエネルギーを消耗《しょうもう》するのだろうか、それとも単純に、それだけの距離を泳いできたということだろうか……、要するにひと仕事終えて疲れたから寝ちゃったというわけらしい。

本当、相手にされてねーな、あたし達。アリンコどころかミジンコって感じか？　相

手にされないのをラッキー♪って思えるほど、こちとら大人になれてねーピーターパンだぜ。叩き起こしてやろうかな、と、荒っぽい衝動に駆られる一方で、あたしは、それだけ消耗したのに、やはりここらに集まっている魚の群れを食おうともしない『ドラギーバッグ』の態度に、これまで以上の違和感を禁じ得なかった。『群れ』っていうより、これじゃあ『仲間』……、そんな概念が海洋生物にあるのか？　それに、『仲間』っていうには、統制が取れ過ぎている気がする……、だいたい、種族の垣根を越えての生態系って、単なる共生とは違うもんだよな？　統制……、支配体制？　強烈なカリスマ性、リーダーシップによってのみ、こんなぐちゃぐちゃな生態系は、維持しうるものだ。食物連鎖のピラミッドを捕食―被食の本能的なそれとは違う理屈でレゴブロックみてーに、異なる設計思想のピラミッドに組み替えたんだとすれば……、だとすれば？

「えっ……えええええええっ!?」

あたしの推理が、荒削りながらもそれっぽく形になりそうだったのを、みよりちゃんの悲鳴が遮った――悲鳴と言うか、とろみの奴があげそうな、パニックの叫びという感じだった。何かあったのか、と、あたしは蛇山脈から天才少女のほうへと視線を戻す。正確には、天才少女が視線を向けている先に――潜水艦の照明機能は死んでいなかったようで、その強烈な光に真下から照らされる魚群は、神秘的で、幻想的だった。この感覚的なものは、外部カメラやスコープ越しじゃあ、感じ取れるものじゃない――グロテスクな深海魚の中には、ゼリーフィッシュみてーな半透明の連中も相当数いて、それがファンタジックな光景を倍増させている。だが、そんな竜宮城の宴《うたげ》もかくやというような煌《きら》めく風景ならぬ海景に、みよりちゃんは叫んだわけではなかった――この天才は、そこまで感性が豊かじゃない。彼女の目を釘付けにしたのは、それらの魚の群れの向こうにいる――生態系の一番上に泳ぐ、この生態系のピラミッドの頂点に立つ者達だった。強烈なカリスマ性を放つその姿は……その姿は……その姿は……、

「に……、人魚!?」

その姿は、人魚だった。

12

ここから先に意外な展開もサプライズもないだろうと、天才少女は予想していたけれど、しかしそんな牧歌的な予想は、ここで大きく裏切られたというわけだった。まあ、あたしの人生に、意外な展開やサプライズがないなんてこと、まさかあるとは思っていなかったが……それにしても人魚ってのはあまりに意外なサプライズだった。

ある意味、宇宙人よりも存在が疑われる幻想上の生き物だろうに。しかし、ジュゴンの見間違いなんかじゃあなかった——上半身が人間で下半身がお魚さん。人魚以外の何でもないってくらいに、そこにいるのは人魚だった。なるほど、理屈抜きで納得させられるものがある——人魚だったら、そりゃー生態系を丸ごとひとつ、取り仕切るくらいのことはしてみせるだろうよ。巨大なウミヘビの脅威も、こうしてみると、ただでかいだけである。

「ま、まさか、マーメードをこの目で見ることになるなんて、思わなかったわ……浦島太郎って言うより、本当にピーターパンじゃない」

みよりちゃんは心奪われたようにそう言うけれど、ただし、ここはネバーランドではなさそうだった。実際、そんな幻想に惑わされるのは、ほんの一瞬のことである——すぐに現実に、それも悲惨な現実に、あたし達は気付かざるを得ない。そこで漂っているのが、児童文学に登場するような華やかな存在としての人魚ではない、異形と残酷の産物であることを、知りたくもねーのに知らざるを得なかった——むしろトリックを駆使したインチキであってくれたら、どれだけ幸せだっただろう。海中に投影された合成ＣＧやら、あるいは、猿の上半身と魚の下半身を縫い合わせた『人魚のミイラ』やらであってくれたら。しかし、半人半魚のその継ぎ目には、縫合《ほうごう》の痕跡など見あたらない——シームレスに融合している。融合——合体——同化。

「どうかしている……わ」

うっかり、つまんねー駄洒落《だじゃれ》みてーになっちまっているけれど、しかし、そのつもりで言ったのだとしても、シリアスな空気に耐え切れなかったみよりちゃんを、責めることはできないだろう。シリアスな空気ではなく、シリアスな水と言うべきか——気付いてしまえば認めざるを得ない、それは、人間に噛みつき、同化した深海魚『セイマーズ』だった。いや、あれが最終形態だとするならば、『セイマーメード』と呼称すべきなのだろうか？　人間に食らいつき、人間と同化した魚達。潜水服に噛みついて潜水服の一部となったのが、『セイマーズ』にしてみれば望んでいなかった事故だとして……、もしも彼らが人間に、有機物に噛みついていたらどうなっていたのかを危惧《きぐ》していたが、なるほど、ああなっていたのか。人間と一体化——まさしく人間を乗っ取っていた。潜水服『クローゼットB』と融合した『セイマーズ』は、潜水服の素材と化していたが、人魚の姿となった『セイマーズ』は、人体のほうが、むしろ干《ひ》からびた漂白魚に引き寄せられているようだった。それこそ、ミイラのようで——幻想獣は幻想獣でも、それは化け物や怪物としての、巨大ウミヘビ以上の現実離れだったし、その上、現実でしかなかった。

「……形見を持って帰る意味なんて、ないわね。遺族に報告できることなんて、ないわ」

みよりちゃんは悲嘆をにじませながら、震える唇でそう言った。その通りだった――それは何も、人魚だなんて妄想的な単語の出てくるような冒険譚《ぼうけんたん》を、遺族に持ち帰っても、そんなもん信じてもらえるわけがないって意味じゃねえ。それを言い出したら、沈没船や竜宮城、海竜『ドラギーバッグ』の時点で、十分に一般常識からは逸《いっ》脱《だっ》しているのだ――遺族に報告できないのは、形見を回収するのが無意味なのは、そういうことではなかった。口が裂けてもあたし達が彼らに報告できないのは、人魚の存在そのものではなく――人魚の上半身が、その干からびた容姿が、変わり果てた顔形が、まさしく、ER3システム所属の調査団の連中だってえ真相だった。とろみに渡されていた顔写真とは変わり果てているが、間違いなく彼ら。意識なんてものは、自我なんてものは、かけらも残っていないような、彼ら十五人のうつろな目――死んだ魚のような目。捕食された――わけではない、食われたのとは違う。それだったら、厳しい自然の中でままあることと、割り切ることはできるかもしれねー。しかし、それに近い現象ではあるのだろう――彼ら十五人は、罠にかけられたのだ。猟場に置かれた宝船を餌に、釣られた哀れな人間達。調査団が消息を絶ったのは、『セイマーズ』に襲われたからだし、沈没船が消失したのは、狩りを終えて、撒《ま》き餌《え》を回収したただけだった。古今東西あらゆる沈没船がこうして揃っているのは、ルアーのコレクションって感じ？　目的は人間の『肉体』……ではなく、恐らく、人間の『頭脳』。生態系をひとつ取り仕切るに足る知識と体験——それで言うなら、ER3システムの調査団の頭脳は、想定していた以上の成果と言うことができるだろう。偶然、賢い知識層が潜ってきたというより、もちろん、彼らを釣るにふさわしいルアーを選んだってことなんだろうな？　そして、その調査団を追ってあたし達第二陣がやってきたっていうんだから、連中としては願ったり叶ったりってもんだろう。鴨《かも》が葱《ねぎ》を背負って沈んできたようなもんだ。……付言するなら、潜水服『クローゼットＢ』に『セイマーズ』が一匹食いついたとき、他の『セイマーズ』が攻撃をやめたのは、人体ひとつにつき『セイマーズ』一匹という、縄張り意識があったからか？　数千個の卵からわずか数匹が生き残ればいいって考えかたの、魚類ならではの潔《いさぎよ》さではある——その意識には救われたと言うしかないのだが、だが、こうして居城の内側へと運ばれてきた以上、あたしが乗っ取られて、人魚化していないことも、もう完全にバレてるってことだろう。竜宮城の、ヴァリエーションに富んだ、人魚の下に集まる魚群の中には、当然のように、『セイマーズ』の群れもいる。海竜『ドラギーバッグ』は、あたし達を食うつもりなんてなかった——そして原子力潜水艦を収集したかったわけでもなく、リーダーへの『捧げもの』として、あたし達をここに運んできたのだった。あたし達……、つーか、連中にとって重要なのは、むしろみよりちゃんのほうかもな？　欲しいのが知識なら、それも海底世界に君臨するための知識なら、心理学の天才であるみよりちゃんの首から上は、喉《のど》から手が出るほど欲しいものだろう。魚だから手はないなんて、そんな突っ込みは、この場合、入らない——人魚には手があるのだから。……できる限り本人の意見を尊重したいと思うんだけれど、みよりちゃん、女の子だし、なれるものなら人魚になりたい？

「天才で可愛い私は、人魚よりも人間でありたいわ」

格好いい台詞みたいに言っているが、全面的な泣き言だった——その降伏宣言、オーキードーキー。いくら魚に、身も心も同化させられちまってるっつっても、助けにきた相手と戦いたくなんかねーし、生物としちゃー完全に人間様の敗北だが、しかしただまあ、生存競争でまで降伏するわけにゃーいかねーな。生き残ったほうが勝ちって勝負は、続けさせてもらうとするぜ——あたしはフィンを脱ぎ捨て、一直線に泳ぎ出す。引き寄せて抱えるまでもなく、鉄のロープで連結されているみよりちゃんは、あたしに引っ張られる。

「ど、どうするの⁉　哀川潤さん！」

一目散に逃げるんだよ——生存競争ってーか、生存競泳だ！　こんな深海で人魚姫として、連中と共栄するのは遠慮しておきたいんでね！

「で、でも、じゃあ、どうして——」

疑問を呈しかけたところで、みよりちゃんはしゃべるのをやめた。賢明だ、舌を噛んでの窒息死なんて、深海でするにはあまりに間抜けな死にかただぜ。それだって、人魚に取り込まれるよりは、マシな死に様だがね――ただ、みよりちゃんが黙ったのは、単に息を呑んだから、疑問も一緒に飲み込んだだけなのかもしれない。もちろん、天才で可愛い彼女は、こう言いたかったのだろう。『どうして、逃げようとするのに、真上を目指さないのか』――そして、『どうして、眠っている「ドラギーバッグ」を目指すのか』。前者の疑問への解答は、わかりやすい。数千、いや、数万単位で広がる、竜宮城的な魚類の包囲網を抜けられるとはとても思えない――確実に途上で『セイマーズ』に噛みつかれることになるだろうからだ。格闘にも耐えうる頑強な潜水服『クローゼットB』でさえ、単純な物量の前では鎧袖《がいしゅう》一触《いっしょく》に違いあるまい。万に一つ、網の隙間を抜けられたとしても、一万メートルもの深海からの浮上に、あたしはともかく、みよりちゃんの体力が持つとはとても思えない。潜水ってのは、潜るときより浮かぶときのほうが、精神を消耗するもんだ。そしてこれらは、そのまま後者の疑問に対する答でもあるのだった――だからあたしは山のように蜷局を巻いて夢うつつの、『ドラギーバッグ』への登山《アタック》を試みるのだった。そんなあたし達の動きを静観する人魚ではなかった――軍師のように指揮を執《と》り、一帯にたむろする無数の魚類に指令を下す。『セイマーズ』の群れを先頭に、あたし達を追尾する――そいつらを振り向く時間も惜しい、あたしは『ドラギーバッグ』の巨大な胴体へとへばりついた。着地の衝撃を殺す余裕もなかったってのに、ちっ、こいつ、気付きもしねえぜ。だけど、これならどうかな？　あたしは海竜のボディをびっしりと覆うぶ厚い鱗に両手をかけて、全身全霊力の限り、それを一息に引っ剝《ぺ》がした。

「――――――――――――――――――――――――――――――――！」

それまで泰然《たいぜん》としていた『ドラギーバッグ』が、一転、大きな悲鳴をあげた――びりびりびりと、海中に爆音が響く。その波動だけで千匹単位の深海魚が死滅したと思われる悲鳴だった――あたしとみよりちゃんだって、『クローゼットB』を着てなかったらやばかっただろう。竜には逆鱗《げきりん》という、触れてはならない鱗があるって言うけど、あたしが引っ剝がしたのは、そんな一枚だったのかもしれなかった。だとすりゃー引きが強い限りだが、しかし、ウミヘビの悲鳴で窮地を脱しようとしたわけじゃねえ。悲鳴をあげてもらうことは、目的ではなくあくまで過程――唯一。この海域における生態系、人魚まで含めたすべての生物の中で、あたしが観測する限り唯一、鰓呼吸ではなく肺呼吸の爬虫類であるウミヘビ。その巨体の中に、いったいどれほど巨大で膨大な空気タンクがあったとしても、悲鳴でそれを、泡一つ残さずすべて吐き出させてしまえば――呼吸のために、浮上せざるを得ないよなあ？

「きゃ、きゃあああああああっ！」

海竜『ドラギーバッグ』の急激な、真上に向かっての上昇に、みよりちゃんがあたしにぎゅっとしがみつく。可愛いとこあんじゃねーかと思う余裕もさすがになく、あたしもあたしで振り落とされないよう、ウミヘビをつかんで離さない。ウナギのつかみ取りを試みて、空まで飛んじゃうような笑い話が古典にあるが、まさしくそんな感じで、あたしとみよりちゃんは猛スピードで、魚群の包囲網を文字通り突き破るように突破して、人魚の支配するヒエラルキーの牙城、竜宮城から離脱する——玉手箱をもらいそこねちまったが、あいにく、あたしはまだまだ長生きしたいんでね。

13

長生きと言えば、人魚の肉を食えば不老不死になる、なんて言い伝えがあるんだっけ？　種の垣根を越えて無理矢理融合した人魚が、長生きできるなんてとても思えねーけど、ああやっていろんな生物を乗り継いでいれば、結果として、種族全体の不老不死は、成立するのかもしれない。どこに自己があり、どんな自我になるのか、想像もつかねーが……、だが、あのおぞましさも、同化という純愛そのものを否定するには、まだ足りないように思えた。混ざり合うからこそ、純になる——純粋になる。形が違えば、あるいはズレれば、ただの支配欲でしかないし、だからこそ深海ではあんな奇妙なヒエラルキーが成立していたんだろうけれどな。『相手の望む存在になってしまう』という、例の恋愛星人シースルーくんは、裏を返せば自分ってもんを持たない生命体だったが――あれもひとつの、純愛の形なのかもしれねー。自我の塊みてーなあたしには、とても真似できねーし、しようとも思わないありかただぜ。それともいつか、あたしももうちょっと長生きすれば、そんな風に、誰かのことを思えるようになるんだろうか？

「さあ、どうかしらね……天才で可愛い私は、とりあえず、今は自分の命だけが可愛いわ」

あたしの隣であたしと同じように、海面でぷかぷか仰向けに浮かびながら、みよりちゃんは言った――心理学の天才らしいシニカルな意見だ。あたし達をここまで運んでくれた運搬業者『ドラギーバッグ』は、あたり一面真空になるんじゃないかというような大きな呼吸をすると、すぐに海中へと戻っていった――あたし達には目もくれず。鱗一枚剝がしているし、あいつとだけは一戦交える覚悟でいたんだが、すかされちまったぜ。雄大で巨大な大自然の前には、人間なんてちっぽけだと、改めて実感させられた――あたしもまだまだ修行が足りない。

「……これからどうなるのかしら」

みよりちゃんが、久し振りの太陽を浴びながら、ぼんやりと言う――そうだなあ、どうなるのかなあ。あたしの仕事は、とりあえずこれでおしまいだけれど、依頼人であるとろみの奴に、事実をありのままに報告すれば、原子力潜水艦『ブレインスパーク』の回収も兼ねて、ついでに無数の沈没船のサルベージも兼ねて、あの竜宮城に次なる調査団が送り込まれることになるんだろう……、しかしあの竜宮城には人間の知能を獲得した人魚が、十五人、たぶんそれ以上、いるわけだから、第三陣が来る前に、城を移設するかもな。もっと怖いのは、出迎えの準備を整えられることだが。送り込まれる専門家の『頭脳』が、次々連中に鹵獲《ろかく》され、同化させられ――城やピラミッドどころか、いずれ、国家が形成されるかもしれねーぜ。

「資源開発なんて言っても……、無限に広がる海にとっては、人間こそが資源に過ぎないってことね。生きていようが死んでいようが……、でも、哀川潤さん、天才で可愛い私が訊いたのは、そういうことじゃないの」

みよりちゃんは冷めた風に言う。

「これからどうなるのかしらっていうのは、太平洋のど真ん中で行くあてもなく漂っている、二人の漂流者の行く末よ」

確かに、三百六十度、見渡す限りの水平線で、あたし達がぷかぷか、ひょうたん島みてーに浮かんでいるのは、救助なんておよそ望むべくもない海域だった。船や羅針盤どころか、食べ物も飲み物もない――身一つだ。潜水服の機能で浮いちゃあいるけ

れど、浮上にあたってかなり無茶な圧力差を耐えてくれたからな、いつおじゃんにな
っても不思議じゃねえ。こうして話しているのも、ともすれば溺死する途上みたいな
ものだった。
「これからどうなるのかしら」
三度目になるみよりちゃんの疑問に、あたしは足を組み換えて、まんざら気休めで
もなく、こう答える。いっそ人魚にでも助けてもらおうか？　声も出なくなるよう
な、無償の愛で。

哀川潤の失敗

Miss/ion1. 4321枚の落書き

■■

「この世で一番強い人間があなただとして——あなたの次に強い人間となると、一体誰になるのでしょうか?」

私が哀川《あいかわ》氏にこんな不躾《ぶしつけ》な質問を投げかけたのは、今から五年も前のことになる。請負《うけおい》仕事については一切何も訊《き》かないという条件の下で成立した面会であり、とするとこの問いかけは規約違反そのものとは言わないまでもやや踏み込んでおり、私としては、それで哀川氏が席を立ってしまっても致し方なしと覚悟していた。

しかし哀川氏は、別に気を悪くした風もなく——というより、まるで私の言葉が聞こえなかったかのように、黙々と、しかし豪快に、目前の七輪に並べられた、まだ表面にさえ火が通っていないと思われる肉を、箸でつまんで食べるのだった。

面会成立のためのもう一つの条件が『うまい牛肉を食わせてくれ』だったので、当初私は張り切って、日本有数の値段を誇る焼肉店を予約していたのだが、しかし直前になって哀川氏本人から店の指定があり、指定されたその店名は日本に無数と展開しているチェーン店だった。

どれだけ飲み食いされようと、それならば経費で落とすまでもなく自腹で払える——と、胸を撫で下ろすと同時に、そんなものでよいのかとなんだか腑に落ちない気持ちになったものだが、こうしてみると、なるほどその理由は明確だった。

どれだけ飲み食いされようと、とか言って。

哀川氏は常識外れの大食漢だったのだ——店に入ってから三時間、とにかくひっきりなしに食べ続けている。もしもこれを予約していた店でやられたら、自腹で払えば破産するし、かといって経費では絶対に落とせない。

足が出るどころか頭まではみ出す。

つまり店の指定は、哀川氏がこちらの台所事情に気を使ってくれたということだったらしい——あるいは、そうではなく、自分が気掛ねなく大量に食べるための算段だったのかもしれないが。

まあ、大食漢と言っても。

哀川氏は男性ではなく女性なのだが——だからこそより不思議ではある。

その見事なボディラインのどこに、牛一頭以上とも思えるほどの肉が収納されていくのだろう。石焼ビビンバや野菜、麵類などもあわせて食していることを思えば、ことはただの不思議では済まされない。

さっきとは矛盾したことを言うようだけれど、七輪を二つ使ってまだ足りないようなそんな食事風景は、見ているだけでお金を払いたくなってしまうほどのすがしさで、うっかり私は、ろくに話を聞くこともできずに三時間を過ごしてしまい、また哀川氏も、『肉の部位ではここが好き』とか『サンチュと肉は別々に食すべき』とか、そんなことを言うばかりで、いわゆる『人類最強の請負人』の核心に迫るような──そんなヒントは何もつかむことができずに、刻一刻と、閉店時刻が近付いてきたのだった。

だから、私は、一種追い詰められたような、切羽詰った気持ちで、

「この世で一番強い人間があなただとして──あなたの次に強い人間となると、一体誰になるのでしょうか?」

と訊いたのだった。

ままよ、と呟きつつ。

破れかぶれと言っても過言ではない。

ただ、それなのに反応がなかったのだから、これは随分な肩透かしである──い

や、答えたくない質問だから無視されただけなのかもしれない。

そうすると、だからと言って重ねて質問するほどの度胸は私にはなく、折角の機会だったけれど、この取材は空振りに終わりそうだな、まああの高名な哀川氏と共に食事ができたというだけでも自慢話にはなるか——と、諦めという心の整理を始めざるを得なかった。

共に食事、といっても、私はほとんど食べていないけれど。

焼く肉焼く肉、哀川氏が取っていってしまうので、私が口に運んだものと言えばライス大くらいのものなのだ。

テーブルの上のものが一通りなくなり、哀川氏が一体全体何度目になるかわからない追加注文をしたところで——

「さあな」

と言った。

一瞬、何が『さあな』なのかわからず私は首を捻ったけれど、すぐにそれが、先の私の質問に対する答なのだとわかった。

無視していたのではなく。

どうやら彼女は、ただ食べることを優先していたようだ。

とすると、次の肉が来る前に、その言葉の真意を聞かなければならない——肉が届けられてしまえば、もうあっという間にそちらにプライオリティーが置かれてしまう。

私は、

「さあな、とは？　どういう意味でしょう」

と、すかさず先を促す。

「んー。つまりさー」

哀川氏は箸を箸置きにおいて、ナプキンで口元を拭いてから言った。

「あたしは自分を最強だとわかっ、わかっちゃいるけれど——でもあんまり、自分が一番強いとかは思ってないんだよなー、これが」

「……？　どういう意味でしょう」

私は同じ台詞《せりふ》を繰り返さざるを得なかった。

本当に意味がわからなかったからだ。

謙虚な言葉とも思えない。

「あなたがこの世で一番強いということは——あなたを知る人間なら、誰もが認めるところだと思うんですけれど」

「最強ってのは、別に一番強いって意味じゃねーからなあ——だってよー。一番と二番って、大体似たようなもんだろ？」

それはあっけにとられるような発言ではあった。

換言すれば、たとえばそれはオリンピックにおいて、金メダルと銀メダルは等価であると断じたようなものである。

およそトップランカーの発言ではない——が。

しかし、その『トップ』という認識自体が、哀川氏にとっては的外れであるようだった。

哀川氏は続ける。

「一番とか、二番とか——あるいはビリケツでもいーんだけどさ。競争しちまってる時点で、もう対等だと思うんだよな。立ってるステージが同じなら、そこには上も下も右も左もねえよ。そうだな。お前はどうだ？　あたしに興味を持って、こんな風にわざわざ取材に来てるってことは、お前はある程度はあたしのことは調べてるんだろうけど——あたしが何ごとにおいても、そんなに勝ち負けにこだわってないってのは、知ってる？」

「ええ——聞いています」

取材前に取材対象のことを裏でこそこそ調査したというようなニュアンスで伝わるとまずいとも思ったけれど、この場合、下手に隠し立てすることのほうが、哀川氏のような性格の人間に対してはまずいだろうと判断し、私は正直に答えた。

「勝ちと負けを数えれば、意外と負けのほうが多い——とか。任務達成率は実はかなり低く、いや、それどころか、勝てる勝負を捨てることも多々ある、なんて話も」

「うん。そう。それはあたしが勝ちと負けを、ほとんど対等だと思ってるからなんだよな——勝ちと負けを、一緒のもんだと思っているから」

「勝ちと負けが——一緒」

「いやもちろん、勝負となれば勝ちにいくさ。勝てる勝負を捨てることが多々あるなんて話は、さすがにどっかの戯言遣《ざれごとづか》いの作り話だ」

だけど、と哀川氏は続ける。

「いわゆる『勝ち負け』という勝負が成立しちゃった時点で、結果はどうあれ一方と他方は同じ立場なんだよな。どれだけ差があろうと格差があろうと、互角みてーなもんだよ。勝者と敗者の間に差なんてねえ」

「…………」

哀川氏の言いたいこととは、あるいは違う理解かもしれないけれど、それは『格』や『資格』の問題を言っているのかもしれないと私は思った。

メジャーリーガーと少年野球チームの補欠との真剣勝負など成立しないように——あるいは横綱に新弟子が挑戦できないように。

世の中のことは、大抵のケースにおいて『挑戦権を得る』ということがまず高いハードルである——哀川氏との面会が成立するまでに乗り越えてきた数々のハードルを想起すると、私には非常にわかりやすい。

仮に、人類が滅亡の危機に瀕し、将棋の名人と赤子一人の、二人きりの世界になったとしても、赤子の側が『世界で二番目に強い棋士』ということにはならないよう。一番目に強い、二番目に強いという考え方自体が、哀川氏にとっては、あんまりしっくりこないのかもしれない。

最強は一番強いということではない——と。

そういう意味か。

「だとすると——最強というのは、意外と味気のないものなんですね」

この率直な感想は、気が抜けてしまったがゆえに出た、不躾どころか失礼そのものの意見だったが——それこそ伝え聞く哀川氏の性格からすれば、ぶん殴られても仕方のない意見だったが——哀川氏は、

「かもな」

と軽く笑うだけで、流してくれた。

それは、本当に『味気ない』と思っているとはとても思えない、気持ちのいい笑顔だったけれど。

実際、己こそが最強であり、この世に自分と比べられる概念などないという大言壮語を口にしながら（最強と思っている、ではなく、最強とわかっている、という物言いが、考えてみれば既に相当に傲慢《ごうまん》である）、まるで嫌味を感じさせないというのが、既に彼女の器の大きさを示していると言えよう。

ナンバーワンでもなく、またオンリーワンでもない。

さしずめジ・ワンである。

「まあ、でもな——強いとか弱いとかじゃねーけど、そういう意味で対等に見てる奴ならいるよ。競争してる相手っていうのか、同じステージで戦ってる相手っていうのか。えーっと、今生きてる奴だったら、そうだな、石丸小唄《いしまるこうた》とか、想影真心《おもかげまごころ》とか、六何我樹丸《りっかがじゅまる》とか——」

哀川氏はそんな風に、指折り何人かの名を挙げた。

その中には誰もが知る有名人の名もあれば、事情通を自負する私でさえ聞いたことのないような名もあった。

正に玉石混交と言うべき交遊録ではあったけれど、実際にはその全てが宝石なのだろうし、まあこの辺りは記事にできないな、と、判断せざるを得なかった。

そのまま書いたら業界から抹殺《まっさつ》されてしまう。

それどころか、リアルで抹殺されてしまいそうだ。

「――その辺の連中とは、あたしの最強とか関係なく、勝負は成立するな。しかも多分負ける。だから、お前の言う通り、最強ってのも味気ないっつーか――そういう意味じゃ頼りねえよ。絶対の武器にはとてもなんねー」

「はあ――」

「ああ、そうだ」

傲慢過ぎて一周し、逆に控えめにも聞こえる発言に対してどう答えていいかわからず、曖昧に頷こうとした私だったけれど、しかしその頷きさえ遮るように、哀川氏は思いついたように指を立てた。

「逆パターンもあるわ。あたしから見て、勝負が成立しなかったってパターンな」

「哀川さんから見て――ですか？」

「うん。あたしは、どうすればそいつと同じ立場で戦えるのかわからなかった――どうすればあたしはそいつと同じステージに立てるのかわからなかった。皆目見当つかなかった。そう、あれは勝ち負けじゃなかった。強《し》いて言うなら、そうだな」

失敗だったんだろうな。

目を細めて、そのときのことを回想するようにそう言って――そして哀川氏は語り始めた。

丁度、そのタイミングを狙ったかのように次の肉が五皿、届いたけれど。

哀川氏はそれに構わず、話を続けたのだった。

■■

そいつと初めて会ったのは、仕事の現場でのことだった。

つーか、あたしとそいつが会うのは、ほとんどがあたしの請負仕事の現場だったよ——最後の一回以外は全部そうだったんじゃねーかな。

別に一緒に仕事をしていたとか、仕事仲間だったとか、同業他者だったとか、あるいは仕事内容を巡って敵対していたとかってわけじゃねー。

そいつは業界外の人間だったんだよ。

んー。

あー、困ったな。

そいつ、そいつって代名詞でばっか言ってると、どうも話の通りが悪くって話が進みにくいんだけど、いや、あたしそいつの名前知らねーんだよな。

忘れたとかじゃなくて。

一度も名乗んなかったんだよ、そいつ。

珍しいよな——業界っつーか、あたしの周りの世界じゃあ、所属に肩書き、そして名前を名乗ることが一種の誇り、プライドみてーなところがあるのに、そいつは一度も、あたしに対して名乗りをあげなかった。

そいつには自負ってもんがまったくなかった。

自己主張の欠片もなかった。

とは言っても、あえて名を伏せてるってわけじゃなくって。

いや、別の知り合いにはそういう奴もいたんだけれど、そいつはそういうんじゃなく、単に自分の名前になんて、名乗るほどの値打ちがないって考えていたみたいなんだ。

だから訊けば教えてくれたんだろうけど。

訊く機会が一度もなかった——あたしはそいつのことをずっと『絵描きさん』って呼んでたんだけどさ。

わっかりやすくさ。

それでいい？

じゃ、話続けるけど。

初めて会った仕事の現場ってのは——詳しく喋ると守秘義務に違反しちゃうから隠すべきところは隠すけれど、うっかり喋っちゃったらごめんね。

お前消されるけど。

えーっと、まあとある違法売買を生業《なりわい》とするシンジケートを壊滅させる仕事を任されたときのことなんだ。

あたしはそのシンジケートの本部を見つけて、すぐに乗り込んだ。準備？　そんなもんしねー。装備？　そんなもんいらねー。

普通に行った。

手土産にお饅頭くらい持ってったかな？

で——仕事自体はすぐに片付いたんだよ。あっけなくな。あたしが何かしたからとかじゃなく、あたしが到着した頃には、その本部は既に壊滅していたのさ。

いや、だから何もしてねーって。

むしろあたし的にはがっかりって現場だったぜ——到着してみたら、構成員、傘下を含めずとも百人を超えるその組織が、全員仲間割れでおっ死《ち》んでたってんだからよ。

拳銃で撃ち合って。

あるいは刀剣で斬り合って。

みーんな死んでた。

正確に言えば、下っ端が何人かいなくなってたみたいだけれど、しかし一応死体を勘定してみたところ、少なくとも主だった連中は全員死んでたよ。

肉食ってるときにする話じゃねーけど。

仲間割れの原因？

うーん、まあ言いたかねーけどあたしってことになるんだろうな——請負人としてのあたしのところにてめーらの組織を壊滅させる依頼が入ったって情報が、どっかから伝わったんだろうよ。

だから仲間割れって言うよりは集団自殺と言ったほうが正しいのかもしれない。

何のことはねえ、つまり連中はあたしと敵対することに耐えられなかったのさ——さっき言った、『勝負が成立しない』って一例だな。

夜逃げするというような形の不戦敗さえ選べなかった——まあ、それだけ悪いことしてるって後ろめたさもあったんだと思うから、同情はできねーけどな。

よくあるのよ。

このケースみてーな、レミングさながらの集団自殺は行き過ぎにしても、あたしが依頼を受けた時点で仕事そのものが消えちゃうってことは——だからがっかりとは言ったものの、実際はそこまで落胆したわけじゃねー。

ああまたかってくらいさ。

はいはいこの展開ね、って感じ。

で、それでも仕事は仕事なんで、先述の通り死体の数を数えて——ああ、ちなみに何人かいなくなってた下っ端ってのは、あとでちゃんと追い詰めて、それなりの後始末はしといた——あたしは仕事はパーフェクトにこなしたいほうなんでな——もうひとつちなみに後始末ってのは別に殺したって意味じゃねーぜ、そんとき自殺してねーってことは、そこまで後ろめたい悪事を働いてねーってことなんだから——そんじゃ帰って、モダン焼きでも食うかと思ったところで。

『絵描きさん』に出会ったのさ。

初対面。

正確には『絵描きさん』を『見つけた』。

そいつはあたしのほうを見ていなかったからな——どころか、声を掛けるまで、あたしに気付きもしなかったぜ。

あたしに気付きもしないで、『絵描きさん』が何をしていたのかって?

絵を描いていたのさ。

絵描きのすることはそれしかねえ。

絵。

集団自殺の、現場の風景画をな。

いつからそこにいたのかはわからねー——あたしが別の部屋を見に行って、戻ってきたときにはそこにいた。

そこってのは、一番多くの人間が殺し合ってた部屋ってことなんだが――そこに画材を並べて、イーゼルを立て、パレットを脇に、カンバスを用意し。

『絵描きさん』は一心不乱に絵を描いていた。

「……何やってんだ？　お前」

あたしは訊いた。

そりゃ訊くさ。

はっきり言って、異様のひと言だったからな――そいつは当たり前みてーに殺人現場の絵を描いてんだぜ？　まるでそれが自分の仕事みてーにさ。

まあ実際仕事だったんだ。

そいつの職業は画家だったんだから。

画家っつーか、だから『絵描き』って言ったほうが、案外そいつの本質には近いかもしれねー。

なんだか『家』ってイメージじゃねーんだよな、あたしの思い出すところ。それよりはただの、『絵を描く』奴だった。

だからあたしはそいつを『絵描きさん』なんて呼んでたのさ。

くくく。

それが気っ持ち悪い絵の描き方しててよー。

基本なんて全然できてねーの。

一応筆を使っちゃあいたけどよ――それでも幼稚園児がフィンガーペインティングやってるみてーな印象だったよ。

両手に筆を抱えて、口にも二本くらい咥《くわ》えてた。

これっくらい。

もうこれっくらいカンバスに顔を近づけてな。

ちゃんと描写対象見てんのかよって感じ――まあ見るべき風景が殺人現場だってのが、この場合は笑えるけどさ。

笑えねーか。

とにかくあたしは訊いた。

その異様な奴に――名前もわかんねーことだし、風貌とか性別とかは、黙っとくことにするわ。別に言っても問題ねーだろうけど、それよりは、ただの抽象的な『絵描き』とだけ捉えておいてもらったほうが、このわかりにくい話もわかりやすく伝わるだろうしさ――訊いた。

「何やってんだ?」

ってさ。

「絵を描いてるんだ」

と、『絵描きさん』は答えたよ。

見りゃわかるっつーの。

だけどそいつはその後、見てもわかんねー答を続けたのさ——あたしのことを少しも振り返りもせずにな。

一瞥《いちべつ》もくれねーって奴だ。

「私は記録しているんだよ。私は記録しているんだ。私は世界が変わる瞬間を、正しく記録したいんだ」

「……世界が変わる瞬間？」

意味がわからず——お前もわかんねーだろ？　——あたしが台詞を反復すると、やはりそいつは振り返りもせず、

「あなたが壊滅させたこの組織は、世界の安定に貢献していた——善悪は関係ない。一方と一方の橋渡しをし、何かを適度に制限し、何かを適度に抑制していた。運命という川の流れをせき止めるダムのようなものだった。それが今、壊された——運命は洪水のように流れ出る。これから世界に変革が起こる。いや、今まさに起こっている。この崩壊。この決壊。私はこの瞬間を記録にして残したいんだ」

と言った。

正確にはあたしが壊滅させたわけじゃなく、勝手に自滅したんだけどな——まあ、

『絵描きさん』にしてみりゃあ、そんなの同じだったんだろうな。

組織が潰れたこと自体が、そいつにとっての意味だったんだからさ。

だけど、ちょっと自意識過剰なことを言っちゃうけどさ——その『そんなの同じ』だと、そいつが本気で思っていることに、あたしはびっくりしちゃったんだよな。

つまりさ。

そいつの台詞から読み取れることは、そいつは、そこがどういう場所で、あたしがどういう人間か、ちゃんと理解した上で、振り向きもせずに喋ってるってことなんだよ。

ただの事件現場マニアとか、ただの死体マニアとかじゃねえ——いるんだよ、そういう奴らも——そこがかかわるだけで命の危ない違法組織のシンジケートの本部であり、あたしが人類最強の請負人の哀川潤《じゅん》だと知っている。

なのに。

それ自体には何の興味もねー風だし、また、そのことに対する警戒心さえない。

嚙み砕いて言えば、そうだな。

全然ビビってねーんだよ。

そう——いる部屋は同じなのに、そいつはあたしと同じ立場に立っていなかった。

同じステージにいなかった。

そういうことだ。

あたしのことなんて相手にしてねーんだよ、そいつは――それは最後まで一貫してそうだった。

最終的に、断続的にとは言え結構長い付き合いだったけどさ――あいつは絵描きでありながら、一度もあたしに、

「あなたをモデルに絵を描きたい」

みたいなことを言わなかったよ。

あいつの興味はあたしという個人程度にはなかった――世界が変わる瞬間。

世界と世界の節目。世界と世界のつなぎ目。

革命だけを見据えていた。

どんな素材だろうと選ぶことなく名作に仕上げることができると触れ回ってた伊吹《いぶき》かなみあたりとは、真逆の発想だ――描く絵のテーマを一つに絞るってのは。

まあ、言ってること自体はその通りだったのさ――そのシンジケートが潰れたせいで、しばらくその周辺は地理的にも背景的にも荒れに荒れた。

一般市民の皆さんにも被害が出る程度にな。

それを必然的な犠牲だと、あたしなんかは割り切れるけれど――そうじゃない奴も

いるとは思うぜ。必要悪だとか言って、ああいう非合法の組織があったからこその安定もあったんだって、さ。

うん。

ま、そういう込み入った議論はまたの機会にするとして――『絵描きさん』本人の言葉を借りれば、善悪は関係ない。

とにかく世界が変わる瞬間。

世界がそれまでとズレる瞬間。

地球が脱皮するように、ぬるりと別物になってしまう瞬間――そういうものを、その絵描きは描き続けていたのさ。

だからテーマは人死にに限らない。

勿論、世界が変わるという意味では、必然的に『大量死』がモチーフになることが一番多いんだけど――戦地とか内紛地帯でよく絵を描いていたらしいな――世界が変わる瞬間なら、それでよかった。

ひと言でわかりやすく言うなら『大事件』ってことになるんだろう。

ド派手な活火山とかを、島民全員が避難してる中、こっそりもぐりこんで描いていた自慢話とか、苦労して聞きだしたことがあるぜ。

俗なところでは大企業の倒産とか――世界恐慌的なアレとかも、ことの中心に乗り込んで、がつがつ、貪るように描いてたんだってよ。

携帯電話みてーな、時代を塗り替えるような新技術の発明の現場もしっかり描いてたとかいうから、まあ負の側面ばっかを描いてたわけじゃねーってのは、一応あいつの名誉のためには付け加えておこうか。

まあ、その辺の話を聞いたのはもう少し付き合いが続いてからの話で、初対面のときにあたしが聞き出せたことと言えば、

「世界の変革だかなんだか知らねーけどよ——記録してーんなら、写真を撮ればいいじゃねーかよ」

という問いかけに対する答だけだ。

「そんな時間をかけて油絵描かなくっても、今ならベラボーな画素数のデジカメとかあんだろーが。なんなら貸してやろうか？　あたしの携帯のカメラ、結構キレーに撮れるんだぜ」

「私が描きたいのは、私の目で見た風景なんだよ」

『絵描きさん』は答えたね。

気取らずに普通に答えるもんだから、それが尚更、気取ってる風にあたしにゃあ見えたよ。

「カメラのレンズ越しに見た風景じゃあない。あなたが見ている景色と私が見ている

景色は、きっと全然別物だろう？　視力にも、とらえられる色の範囲にも、文字通り十人十色に個人差があるんだから――これは私のためだけの絵なんだよ。私は私に見えないものを絵には描かないのさ」

とか。

ほざいてたさ。

まあものの見え方ってのは人それぞれだってのも確かだからな――写真は現実を切り取りはするけれど、それってやっぱり世界とは別物じゃん。

そーいやプロのカメラマンは思い通りに現実を切り取れるって聞くけどな――だとしても、しかし、『絵描きさん』が描こうとしていた世界が変わる瞬間って奴を、フィルムに焼き付けることは誰にもできなかったろうぜ。

だってそいつの絵ってさ。

笑えるくらいヘタクソだったんだもん。

■■

そんな風に『絵描きさん』氏のことを語る哀川氏の表情は、何と言えばいいのだろうか、どことなくくすぐったそうな感じだった。

古傷を撫《な》でられているかのような、一種の照れくささを感じさせる。

だから、口調こそ砕けていて、舌の滑りもいいようだけれど、『絵描きさん』氏のことは彼女にとって決していい思い出ではないし、最初に前置きしていた通りに、どちらかと言えば失敗談に属することなのだろうと私にも察しがついた。

私の印象では（大半の人間も同じ印象だとは思うけれど）哀川氏は全身くまなく自信に満ちていて、失敗などという言葉とはおよそ縁遠いように思えるのだけれど——案外それは、こちらの思い込みなのかもしれない。

さっきの話ではないが、最強だからと言って、それは決してミスをしないということではなかろうから。

むしろ、どんなミスをしようとリカバリーできるからこその最強——という言い方もできよう。

ただ『絵描きさん』氏のことが、一体哀川氏にとってどういう失敗談なのかは、ここまで話を聞いたところでは、まだ私にはわからなかった。

「ヘタクソって言い方は酷いけど——まあヘタクソだったんだよな。少なくともあたし個人の美的感覚で言えば、ありえねーって感じ。さっき、幼稚園児のフィンガーペインティングって言ったけど、それは取り敢えずはもののたとえなんだけど、だけど同時にそのものズバリって表現でもあるんだよ。いい色を出すために、パレットじゃなくてカンバスで絵の具を混ぜ合わせてるって感じか――」

色んな表現を使って哀川氏は『絵描きさん』氏の絵を言い表したけれど、つまるところ、それは風景画であると同時に抽象画のような絵だったのかもしれない。

幼稚園児のフィンガーペインティングというのは、いくらなんでも哀川氏一流の諧謔《かいぎゃく》だろうと思われる――実際にその絵を見ていない私に、確かなことは何も言えないけれど。

「と、言うか――具体的なところまではお訊きしませんけれど、そのかたは、名のある画家なのですか？　画家を職業としてらっしゃると言うのなら、あるいは、知る人ぞ知る有名人だとか――」

「んにゃあ。それはないだろうなー。個展を開くこともねーって言ってたし。そういう意味じゃ、職業が画家っていうのはあたしの言い間違いだった。職業じゃなくってただの『業《ごう》』だな。あくまで絵描き――世界が変革される瞬間を描くってのは、あくまでそいつの個人的な趣味だった」

趣味と言うにはいささか命懸け過ぎたけどな――と、哀川氏は付け加えた。

それはわかる。

哀川氏との初遭遇である某シンジケートの本部（心当たりがあるが、触れぬが仏だ）は勿論のこと、いくつか挙げられた『絵描きさん』氏が乗り込んだ現場の例にしても、どれもこれも決して近付きたくない、居合わせたくない場所ばかりだ。そもそも『絵描きさん』氏の言うところの『世界が変わる瞬間』は、いい意味でも悪い意味でも崩壊と一緒くたであり――そこに居合わせることは命の危険と隣りあわせということである。

負の側面ばかりを描いていたわけではないという一例として携帯電話の発明の現場を哀川氏は挙げたが、しかしその開発の陰で、どれだけの『過去の世界』が破滅に追いやられたかと想像すると、やはりそれもまた、世界の負の側面と言えなくはなかろう。

だから普通の観点で言わせてもらえるなら、『世界の継ぎ目』、世界が変わるようなそんな瞬間は、記録したくないどころか見たくもないというのが、大方の人間にとっての本音ではないだろうか。

「いや、そうだと思うよ――安定を好むのは感覚としちゃ真っ当だ。大抵の人間は、世界に変わって欲しくなんかないだろう。あたしは世界を変える側の人間だけど、でもあたしとかそいつとかのほうがおかしいとは思う――それはわかっている。まああたしの場合は恐怖って感覚が麻痺してるってのが大きいんだろうが、『絵描きさん』はそういう、頭のネジが一本飛んでる系とは違った。絵を描いてるとき以外は、全然普通の奴だったもんな。才能はなかったけど、芸術家肌だったたってことかな」

で、まあ。

結局はそういう性格がたたってそいつはあっさり死んじゃったわけだけど――など
と、そんな重要な情報をさらりと挟んで、哀川氏は言う。

「要するにさあ——つまり、そいつは誰とも競争してなかったんだよ。あたしに限らない、そいつと同じステージに立ってる『競争相手』なんていなかった。一人っきりの一人ぼっちだった。だから、絵がうまくなろうとか、テクニックを磨こうとか、そいつはそういうことを全然考えてなかったんだ。描きたいものを描きたいようにしか描いてなかったし、それが上手かどうかなんて、どうでもよかった。いや、自分でも、別にうまく描けてるとは思ってなかっただろう。満足いく作品を仕上げたいなんて、志の高さとも無縁だった——そもそも認められようとは思ってなかった。人の上に立とうとか——それで生計を立てようとかさえなかったな。……つーかあいつ、どうやって金稼いでたんだろうな？」

そう言って首をかしげたところを見ると、哀川氏自身も、『絵描きさん』氏の個人情報を深くは知らないようだった。

「そして——一番大きいのは、そいつが『無害』だったってことだ。着目すべきはそこだな。あたしとかって、はっきり言って結構有害じゃん。あくどい仕事にゃあ手を出さないように気をつけてはいるけどよ——それでも、どうしたって周辺被害は出ちまうさ。そのシンジケート壊滅の件もそうだけど」

「世界を変える側の人間——ということですよね」

「そう。でもそれはあたしが極端な例ってわけじゃねえ——誰だって何らかの形で世界に関与している。ミクロなレベルでミクロなスケールで、はばたく蝶のように、世界を揺らしている。世界を終わらせたいとか考えてる奴もいるし、平和な世界を維持するために頑張ってる奴もいる。それこそ、世界を変えたい、革命を起こしたいって奴もな。だけどそいつは、そいつ自身では何もしない。単に——記録するだけだ。そして記録したその絵を、誰かに見せることもない」

「ほとんど無感情に——何の意思もなく、機械のように絵を描いていたということでしょうか？」

「機械？　いやあ、あんな感情的な機械はありえねーよ。あまりに人間的で、だからこそ非人間的だった——意思っていうなら、ありゃ意思の塊だ。あたしから見りゃあ、いっそ世界の変わり目を描くこと以外に興味がないっていうのは、生きること自体には無気力な風にも見えて、何回か怒鳴りつけてやったこともあるんだけれど——あたしが説教してる最中も、まるで上の空だった」

哀川氏は。

そう言って——やはり、くすぐったそうな笑みを浮かべるのだった。

「あたしは最後の最後まで、そいつのことをわかってやれなかったし、同じステージに立つこともできなかったんだ。今だって」

■■

二度目に会ったのも三度目に会ったのも、やっぱりあたしの請負仕事の現場だった——二度目と三度目が、結構時期が近かったもんだから、ひょっとしたらこいつあたしのことストーキングしてんじゃねーかと疑ったもんだけれど、それも結局自意識過剰でな。

まあ単に、あたしの仕事がそいつの絵のテーマとバッティングすることが多いってだけの話だった——まるで妖怪か何かみてーに、ことが終わって気がつけばそこで絵を描いてんだ。

作法も何もあったもんじゃねえ。

一体、どうやってあたしにも、誰にも気付かれることなく気取られることなく現場に忍び込んでるのか最初の頃は不思議だったけれど——それは単純な話で、あたしに対しても誰に対しても、そいつは『後ろめたさ』を持ってなかったからだ。

そいつがあたしのことを見ていないから、あたしにもそいつのことが見えないのさ。

で、遭遇したときには多少話はして、場合によっちゃそのあと呑みに行ったりするんだけれど、腹の立つことに、そいつは会うたび会うたびに初対面みてーな対応をするんだよな。

憶《おぼ》えちゃいるんだろうけど、興味がねーっつーのか——仕事仲間に聞いてみたら、それらしき人物を見たことがあるって奴も意外といてさ。

あっちこっち顔出してるみたいだった。

しかし対応は似たようなものらしくって——まあ言ってしまえば失礼な奴だよ。だけど、別に仕事の邪魔をするわけじゃねーし。

ほっとかれたって感じか。

描いてる絵からして、かかわり合いになりたくない一種の気持ち悪さもかもし出してたしな。

記録係、とか呼んでる奴もいたけど。

あたしにとってはただの絵描きだったよ。

絵描きさん。

確かに本人も記録とは言っていたけれど、記録っつっても、それは本人以外には意味を持たない記録だったし——仮にカンバスの中にあたしが見切れちゃってたとしても、そのフィンガーペインティングを見てあたしだとわかる奴なんかいねーんだから。

今から思えば暗号みてーな絵の描きかただった。人間を人間として描かず、物体を物体として描かず、小説でいうところの行間紙背のみを描いてたっつーのか。で。

事件が終わったあとにふらりと現れ、ふらりと絵を描いてる『絵描きさん』が、何となく当たり前の景色みてーになって――あたし的にはとっくに見慣れ、気にしなくもなった頃。

こっちがようやく、『もう、こいつはこういう生き物なんだ』と認識することに、成功したかと思え始めた頃になってな。

『絵描きさん』は突然、現れなくなった。

別にいつもいたわけじゃないし、当然いないほうが多かったくらいなんだから――そいつがすっかり現れなくなったってことに気付くのに、結構時間がかかっちゃったもんだけど。

さっき言った仕事仲間に訊いてみても、『言われるまで気付きもしなかったけれど、そういえば最近見てない気がする』とかって話で――

ふうん、つーかよ。

まあ気にするような話じゃねーんだよな。

あくまでもバッティングしていただけで、あたしとそいつはお友達ってわけでも、逆に遺恨があったわけでもねーんだから――ほっときゃよかったんだよ、実際。

けどまあ、いなけりゃいないで気になっちまってさ。

これはあたしの性格的な欠点だと思ってるんだけど――どうも気になることがあるとほっとけねーんだよな。

曖昧なものを放置できない、不思議を不思議のまま放置できないっつーか、何ごとにつけはっきり結論を出したくなる癖っつーか。

まあさ。

何かあったのかなー、とか。

普通に心配しちゃったわけだよ。

ほっときゃいいのにな――あたしは仕事と仕事の合間を見繕って、『絵描きさん』を探すなんてことをしちゃったわけだ。

失敗だったよ。

いやいや、見つけられなかったってわけじゃなくってさ――むしろあっという間に見つかった。別に隠れてたわけでもなくってさ。闇に潜ったわけでも裏に潜んだわけでもなんでもねー。

普通に死んでた。

だから当然なんだよ――世界が変わる瞬間を描き続けるなんて、土台無理な話なんだ。長生きできるはずのねえ生き方だ。わかるだろ？

　ましてあたしとかあたしの仕事仲間とかと違って、戦う方法はおろか生き延びる方法さえ、そいつは心得てなかったんだからな——うん。

　ま。

　世界を変えてたあたし達と、それを記録していた『絵描きさん』との差って奴がモロに出たって感じか。

　死に方を言っちゃうと個人を特定できるかもしれないけれど、でもそれを言わないことには話が締まらねーから言っちゃうわ。

　火災の現場でな。

　五十人くらい死んだ、ショッピングモールの失火火事——火元のレストランフロアから広がった火があっちこっちに延焼していく中、その全景を見渡せる屋上で、ずっと描いてたみたいなんだよ。

　まあその絵は当然燃えちゃったから、どんな絵だったのかはわかんねーけど……多分それは、赤なんてひと塗りも使われてない絵だったんだろうと思うよ。

　赤なんてな。

　火を火として描くような奴じゃなかった。

　燃え盛る炎が、あいつにはどういう風に見えたんだろうな？

きっと自分の身体が燃えていることにも気付かず、最後まで筆を動かし続けたんだと思う——カンバスが燃えても気付かなかっただろうよ。

そういう奴だった。

まあ、あたしの周りじゃ人死になんてそこまで珍しくもねえし、そこでは特に何も思わなかった。

そんなもんか、と思っただけだ。

失敗したなーって思ったのは、そのあとのことだ——そいつが生前住んでた家を訪ねたときのことだ。乗りかかった船って感じで、線香でも上げてやろうと思ったんだよ。

実家暮らしで、親とか兄弟とか普通にいたんだけど、友達だって嘘ついて、敷居を跨がせてもらったんだ。

ああ、あんときに表札を見てりゃ、そいつの名前もわかったのか——けど、そんな気にはなれなかったなー。

そんな気っつーか、そもそもその訪問自体が気まぐれっつーかよ。

時期も時期だっただけに、あたしも感傷的になってたのかなー。ああ、その頃丁度さ、あたしの身に結構嫌なことがあったんだよ。親がらみで。

うん？　親ぐらいいるよ、あたしだって。

それで気まぐれぴょこんと起こしちゃって、線香あげたあと——そのときに見た遺影がそいつとの最後の対面ってことになるんだが——、そいつの父親に対して、『絵描きさん』がこれまで描いた絵を全部引き取るとか、今から考えたら信じられないことを言っちゃったんだ。

金払ってさ。

家族的にもそいつの趣味って理解不能だったらしくて、二つ返事で、二束三文で売ってくれたんだけど——つまり、そいつが生涯に描いた世界が変わる瞬間の絵、合わせて四千三百二十一枚。

今は全部あたしが持っているってわけさ——あーあ。

無駄遣いもいいところだ。

だってあたしには未だに、縦から見たって横から見たって、ためつすがめつ見たところで、四千三百二十一枚の落書き、そのうち一枚だって、ちっとも理解することはできねーんだから。

さ。

■■

話を聞き終えて私は、別に哀川氏は無駄遣いをしてしまったことを嘆いているわけではないのだろうと、そう思った。

どういう心理なのか妙に悪ぶってそんな風に言っているけれど、そうではなく、『絵描きさん』氏の絵に対して、かりそめでも値段をつけてしまったことを後悔しているのだと思う。

否。

たとえただでも、それらを引き取るべきではなかったと、そう思っている。

交換してはならない、流通してはならない価値というものが世の中にあるとすれば、『絵描きさん』氏の作品がまさにそれだった。

本人にしか理解のできないものを他人が所有してどうしようと言うのか――

「捨てるわけにもいかねーしよ。どうすんだあれ。将来的にあれを理解できる、そいつと同じ価値観を持つ奴が現れてくれたら、さっさと売り飛ばすんだけどよ。そんな奴いねーよ。枚数が膨大だから、保管するのもひと手間なのさ」

愚痴るように言いながら、哀川氏は運ばれてきた肉を、生のままで食べ始めた。

つまりどうやら、その絵描きについてのお話はそれでおしまいらしい――哀川氏の取材だったはずが、すっかり別の人物の話ばかりを聞いてしまった。気がつけば閉店の時間も近い。

なんだか失敗というなら、それこそ私の失敗という気がしたけれど――ただ、自慢話になるならないはともかくとして、これはこれで貴重な経験という風にも思えた。

彼女は確かに最強なのだろうけれど。

その最強さは決して完全を意味しない——それがわかっただけでも収穫だ。

きっとその失敗も、彼女にとっては珍しいものではなく、ありふれたエピソードのひとつに過ぎないのだ——そのほかにも、色んな失敗を経験したからこそ、最強としての哀川氏があるのだと。

語る表情を見ていて。

そう感じた。

うわさを聞くにつけ、私は哀川氏のことを自由そのものと思っていたのだが、案外最強と呼ばれる彼女ほど、不自由というジレンマを抱えている人はいないのかもしれないと思った。

だけど避けようもない失敗や不自由を、彼女ほど楽しんでいる人間も、またいないのだろう。

「世界が変わる瞬間ねえ——くくく。あたしにしてみりゃ、そんなもんは見るに見過ぎて、逆に見飽きてるみてーなもんだけどな。誰とも競わず、誰とも争わず、誰にも理解されず、誰にも認められず、自分の欲求のために自分を犠牲にし、やっていることを善悪関係なくいいとも悪いとも思わず——やりたいことをやりたいようにやり、生きたいことを生きたいように生き、死にたいことを死にたいように死ぬ。そんな人生はあたしには全然理解できねー」

そう。だから。

だから——彼女には本当に理解できないのだ。

残っていた生肉を一気に、口いっぱいに頰張りつつ、最後に哀川氏は言った。

「あたしは結構、寂しがり屋だ」


Miss/ion1./complete…

哀川潤の失敗

Miss/ion2. 仲間割れ同好会

■■

仲間割れ同好会の始まりと終わりについて聞きたいと言うのなら、もちろんあんたにそれを教えるのはやぶさかじゃねえ——俺にとっても誰にとっても、ありゃあもうとっくの昔の話だし、だからそれを話したからって誰か困る奴がいるわけじゃねーしな。

とは言え、だからってぺらぺらと澱《よど》みなく流暢《りゅうちょう》におしゃべりできるかってことになると、さすがにそうでもねえ。だって、もう余裕で時効にはなってるだろうとは言え、ありゃあ絶対に何らかの犯罪行為に類する集まりじゃああっただろうし、それより何より、学生時代の思い出っていうのは、どうしたって語るのに幾許《いくばく》かの気恥ずかしさが伴うってもんだ。

あと、あんただってあらかじめそんなことはわかっちゃいるだろうが、一応念のために最初に言っておくと、俺は別に仲間割れ同好会の創始者ってわけじゃねえからな。終わりについてはともかく、始まりについては、詳しいことを知っているわけじゃねえんだよ。

つーか、いわゆる『最初のひとり』みたいなのはいないって、俺は聞いている。始まりからしてグループだったって話だ。

リーダーはいない。

創始者も統治者もいない。

最初から俺達は多数の集まりだった。

所属していたときはあまり意識してなかったけれど、伝統的にそういう作りになっていたのが、仲間割れ同好会の一番厄介な特徴だったのかもしれねーな。

集団知《しゅうだんち》って言葉があるだろ？

昨今のインターネットとかじゃ、結構露骨に頭角を現している感じだが——ああいうのはわかりやすいリーダーや指導者、あるいは代表者がいたら、つまりいわゆる上下関係があったら、多分成り立たないもんだと思うんだよな。そう、お山の大将でさえいちゃ駄目だ。誰かが尊敬されちゃ駄目なんだ。

集団であること。

集まっただけであること。

つまりは全体で個であること。

グループであるグルーヴ感。

恐るべき徹底した差異のない平等な関係こそが、新しい何かを生み出す——とか。

もっともこの集団知、換言するところの集団性って奴にはわかりやすい欠点もあって、それは制御——コントロールがまったく利かないということだ。

制御が不可能だからこそ、人智を超えた何かを生み出すのかもしれないが——まあそれもそれで、インターネットがいい例か。

とめどねーもんな。

仲間割れ同好会も、そういう意味ではとめどなかった。

制御なんて、できなかった。

だから始まりもなければ、終わりだって本当はなかったはずなんだ。

あの女が終わらさない限りは——終わらなかった。

本当、その意味じゃあの女には感謝だよ——他のみんなも、今じゃ俺と同じ気持ちなんじゃねーのかな。

まあ俺のことは、いまだに恨んでいるかもしれねーが。

それを想像すると、俺もいまだにいたたまれないが。

昔のこととは言え。

うん？

あの女ってのは誰だって？

おいおい、とぼけんな。そんなことも知らずに俺のところに来るわけがねーだろうよ。あの女っつったらあの女――我らが仲間割れ同好会をたった一人でぶっ潰した張本人。

人類最強の請負人《うけおいにん》、哀川潤《あいかわじゅん》に決まってるだろうが。

もっとも彼女に言わせれば、ありゃあ仕事としては失敗だったらしいけどな。

■■

一応頭っから説明しておくと、つまり仲間割れ同好会ってのがどういう集団だったのかという話からしておくと、だ。

あんたはどうやら『何も知らない立場』として、話を聞きたいみたいだし――なんだ、そうしとかねーと法律にでも引っ掛かるのか？

だとしたら俺のほうも、多少気配りをしながら話さなきゃならねーみたいだが。さっき時効なんつー話もしたけれど、最近じゃその辺りのルールもころころ変わってるみたいだしよー。

せっかく真っ当な道に戻ったんだ。

今更あんな裏街道には帰りたくねえ。

とは言え、歩んでいるそのときは、それを裏街道だとは、俺は——俺達はちっとも思っちゃいなかったけどな。

どころか、大層華やかなメインストリートを、脚光を浴びながら歩んでいる気分だったぜ。気分としてはな。

何せ、あの頃の俺は人生が楽しくて楽しくて、しょうがなかったんだから。

学生時代、もう少し大きく範囲を区切れば、十代の頃っていうのは、大概そんなものなのかもしれねーけど——あんな楽しく自分に酔えていた時代ってのは、今に至るまで、一度もねえや。

なんてことを言うと、意外に思われるかもしれない。

あの頃の俺は仲間割れ同好会に属しているというだけで、あとはたわいもないガキで、贅沢ができたわけでもないし、幸せな家庭に恵まれていたわけでもない。真面目な企業に就職し、それなりの給与をいただき、温かい家で可愛らしい子供を育てている今のほうが、よっぽど幸せだ——確かにそれは断言できる。

確かに迷いなくな。

だけど、快楽と幸福っていうのは、全然違うものなんだろう。

紙一重どころじゃない。

分厚い壁に阻《はば》まれている。

似て非なるものでさえなく、似ても似つかないまったく対極の、正反対の代物《しろもの》なのかもしれない。

実際仲間割れ同好会ほど、幸せとは無縁だった組織も珍しい——なんというか、現実問題としてのメリットと言えるようなものは、あの集団からは何も受け取れないのだから。

利益は一銭も生じない。

だから、外から見ればどう見えていたのかはわからないが——いや、本当はわかっている。よくあるよくいる、見境のない若者達の不良グループってところだろう——そして俺達自身も、自分達のことをちょっと毛色の変わったサークルだとしか思っていなかった。

少なくとも大したものだなんて、全然思っていなかった。

ミステリーサークルだったりテニスサークルだったりとなんら変わらず、自分達の活動に、目一杯邁進《まいしん》していただけだ。

もちろん怪我は多かったけれど。

でも、一生懸命何かをすれば、怪我くらいはするものだろう？

俺達はそれがちょっぴり激しかっただけだ。

怪我を勲章だと思っていただけだ。

「ばっかじゃねーの、お前ら」

と。

そんな格好つけたことを言えば、あの女——哀川潤なら、そう言って高笑いをするのが目に見えるが。

と言うよりあの女は本当に、そう言って高らかに笑っていた。

心底俺達をばかにするように。

「何が仲間割れ同好会だ、馬鹿馬鹿しい——お前達は、本当の仲間割れも本当の戦いも知らない。こんなのはごっこ遊びもいいところだ。くっだらねえんだよ、いい歳しておままごとに興じやがって」

お前達はキレやすい十代でさえない。

最近のガキの振りしてんじゃねーよ——と。

そんな風に、彼女は言った。

……正直な気持ちを吐露させてもらえば、そこまで言うことはねーんじゃねーかって、今でも思うんだけどな。

そこまで言われる覚えはねーよ。

筋合いもない。

こっちとしてはあのとき、すさまじく『誰だよお前』って感じだったんだし、それに俺達は他人に迷惑をかけていたわけじゃねーんだし、やっていたことはどう考えても個人の裁量のうちだ。

確かに馬鹿だったとは思うけれど、あそこまで馬鹿にされることはない。

俺達のなにがあの女の琴線、いやさ逆鱗に触れたのかは、今をもっていまだに不明って感じなのだが――無論彼女は包み隠さずその辺り、怒鳴り散らしちゃいたけれど、それでも今をもっていまだに不明だ――ただまあ、そういった不満はあるものの、正しい正しくないはともかくとして、そういう理屈も感情もまとめてぶっ潰してしまう謎の説得力を、彼女は持っていた。

謎の説得力？

いや、俺としたことが妙に遠回りな言い方をしてしまった――別に俺の言葉がそのまま記事にされるってわけでもねーんだから、変にかしこまったり、言葉を装飾したりする必要は、まったく全然ねーんだよな。

悪い悪い。

じゃあストレートに言うわ。

あの女のあれは——単なる暴力だ。

俺達は力ずくで言うことを聞かされ。

力ずくで解散させられたに過ぎねーのさ。

■■

「きみ、いい筋肉をしてるよね。仲間割れ同好会に入らない？」

そんな風に恐しく真っ直ぐな勧誘を受けて、俺は仲間割れ同好会に入った。

躊躇《ちゅうちょ》しなかった理由は単純で、そんな風に女子から、ストレートに体つきを褒《ほ》められることなど、それまでの人生で一度もなかったからだ——あとからわかったことだが、俺に声をかけてきた彼女は新入会員勧誘のために日当一万円で雇われたアルバイトだったそうだ。まあ一万円ももらえたら、俺の筋肉くらい褒めるよな。

ふざけんなってほどの額じゃあねえ。

そんなわけで、入口としてはやや詐欺めいてはいたものの、しかし俺としては彼女を恨んではいない——日当をもらっていたというだけで、それに彼女自身は仲間割れ同好会の人間ではない外部スタッフだったというだけで、彼女の仲間割れ同好会に対する説明には、少なくとも嘘はなかったからだ。

その性格上、ただひたすらに人数を集めればいいというものではなかったからだろう。

そう、仲間割れ同好会には人数制限があった。

百人である。

これは上限であると同時に下限でもあった——百人よりひとり多くてもひとり少なくともいけない。もしも三人欠けたら、次の『会合』までに三人の新入会員を迎えなければならないし、どれほど相応《ふさわ》しい資格を持つ者であっても、仲間割れ同好会に入会しようと思えば、誰か一人の退会をひたすらに待つしか方法がないのだった。

だから仲間割れ同好会のメンバーであることはステータスでもあるのだった。

仲間割れ同好会の一員というそれだけで、一目おかれるくらいには。

それくらいには危険視されていたと思う、クレージーに。

で、話を戻して——当時、最上級生の大半が卒業したことでできた大きな欠けを埋めるためにそのアルバイトの勧誘員は雇われていたわけだが、彼女は相応しき者を選別しなければならなかったので、それはそれで結構な重労働だったのでは、と、今ならそんな同情もできるほどである——まあ、俺も当時はうぶな新入生だったので、実際に仲間割れ同好会に参加してみて、会員が全員男だと知ったときは、はなはだがっかりしたものではあるけれど。

それでも、事前に彼女から受けた仲間割れ同好会の説明をちゃんと聞いていれば、そんなのは十分に想像しておいてしかるべきことだったのだから、文句をいう先はなかったし。

また文句を言うつもりもなかった。

何故なら俺は一発で、仲間割れ同好会のとりこになってしまったからだ——その意味で、あの勧誘員の見る目は確かだったと言えよう。

仲間割れ同好会とは何か。

「要するに内側に向けた喧嘩好きの集まりなのよ」

と彼女は言ったけれど、その説明だと、逆に俺にはわかりづらかった。

素直にそう言うと、彼女は少し困ったような顔をして、

「まあ、ちょっと違うんだけど、ファイト・クラブみたいなものだと思って。喧嘩サークルみたいなもの、とか」

と、有名な映画でたとえてくれ、その表現は、なるほど俺には随分とわかりやすい。

ただし仲間割れ同好会はファイト・クラブほど反社会的ではなく、思想や哲学とも無縁で、かと言って退廃的でもなく、そういう意味ではやはり、学生のお遊びという意味合いが強く。

彼女の喧嘩サークルという言葉は、わかりやすく的を射ていた。

喧嘩サークル。

そう。

仲間割れ同好会は文字通り仲間同士で戦うのだ。

身内でバトルを行う。

体育館のようなホールを借りきって（場所は会合ごとに変えていた）、舞台の上にふたりが上がり、ルール無用で殴り合う――武器を使ってはいけないけれど、蹴ってもいいし、関節技もありだ。

それで残りの九十八名が、壇上のふたりの仲間割れを応援する。

応援？

いや、そういう感じじゃねーか。

応援というと、どちらかの勝ちを望んでいるみたいな言い方になっちまうしな――そういうわけじゃないんだ。

声援は送るけれど応援はしない。

ハイになって、はしゃぐだけだ。

何故なら仲間割れ同好会に勝ち負けはない――そう、どう殴り合っても、勝ち負けは記録しないのだ。

だから応援など意味がない。

そもそも殴り合う時間はわずか十秒に限られている。

不意打ちならともかく、正面から向かい合っての殴り合いの決着が十秒でつくことなんかねーし、たとえラッキーパンチなんかでひとりがぶっ倒れちゃったとしても、それで倒したほうの勝ちってことにはならない。

スポーツマンシップにのっとった言い方をするならば、途中経過がどうあろうと、結果は常にノーサイドである。

殴り合いから勝ちあるいは負けを消すのは、言い換えれば、得と損、メリットとデメリットを消すのは、

「そのほうが純粋だから」

だそうだ。

まあわかんねーじゃねえよな。

勝つためになりふり構わず——となると、それは強さを競うための場ではなく、戦略を競うための場になっちまう。

それじゃあ意味がない。

だから、この手のイベントによくあるような『勝者への賞金』的なものは一銭も一セントもねーし、また、仲間割れ同好会の『会合』においてメンバーは全員シュール

な仮面の着用を義務づけられるため、名誉や名声とも無縁だ。

勝者も敗者も不在なのだから、当然、バトルを見世物としての賭けのようなものも行われておらず、九十八名の観客は応援も何もなく、ただただ、殴り合いに血湧き肉躍らせるだけのことである。

純粋に。

騒ぐのだ。

仲間割れ同好会——それは今から思えばバトルマニア達の集まり、だったんだと俺は思う。

喧嘩において、原因と結果を排除し、過程だけを求めた。

原因もなく殴り合い。

殴り合っても結果を出さない。

途中だけでよかった。

俺達には途中だけでよかった。

それはなんだろう、焼いた肉の中心部分だけを取り出して食すような、贅沢な行為に思えたし。

素晴らしい発明のように思えた。

誰といがみ合うこともなく、悔しい想いをすることもない。

最高じゃないか。

勝つことが好きなんじゃなく。

勝つ奴が好きなんじゃなく。

戦うことと戦う奴が好きだった人間が百人集まって、月に一度集まって、ランダムな組み合わせで好き勝手に好きなだけ、十秒ずつ戦い合う。

メリットもデメリットもない、一種のパーティ。

もちろん、そうは言っても怪我人が出ることもある——不幸な事故が必然的に起こることもある。俺達なりに医療体制は整えていたつもりだったけれど、そんなもん所詮は素人にできる範囲の万全だしな。

だけどそれは自己責任の範囲だし、たとえ俺が壇上で大怪我をしたとしても、まかり間違って命を落としたとしても、そんなものは自業自得としか思わなかっただろう。

ところてん式に俺の代わりに次の奴がメンバー入りするだけで、それを少し羨ましいとは思っただろうけれど——それも受け入れられたはずだ。

俺達は百人全員がそんな意識で、仲間割れ同好会に臨《のぞ》んでいた。

仲間割れを。

望んでいたのである。

■■

こんな話を好き好んで聞きにきたあんたなんかにゃ、そんな能書きはあるいは不必要かもしんねーけれど、しかし、俺自身、仲間割れ同好会という喧嘩好きの集まりに所属していたその理由を他人にわかってもらえるとは思っていねえ——どんな主義主張を並べ立てても、現代の日本じゃ受け入れられるようなイベントじゃあ、それはなかったと思う。

さっきああやって語ってはみたものの、あんな話に賛成票は一票も入るまい。まだしも街の不良グループとかのほうが、わかりやすくって理解をえやすいだろう。ただ、あれから月日がたって、こんな風に語りながら振り返ってみても、自分達が若さに任せて意味不明な遊びに興じていたのだとは、本当のところやっぱり思っていない。

後悔しているのかと言えば後悔しているけれど。

反省しているのかと言えば反省していない。

どれだけ誰から否定されようとも、あれはあれでいいものだったと、少なくとも悪いものではなかったと——そんな風に思うのだった。

もっとも、思うだけで、おおっぴらにそうは言わねーけどさ。

殴り合いが好きだなんて、殴り合いが楽しいだなんて、社会人として言っちゃいけない台詞《せりふ》の筆頭だろう。

他人に迷惑をかけなければいいというもんじゃねーだろうし、自業自得と言ってそれで終われるような話じゃないってことくらい、本当のところ、今から思えばどころか、当時の俺だって、わかっていたことだ。俺が自業自得だと思っていても、たとえば親とか、仲間割れ同好会とはゆかりのない友達とかからしてみれば——自業自得であろうと何であろうと、俺が怪我をしたら嫌な気分になるもんだ。

原因や結果という話をするなら。

原因なんか、結果には何の関係もないんだ。

わかっている。わかっていた。

わかっていたからと言って、やめようなんて気もなかったけどな。

すっかり中毒になっちまってやめる気にならなかったというのもあるだろうし、実際、そうでなくっても仲間割れ同好会は、やめたい奴がやめられるような仕組みにはなっていなかった。

繰り返しになるが、何せ上も下もない、びっくりするほど真っ平らな組織だったのだ。

だから辞表を出す相手がいない。

終わらせたくとも終わりなんかない。

思うに、仲間割れ同好会を作った初期の奴らは、それがわかっていたから、人数を百人以内ともせず百人以上ともせず、百人ちょっきりとしたんだろうぜ――まあ、先述の通り仲間割れ同好会は自然発生型の組織だったらしいから、この辺は推測の域を出ない話だが。

だけど、だから。

毎年、システマティックに更新されていく仲間割れ同好会が消滅するためには――やっぱり哀川潤あたりに理屈抜きでぶっ壊してもらうしかなかったんだろうぜ。

■■

前触れとか伏線とかっていうのは、まあ物語の中だけの話であって、現実にはことが起こるときってのは、とんでもなく唐突で、びっくりするほど脈絡がないもんだ。

その日は別にいつも通りの一日だと思っていたし、いつも通りの仲間割れ同好会の会合のはずだった――少なくとも俺はそのつもりで、イベント会場へと向かったものだ。うきうきしながらな。

だけど違った。

いつもと違った。

世界が――違った。

俺より先に会場に来ていたメンバーのざわつきかたも違ったし、もちろん、俺より後に会場に来たメンバーも、一様に同じような、いつもと違うざわつきかたをするのだった。

俺もざわついた。

誰よりも先に――おそらく仲間割れ同好会の誰よりも先に舞台にあがっていた、一人の赤い女を見て。

いつもと違う風にざわついた。

赤い女、という表現だけじゃ何も伝わらないと思うかもしんねーが、そうとしか言いようがないくらい、すべてが赤かったんだよ。

格好も雰囲気もな。

その女が仲間割れ同好会のメンバーでないのはすぐにわかった。さっきも言ったが、仲間割れ同好会のメンバーは全員、会場では匿名性を保つために仮面をつけているし――まあ体格やファッションのセンスである程度バレるので、完全なる匿名性は保たれてはいないが――、何よりこれもさっき言ったが、仲間割れ同好会は男のみで構成される組織だからである。

一応、それはその赤い女——つまり言うまでもなく哀川潤からしてみれば、仲間割れ同好会のイベント会場への潜入ということになるのだろうが、しかし彼女は男装することもなく、仮面をつけることもなく、ましてや隠れることもなく、舞台の上で、俺達を見下すように脚を組んだままで。

全員が揃うのを待っていたのである。

「お前らみてーなの相手に、変装する必要も、仮面で顔を隠す必要も、こそこそ隠れる必要もねーっつーの」

というのが、まあ、彼女の言い分だったんだろう——今にして思えば。

ただ、当時の俺、そして俺達にしてみれば、そんな彼女の振る舞いは、意味不明を通り越して不気味なものがあった。あまりに度を過ぎた悪びれない堂々さは、清々しい恐怖よりもまず漠然とした困惑を周囲に与えるものなのだ。

そんなわけはないのに、俺達は百人揃って会場を間違えたんじゃないだろうかと、そんな風に思わされてしまうほどに。

「ひー、ふー、みー」

と。

会場内の困惑も最高潮に達したあたりで、彼女はいちいち指差しながら、その場にいる人間の数を数え始めた——そして二分ほどかけて、

「ひゃく」

と。

律儀に百人まで数え上げた。

「おっけー。全員揃ったな。時間には正確な人間揃いみたいじゃねーか」

にやり、と彼女は嬉しそうに笑《え》んで、組んでいた脚をほどいて立ち上がり、胸を張って——俺達百人をさらに見下した。

なんというか。

そこまでいくとされて気持ちいい見下しっぷりである。

「仲間割れが好きなんだって？　お前ら。だったらあたしも仲間に入れてよ」

そして前置きも伏線もなくそこにいた彼女は、前置きも伏線もなく、いきなりそんな風に本題に入った——それは荒唐無稽《こうとうむけい》とも言える、予想外の発言ではあったが、しかしこの発言によって、俺達百人が、どこかほっとしたのも事実である。

それは正体不明な相手の目的がはっきりしたからだし、そういう『道場破り』ならぬ『会場破り』の力自慢が乗り込んで来るという事態だけならば、これまでに一度もなかったわけではないからだ。それが女性ということはなかったが——なるほど、ならば彼女の堂々とした態度も、その自信の表れ方と理解すればいい。

が、しかし、彼女が本当に『会場破り』なのだとすれば、それは誤解もはなはだしい――仲間割れ同好会は勝ち負けを競う団体でもなければ、強さを競う団体でもないからだ。

戦うことだけが、仲間割れこそが、大事なのであって、勝ち負けや強弱は問題ではない。

単なるコミュニケーション、レクリエーションとしての殴り合いを好む、暴力的でありながらどこか平和的でもある、そんな牧歌的な団体なのだから。

「知ってるんだよ、そんなことは」

比較的近くにいたメンバーからの説明を受けて――しかし彼女は全然退《ひ》かない。納得する様子もなく、むしろこぶしを俺達に突きつけるようにした。

「あたしも同じだ。勝ち負けを競うつもりもねーし、今日に限っては強さを競うつもりもねー。お前らみてーなのに勝ったからって、強いことにはなんねーしな。むしろお前らみたいなのと戦うってのは、このあたしにとってはただの恥だ。いやいや、失敗というべきかな――けどまあ、これも仕事だからよー」

くくく、と彼女は笑う。

なんというか――不満みたいなことを口にしつつも、常にどこかに楽しさを滲《にじ》ませていたように思いだせる。

あとから評判を聞いてみれば、確かに、俺達みたいな素人の喧嘩集団を相手にするっていうのは、彼女にしてみれば取るに足りない『仕事』だったんだろうと思う。にもかかわらず。

彼女はそのことに不満がある風でも腐っている風でもなかった。

仕事に大きいも小さいもないとか——そんな殊勝なことを思っていたわけでもあるまいに。

いや、案外そうだったのか？

「だからお前達の流儀でやってやるよ。お前達のくっだらねえ決まり事に付き合ってやる。十秒間限定の、仲間割れの殴り合いだろ？」

突きつけたこぶしを、今度は突き上げるようにして。

「一人ずつ順番にぶん殴ってやるからよ——腕に覚えのある奴から先に、舞台にあがりな」

乱入者でありながら、誰からの挑戦でも受ける王者のような口ぶりで——哀川潤は挑発的にそう言ってのけたのだった。

■■

それからどうなったって、語らなきゃ駄目か？　省略しても大体わかんだろ？　まあそもそも俺を含む仲間割れ同好会の百人は、勝ち負けを放棄しているとは言え、戦う集団だ。

そんな風に挑まれて――やはり挑まれたという印象ではなかったものの――話し合いでことが終わるはずもない。

あの場に至っては、あのテンションに至っては、相手が女だからどうとか、相手が一人だからどうとか、そういう思考はすでに飛んでしまっている――まあ、あとから考えりゃおかしな話だけどな。

たった百人で、あの哀川潤と戦っちまっただなんて――挑んじまっ、い、い、い、ただなんて、常識外れも身の程知らずもいいところだ。

で、どうなったかって？　そりゃあもう、連戦連敗だ。

オオスズメバチに狩られるミツバチって感じ。

仲間割れ同好会のメンバーが次から次に、勝ちも負けもないはずの舞台上の喧嘩によって、次から次から次から次に、負け続けた。

十秒のバトルタイム。

その十秒で、決着をつけられてしまうのだ。

いや、これでさえ、まだ見栄を張った言い方である――実際には十秒も持っていない。頑張ったメンバーでも五秒持ったか持たないかであって、大体は二秒くらいでケりがついている。

パンチの一撃でぶっ倒され、ぶっ飛ばされ、ぶん投げられる。

百人組手ってあるよな？　空手とかで。

ああいうのって、というかああいうのこそ、勝ち負けを競うものではなく、百人相手の戦いをやり切ることを目的としているそうだが——むしろこの場合、バトルをし続ける哀川潤よりも、そんな相手に挑み続けなければならない、俺達のほうが試されているようなものだった。

いやだってさ、最初の五人くらいならまだしも、十人、十五人目くらいになってくると、さすがにもう敵《かな》う相手じゃないって、次元が違うんだって、わかるわけじゃないか。

どんな馬鹿でもそりゃあよ。

正直もう、二十人目がぶっ飛ばされる頃には逃げ出したくてたまらないわけだ。

相手の目的だっていい加減見えてくる——腕自慢の『会場破り』とかじゃなく、この赤い女は仲間割れ同好会をぶっ潰しにきたんだって、見えてくる。

だけどそのあたりが群集心理の恐ろしさとでも言うんだろうな、俺達は俺達で、仲間割れ同好会という一風変わった団体であって、そこにはしっかりと確固たる連帯感があるわけで、逃げるに逃げられないのだ。

リーダーがおらず、上下関係がないだけに——降参を宣言する人間さえいない。

自らは終われない。終わらせられる、しかない。

最早舞台上の殴り合いは、見世物という雰囲気でもない。はしゃぐこともできず騒ぐこともできず、ただ静まって、俺達は殴られるための順番待ちをしているようなものだった。大人しく潰されるのを待つばかり——いや。

それでも一応、最低限、殴り合いの体《てい》は、最低限保っていたことは言っておかねばフェアではないかもしれない。

突きにしろ蹴りにしろ、哀川潤はまず相手に最初の一撃を入れさせて、それから反撃としての一撃必殺を返すのだった。

その振る舞いの意味は、当時はよくわかっていなかったが——自分の耐久力の高さを示すためにそうしているのだくらいの推測をしていたが——それもだから、今にして思えばということになるのだが、どうやらそれは、『仲間割れ同好会の流儀』に合わせてくれていたということらしい。

仲間割れの——殴り合い。

お前達の流儀でやってやる——である。

哀川潤は仲間割れ同好会の流儀にのっとったままで、最後まで一度も負けることなく、九十九の打撃を受け、九十九の打撃を決め、舞台の上でやりきったのだった。

■■

九十九？　百じゃなくて？

そう、百じゃない——彼女は仲間割れ同好会の百人を相手に百連戦し百連勝を成し遂げたわけではなく、九十九人を相手に九十九連戦し、九十九連勝を成し遂げたのだった。

仲間割れ同好会、百人。

を——一人、残したのだった。

最後の一人が逃げ出したというわけではない——ああいう会場の空気の中で、むしろ逃げ出せるほうが勇気に溢れていると言えよう。

と言うより、その最後の一人というのが実を言えば俺であって、そして俺はもう全然、仲間割れ同好会の最後のメンバーとして華々しく殴り殴られ散るつもりだったのだが——しかし。

俺が舞台に上がるよりも先に。

哀川潤は舞台を降りてしまったのだった。

ちょっと待てよ、まだ俺がいるだろうと呼びかけるも、彼女は振り向くことすら面

倒臭そうに、

「ああん？」

と、足を止めなかった。

彼女は息切れひとつしておらず、汗一つかいていない——殴られた痕跡《こんせき》さえ、その肌にはちっとも残っていない。

殴り合いが始まる前と後で、全然コンディションが変わっていなかった。

コンディションだけでなく——テンションも。

まるで同じである。

「馬鹿言ってんじゃねえよ、馬鹿——お前がいたからなんだっつーんだ。一人じゃ、仲間割れはできねーだろうが。九十九人ぶっ飛ばした時点で、仲間割れ同好会を潰すっていうあたしの仕事は完了してんだよ——例によって、成功しようと失敗みてーな、しょぼい仕事だったけどな。くっだらねえ」

言われてみればその通りだった。

仲間割れには最低ふたりが必要——いや、仲間割れ同好会の目的からしてみれば観客はどうしようと必要であって、だからこその百人というメンバーが絶対だったのだ。

百人どころか、一人じゃあ。

同好の士も会もへったくれもあったものでは——ない。

だがそれでも——俺は仲間割れ同好会最後の一人として、他のみんなと同じように散らなければならない、そういう義務がある。

仲間のために。

それは義務ではなく、むしろ希望でさえあった。

ここで殴られもせず一人だけ無事で無傷で終わるのは——逃げるのと同じくらいに勇気を必要とされる結果だった。そんなの、後でみんなからどう言われ、どう思われるかわからない。

だけど哀川潤は俺を殴ってはくれなかった。

俺のほうから背に向かって殴りかかっても、ひょいとかわしてしまうのだった。

最早殴られてもくれない。

何故だ、どうして俺を殴ってくれない、どうして俺と殴り合いをしてくれない、確かに仲間割れ同好会はもう機能しないかもしれないけれど、だからって俺一人ぶっ飛ばすくらい、お前にとっては大した手間ではないだろう——俺はそんな風に問い詰めた。

泣いていたかもしれない。

実際、それはみっともなく頼み込んでいるようなものだった——けれど哀川潤はあくまでもつれなく、すげなく。

「やだよ、面倒臭い」

そう言った。

「勝ちも負けもなく、損も得もなく、敵も作らず、原因もなく結果も出さず、簡単に人と殴り合えるとか思ってんじゃねえ」

なあにが純粋だ、と。

最後だけは心底不機嫌そうに──そう言った。

■■

最後に付け加えておくと、仲間割れ同好会を潰して欲しいと哀川潤に依頼したのは、俺が仲間割れ同好会に入るきっかけとなった、アルバイトの勧誘員の彼女だったそうだ。人伝《ひとづ》てに聞いた話なんで確かじゃないが、なんでも目先の金欲しさにそんなバイトに精を出したものの、それから数年経って改めて振り返ってみれば、自分が勧誘した新入生たちがそんな風に殴り合いに興じ、大怪我をするかもしれないなんて耐えられない──と慙愧《ざんき》の念に駆られたとのことだ。

かけた梯子《はしご》を外すような勝手な話だが、しかし気持ちがわからねーといって切って捨てるほど、意味がわからねーわけでもねーか。

なんてのは大人の意見だが。

ちなみに哀川潤は、一万円でその依頼を引き受けたらしいぜ。得を目指して敵対し勝ちを目指す――あの女の最後の言葉は、その姿勢がなくっちゃ人は人と闘っちゃ駄目って意味だったんだろうが、いやいや、それにしたってふざけんなって額だよな。


Miss/ion2./complete…

初　出
本書は二〇一六年五月、
小社より講談社ノベルスとして刊行されました。

|著者|西尾維新　1981年生まれ。2002年に『クビキリサイクル』で第23回メフィスト賞を受賞し、デビュー。同作に始まる「戯言シリーズ」、初のアニメ化作品となった『化物語』に始まる〈物語〉シリーズ、「美少年シリーズ」など、著書多数。

人類最強《じんるいさいきょう》の純愛《じゅんあい》
西尾維新《にしおいしん》

講談社文庫
定価はカバーに
表示してあります

2021年２月16日第１刷発行

発行者――渡瀬昌彦
発行所――株式会社　講談社
東京都文京区音羽2-12-21　〒112-8001
電話　出版（03）5395-3510
　　　販売（03）5395-5817
　　　業務（03）5395-3615
Printed in Japan

デザイン―菊地信義
本文データ制作―講談社デジタル製作
印刷―――豊国印刷株式会社
製本―――株式会社国宝社

ISBN978-4-06-522419-9

講談社文庫刊行の辞

二十一世紀の到来を目睫に望みながら、われわれはいま、人類史上かつて例を見ない巨大な転換期をむかえようとしている。

世界も、日本も、激動の予兆に対する期待とおののきを内に蔵して、未知の時代に歩み入ろうとしている。このときにあたり、創業の人野間清治の「ナショナル・エデュケイター」への志を現代に甦らせようと意図して、われわれはここに古今の文芸作品はいうまでもなく、ひろく人文・社会・自然の諸科学から東西の名著を網羅する、新しい綜合文庫の発刊を決意した。

激動の転換期はまた断絶の時代である。われわれは戦後二十五年間の出版文化のありかたへの深い反省をこめて、この断絶の時代にあえて人間的な持続を求めようとする。いたずらに浮薄な商業主義のあだ花を追い求めることなく、長期にわたって良書に生命をあたえようとつとめるところにしか、今後の出版文化の真の繁栄はあり得ないと信じるからである。

同時にわれわれはこの綜合文庫の刊行を通じて、人文・社会・自然の諸科学が、結局人間の学にほかならないことを立証しようと願っている。かつて知識とは、「汝自身を知る」ことにつきていた。現代社会の瑣末な情報の氾濫のなかから、力強い知識の源泉を掘り起し、技術文明のただなかに、生きた人間の姿を復活させること。それこそわれわれの切なる希求である。

われわれは権威に盲従せず、俗流に媚びることなく、渾然一体となって日本の「草の根」をかたちづくる若く新しい世代の人々に、心をこめてこの新しい綜合文庫をおくり届けたい。それは知識の泉であるとともに感受性のふるさとであり、もっとも有機的に組織され、社会に開かれた万人のための大学をめざしている。大方の支援と協力を衷心より切望してやまない。

一九七一年七月

野間省一

講談社文庫 最新刊

岡本さとる
質屋の娘
〈駕籠屋春秋 新三と太十〉
色事師に囚われた娘を救い出せ！ 江戸で評判の駕籠《かご》舁き二人に思わぬ依頼が舞い込んだ。

風野真知雄
潜入 味見方同心㈢
〈五右衛門の鍋〉
大泥棒だらけの宴《うたげ》に供される五右衛門鍋。魚之進が鍋から導き出した驚天動地の悪事とは？

真保裕一
天使の報酬
〈外交官シリーズ〉
女子大学生失踪の背後にコロナウイルスの影。型破り外交官・黒田康作が事件の真相に迫る。

西村京太郎
仙台駅殺人事件
ホームに佇んでいた高級クラブの女性が姿を消した。十津川警部は入り組んだ謎を解く！

夏原エヰジ
Cocoon3
〈幽世の祈り〉
鬼と化しても捨てられなかった、愛。コミカライズ決定、人気和風ファンタジー第3弾！

青柳碧人
霊視刑事夕雨子《ゆうこ》2
〈雨空の鎮魂歌《レクイエム》〉
あなたの声を聞かせて——報われぬ霊の未練を晴らす「癒し×捜査」のミステリー！

伊兼源太郎
巨悪
この国には、震災を食い物にする奴らがいる。東京地検特捜部を描く、迫真のミステリー！

上田岳弘
ニムロッド
仮想通貨を採掘するサトシ・ナカモトを巡る心地よい倦怠と虚無の物語。芥川賞受賞作。

神楽坂淳
帰蝶さまがヤバい2
織田信長と妻・帰蝶《きちょう》による夫婦《めおと》の天下取りのゆくえは？ まったく新しい恋愛歴史小説！

西尾維新
人類最強の純愛
人類最強の請負人・哀川潤《あいかわじゅん》は、天才心理学者・軸本《じくもと》みよりと深海へ！ 最強シリーズ第二弾。

講談社文庫 最新刊

藤井邦夫
罰《ばち》当《あた》り〈大江戸閻魔帳㈤〉
夜更けの閻魔堂《えんまどう》に忍び込み、何かを隠す二人組。麟太郎が目にした思いも寄らぬ物とは？

佐々木裕一
四谷の弁慶〈公家武者信平《のぶひら》ことはじめ㈢〉
いまだ百石取りの公家武者・信平の前に現れたのは、四谷に出没する刀狩の大男……!?

宮西真冬
誰かが見ている
〝子供〟に悩む4人の女性が織りなす、衝撃のサスペンス！ 第52回メフィスト賞受賞作。

額賀澪
完パケ！
おまえが撮る映画、つまんないんだよ。映画監督を目指す二人を青春小説の旗手が描く！

佐藤優
戦時下の外交官〈ナチス・ドイツの崩壊を目撃した吉野文六〉
ファシズムの欧州で戦火の混乱をくぐり抜けた、青年外交官のオーラル・ヒストリー。

穂村弘
野良猫を尊敬した日
理想の自分ではなくても、意外な自分にはなれるかも。現代を代表する歌人のエッセイ集！

加藤元浩
奇科学島の記憶〈捕まえたもん勝ち！〉
嵐の孤島には名推理がよく似合う。元アイドルの女刑事がバカンス中に不可解殺人に挑む。

創刊50周年新装版

宮部みゆき
ステップファザー・ステップ〈新装版〉
泥棒と双子の中学生の疑似父子《ぎじおやこ》が挑む七つの事件。傑作ハートウォーミング・ミステリー。

岡嶋二人
そして扉が閉ざされた〈新装版〉
不審死の謎について密室に閉じ込められた関係者が真相に迫る著者随一の本格推理小説。

北森鴻
花の下にて春死なむ〈香菜里屋シリーズ1〈新装版〉〉
孤独な老人の秘められた過去とは——。バー「香菜里屋《かなりや》」が舞台の不朽の名作ミステリー。

講談社文芸文庫

庄野潤三

世をへだてて

突然襲った脳内出血で、作家は生死をさまよう。病を経て知る生きるよろこびを明るくユーモラスに描く、著者の転換期を示す闘病記。生誕100年記念刊行。

解説=島田潤一郎　年譜=助川徳是

しA16

978-4-06-522320-8

庄野潤三

庭の山の木

家庭でのできごと、世相への思い、愛する文学作品、敬慕する作家たち——著者のやわらかな視点、ゆるぎない文学観が浮かび上がる、充実期に書かれた随筆集。

解説=中島京子　年譜=助川徳是

しA15

978-4-06-518659-6

一万年に一人の最強ヒロイン。

「あたしの旅路を邪魔するな。
ぶっ殺すぞ」

名探偵にして、人類最強の請負人・哀《あい》川《かわ》潤《じゅん》。
美女二人と連続殺人犯を追う、
ノンストップミステリー

人類最強のヴェネチア
西尾維新
NISIOISIN
Illustration/take
定価:本体1,600円(税別)　単行本　講談社

西尾維新
NISIOISIN
Illustration　くろのくろ

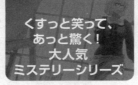

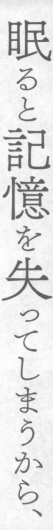

講談社文庫　目録

西澤保彦　麦酒《ばくしゅ》の家の冒険
西澤保彦　新装版 瞬間移動死体
西村　健　ビ　ン　ゴ
西村　健　地の底のヤマ(上)(下)
西村　健　光陰の刃《やいば》(上)(下)
楡　周平　陪　審　法　廷
楡　周平　宿　命(上)(下)〈ワンス・アポン・ア・タイム・イン・東京〉
楡　周平　血、　戦〈ワンス・アポン・ア・タイム・イン・東京2〉
楡　周平　修羅の宴(上)(下)
楡　周平　レイク・クローバー(上)(下)
西尾維新　クビキリサイクル〈青色サヴァンと戯言遣い〉
西尾維新　クビシメロマンチスト〈人間失格・零崎人識〉
西尾維新　クビツリハイスクール〈戯言遣いの弟子〉
西尾維新　サイコロジカル(上)〈兎吊木垓輔の戯言殺し〉/(下)〈曳かれ者の小唄〉
西尾維新　ヒトクイマジカル〈殺戮奇術の匂宮兄妹〉
西尾維新　ネコソギラジカル(上)〈十三階段〉
西尾維新　ネコソギラジカル(中)〈赤き征裁vs.橙なる種〉
西尾維新　ネコソギラジカル(下)〈青色サヴァンと戯言遣い〉
西尾維新　ダブルダウン勘繰《かんぐ》郎《ろう》　トリプルプレイ助悪郎《スケアクロウ》

西尾維新　零崎双識の人間試験
西尾維新　零崎軋識《ぜろざききしき》の人間ノック
西尾維新　零崎曲識の人間人間
西尾維新　零崎人識の人間関係　匂宮出夢との関係
西尾維新　零崎人識の人間関係　無桐伊織との関係
西尾維新　零崎人識の人間関係　零崎双識との関係
西尾維新　零崎人識の人間関係　戯言遣いとの関係
西尾維新　xxxHOLiC アナザーホリック　ランドルト環《かん》エアロゾル
西尾維新　難　民　探　偵
西尾維新　少　女　不　十　分
西尾維新　本　題〈西尾維新対談集〉
西尾維新　掟上《おきてがみ》今日子《きょうこ》の備忘録
西尾維新　掟上今日子の推薦文
西尾維新　掟上今日子の挑戦状
西尾維新　掟上今日子の遺言書
西尾維新　掟上今日子の退職願
西尾維新　新本格魔法少女りすか
西尾維新　新本格魔法少女りすか2
西尾維新　新本格魔法少女りすか3

西尾維新　人類最強の初恋
西村賢太　どうで死ぬ身の一踊り
西村賢太　夢　魔　去　り　ぬ
西村賢太　藤澤清造追影
仁木英之　まほろばの王たち
西川善文　ザ・ラストバンカー〈西川善文回顧録〉
西川　司　向日葵《ひまわり》のかっちゃん
西　加奈子　舞　台
貫井徳郎　新装版 修羅の終わり(上)(下)
貫井徳郎　妖　奇　切　断　譜
貫井徳郎　被害者は誰?
A・ネルソン　「ネルソンさん、あなたは人を殺しましたか?」
法月綸太郎　雪　密　室
法月綸太郎　誰《たそ》　彼《がれ》
法月綸太郎　法月綸太郎の冒険
法月綸太郎　新装版 密　閉　教　室
法月綸太郎　怪盗グリフィン、絶体絶命
法月綸太郎　怪盗グリフィン対ラトウィッジ機関
法月綸太郎　キングを探せ

2020年12月15日現在